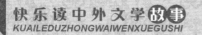

快乐读中外文学**故事**
KUAILEDUZHONGWAIWENXUEGUSHI

17~18 世纪文学故事

蒙之歌——王权安魂曲

范中华 ◎ 编著

湖南人民出版社

图书在版编目（CIP）数据

启蒙之歌：王权安魂曲：西方 17～18 世纪文学故事 / 范中华编著 .—长沙：湖南人民出版社，2013.1（2024.09 重印）

（快乐读中外文学故事）

ISBN 978-7-5438-8652-0

I.①启… Ⅱ.①范… Ⅲ.①故事—作品集—中国—当代 Ⅳ.① I247.8

中国版本图书馆 CIP 数据核字（2012）第 186816 号

快乐读中外文学故事：启蒙之歌——王权安魂曲（西方17～18世纪文学故事）

编 著 者	范中华
责任编辑	骆荣顺
装帧设计	君和设计

出版发行	湖南人民出版社〔http://www.hnppp.com〕
地　　址	长沙市营盘东路3号
邮　　编	410005
经　　销	湖南省新华书店

印　　刷	永清县晔盛亚胶印有限公司
版　　次	2013 年 1 月第 1 版 2024 年 9 月第 4 次印刷
开　　本	710×1000　1/16
印　　张	15
字　　数	250千字
书　　号	ISBN 978-7-5438-8652-0
定　　价	25.00元

营销电话：0731-82683348　　（如发现印装质量问题请与出版社调换）

目 录

《熙德》：古典主义首部名著

xī dé：gǔ diǎn zhǔ yì shǒu bù míng zhù

1636 年，高乃依的悲剧《熙德》在巴黎剧院上演，观众们立刻被剧中人物果断坚决的行动、刚毅冷静与热烈奔放的性格、雄辩滔滔的独白和简短明晰的对答以及扣人心弦的戏剧冲突所吸引，这使他们耳目为之一新，他们从未在法国的舞台上看到过如此生动有力的戏剧。一位同时代的人说："它是如此美，即使是最冷酷无情的妇女，也亢奋不已，她们有时也会不由自己，在公共剧院任由感情奔放。那些平日很少离开他们金碧辉煌的大厅及雕着鸢尾花的靠臂椅的人，也出现在包厢里。" 1637 年，当这部悲剧被搬上伦敦的舞台时，同样受到热烈的欢迎。随后，这个悲剧很快便风靡整个欧洲。

故事发生在 11 世纪的西班牙。卡斯蒂尔国的都城塞维尔有两位功臣：唐·狄哀格和唐·高迈斯，他们的儿女罗德里克和施曼娜是一对热恋中的情人，施曼娜正急切盼望父亲从国王那儿出来，决定自己的婚姻。

国王把两位功臣找去，是要为王子选定一个师傅。结果国王选中了年迈的狄哀格。高迈斯很不服气，认为国王的任命是错误

高乃依画像

的，他将满腹牢骚，全都化作冷言冷语，发泄在狄哀格身上。狄哀格提醒他不要冒犯国王的权威，他不但听不进去，反而动手打了狄哀格一个嘴巴。高迈斯正当年富力强，老迈的狄哀格自知敌不过他，哀叹自己受了奇耻大辱却无能为力。

《熙德》剧照

狄哀格于是要儿子罗德里克为自己雪耻报仇。等到罗德里克问明仇人是高迈斯时，犹如晴天霹雳，内心起了激烈的斗争：要维护父亲的荣誉，就得放弃爱情；要替父亲报仇，就得失去爱人。但他的理智告诉他，他不能得到不肖之子的恶名；他不应该犹豫不决，即使是施曼娜的父亲，他也要去挑战报仇。

高迈斯在决斗中被罗德里克所杀。消息传到国王那里，国王一面感到高迈斯狂妄傲慢，咎由自取，一面又为自己失去一员勇将而忧伤，况且摩尔人已经前来侵犯国土，眼看无人抵挡。

施曼娜谒见国王，向他哭诉父亲惨死的经过，要求国王主持公道，把罗德里克处死，为她父亲复仇。唐·狄哀格在一旁为罗德里克辩护，他甘愿砍下自己的头颅，保留罗德里克的臂膀。国王表示事关重大，要三思而行。

施曼娜其实也处在一种矛盾的状态之中。她请求国王主持公道是出于理智的驱使，但她心中仍然热烈地爱着罗德里克："我要他的头，我又怕得到手；他死我也活不了，而我又要惩罚他！"施曼娜万万没有想到罗德里克会来到她的眼前。他把宝剑奉上，请求施曼娜结果他的性命。他说，他为父复仇既是为了自己的荣誉，也是为了不致辱没施曼娜的选择，如今他已尽了责任，就该献上自己的血，满足她的愿望。施曼娜不仅不愿亲手杀死他，反而说并不恨他，希望自己的仇报不成。她要罗德里克悄悄地离去。

唐·狄哀格正在找罗德里克。摩尔人的舰队已经开进大江来了，他要儿子利用这个机会，保卫国家，迫使国王赦免他杀人之罪，也使得施曼娜无话可说。罗德里克带着对爱情的希望，带领勇士们出征，打得敌人落花流水。他亲手俘获了摩尔人国王，这个国王尊称他为"勒·熙德"——君王。罗德里克前来向国王报捷，国王嘉奖他建立了奇功伟绩，稳固了王权。

然而施曼娜出于责任感，又来向国王请求惩办罗德里克。国王想试探她一下，谎说罗德里克已受伤而死。施曼娜听说晕了过去。她醒来后，国王告诉她，罗德里克还好好活着。施曼娜不愿吐露真情，说自己是快乐得晕过去的。她硬是要求国王答应，让所有的武士同罗德里克决斗，假如罗德里克受了惩罚，她便嫁给战胜者。国王虽然不赞许决斗，还是同意只比试一次。追求施曼娜的唐桑士马上表示愿意进行决斗。国王对施曼娜说，不管谁得胜，都要成为她的丈夫。

罗德里克在决斗之前又来找施曼娜。他说自己受着爱情的束缚，要预先向她告别，准备让对方杀死。施曼娜告诉罗德里克，如果他还钟情于她，就只准打胜不准失败。深受感动的罗德里克果然将对手击败。国王出面调解，他赦免了罗德里克，同意让施曼娜服丧一年，之后，这对有情人终成眷属。

作品表现了个人感情和家庭荣誉、家庭荣誉与国家义务的冲突。在封建社会中，封建门楣的荣誉观念是超过一切的，既然爱人成了杀父仇人，这种爱情也就死亡了。但是高乃依并没有这样处理，而是通过深刻的心理分析，表现道德责任与纯真爱情之间的矛盾。表面上男女主人公都把道德责任置于爱情之上，实际上双方都怀着对爱情的强烈的追求。罗德里克说：

一方面是高尚而严厉的责任，

一方面是可爱而专横的爱情！

复仇会使我失去甜蜜的希望，

不复仇又会使我不配爱她。

施曼娜也对禁锢自己头脑的封建荣誉观念表示了不满：

可诅咒的虚荣心，可厌恶的疯狂，

最明达的人也难免受你们的残酷折磨，

荣誉呀，你一点不照顾我那最亲切的愿望。

最后通过国王的干预，理智和爱情的矛盾得到了统一，这种既照顾到贵族阶级的封建道德观念，又满足资产阶级对个人利益与幸福追求的解决办法，一方面曲折反映了当时贵族阶级与资产阶级取得妥协的历史现实；另一方面通过宣扬"忠君爱国"的思想，将国王描写为至高无上的权威，体现了当时资产阶级对国王的信赖和企望，符合巩固封建王朝和抵御外侮的时代精神。正因为如此，《熙德》成为古典主义第一部典范作品。

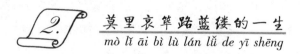

2. 莫里哀筚路蓝缕的一生
mò lǐ āi bì lù lán lǚ de yī shēng

1658年10月24日，卢浮宫的禁卫大厅里灯火通明，一个外省剧团正在为国王进行专场演出。第一出戏是高乃依的悲剧。国王与贵族们反应平淡，有的甚至连连打着呵欠，显然演出没有打动他们。于是团长请求国王允许他来个小小的余兴，演出一部他自创的小戏：喜剧《多情的医生》。国王答应了。

《多情的医生》是剧团的拿手好戏，在外省演出时曾获得了观众那么多的笑声。这次团长亲饰主角医生，演员们个个兴高采烈。妙趣横生的剧情、幽默诙谐的对白和戏谑滑稽的表情把观众一下子都吸引住了。多少年来，巴黎的戏剧界始终是古典主义悲剧的天下，规范的诗体语言、严格的"三一律"，不仅束缚了作家创作的手脚，也大大倒了观众的胃口。这出生动活泼、不拘一格的喜剧仿佛一阵清风，令大家耳目一新。恹恹欲睡的观众笑了，笑声连绵；无精打采的国王笑了，赞不绝口。剧团交了好运，国王命他们留在巴黎，赐称"御弟剧团"，准许他们使用小波旁剧场。这是多么高的荣誉！演员们欢腾了。

这个外省剧团就是"光耀剧团"，而团长正是开创了法国乃至欧洲喜剧事业的剧作家莫里哀。初战告捷，剧团在巴黎站住了脚跟，这成功的背后，包含了多少苦辣辛酸、人世冷暖！

莫里哀原名让－巴蒂斯特·波克兰，1622 年 2 月 15 日生于巴黎。

莫里哀是家中长子，幼年母亲不幸病逝，继母亦因难产去世，父亲十分喜爱并怜惜他，希望他长大后能继承自己的职位。父亲对他寄予厚望，从小把他带在身边，教他打理生意上的事务。后来，父亲送他上了由耶稣会主办的、在当时巴黎最有名气的克雷蒙中学读书，为他取得了"御用室内装饰师"的继承权，接着又让他学习法律，并买下一张法学硕士文凭。父亲可谓用心良苦，他为儿子苦心铺就了一条跻身上流社会、获取功名利禄的金光大道。

然而莫里哀既讨厌安装靠椅、裱糊壁纸的行当，又不愿囿于烦琐的律师事务中。在他的心灵深处，早就有一片使他心醉的天地，那便是戏剧。

凭着一颗颗火热的心，这群血气方刚的年轻人克服了一个又一个困难，迫不及待地想打出一片自己的天下。然而因缺乏经验、经费不足，既无拿手好戏以吸引观众，又无必要场地以供演出，加上经营不善而负债累累，莫里哀被捕入狱了。莫里哀的父亲希望这回儿子可以吸取教训，回家承接祖业，重新走上他设计的康庄大道，便把他赎出了牢狱。

志向是最有力的东西。莫里哀不愿过常人的生活，他要做一个演员，坚持走他已经踏上的戏剧道路。既然巴黎不需要他，他就到外省去碰碰运气。同年底，他与"光耀剧团"的几位演员加入了老演员查理的流浪剧团，到外省去巡回演出，从此开始了他长达十三年的漂泊生涯。

流浪剧团在外省的生活是十分艰难的。

然而，在外省遭遇的种种厄运和磨难，不只使莫里哀感受到人生的艰辛，还使他这个出身京都的商贾之子在思想感情上接近劳动大众，增长了社会知识，开阔了眼界，并且学到了民间戏剧的优长之处。

1658年，经过十三年的外省流浪生活的莫里哀，终于赢来了自己戏剧事业的成功。他带领他的"光耀剧团"征服了巴黎，国王路易十四授给剧团"御弟剧团"称号，授权他们在王宫里的小波旁剧场演出。

真实地再现生活，抨击社会丑恶现象，是莫里哀喜剧成功并受到广大人民欢迎的重要原因。而那些受到嘲讽的贵族、教会反动势力及封建陋习的代表人物则千方百计地诋毁和打击莫里哀。莫里哀就是在与权贵们的一次次针锋相对的斗争中不断得到磨炼，一步步走向事业的顶峰。

经过十三年的奋力拼搏，"光耀剧团"的演员阵容空前壮大，积累了丰厚的舞台经验。莫里哀没有忘记自己最初的雄心壮志，他不满足于只是作为一个优秀的外省戏剧演员，他要回到巴黎，用他的实力和独特魅力征服首都的观众。1658年，在同一些实力雄厚的剧团做了一番比较以后，他先将"光耀剧团"带到巴黎附近的鲁昂，在那里演出了整个夏季。剧团声名鹊起，连巴黎都能感受到它的强大声势。年过半百的著名悲剧作家高乃依亲自为剧团的著名演员迪帕尔克写了颂诗，许多贵族也纷纷表示愿意为他们进军巴黎出一份力，国王路易十四的兄弟奥尔良公爵就是其中的一个。

回首自己的戏剧生涯，莫里哀极为感慨：正是这艰苦卓绝的十三年外省流浪生活，成就了他一生的辉煌。这段经历让他学会了从事三种职业：演员、导演和剧团团长。他的天才是在舞台上形成的。他离开巴黎开始流浪的时候，不是作家，也没有打算成为一个作家，他是一个彻头彻尾的演员，为了演出别人写的剧本而不惜抛弃一切去闯荡江湖，而经过十三年的磨炼，他成了演技的大师，更成了一位戏剧家。

莫里哀一生致力于喜剧创作事业。他开创了法国乃至欧洲的喜剧事业。当多少红极一时的同时代作品都随着岁月流逝而烟消云散时，莫里哀的喜剧作品却光辉依旧，岁月的风尘无法遮掩它巨大的魅力。

莫里哀为喜剧事业奋斗一生，无论居无定所，还是自居京都；无论一贫如洗，还是享受优厚年金；无论遭受凌辱攻讦，还是被捧上荣誉宝座，他始终心坚如初，一刻也没有停止用他的喜剧冷嘲热讽、针锋相对斗权贵。为此他不惜放弃法兰西学士院"四十名不朽者之一"的荣誉，然而，法兰西学士院却为他立了尊石像，并刻下了意味深长的评语：

> 他的光荣什么也不少，
>
> 我们的光荣却少了他。

3. 讽刺剧《伪君子》的上演风波
fěng cì jù wěi jūn zǐ de shàng yǎn fēng bō

1664 年的一个仲夏之夜，巴黎郊外一座灯火通明的大别墅内歌舞升平、仙乐飘飘，热闹非凡。一群盛装的男女正尽情狂欢。那是法国国王路易十四和宫廷贵族们在凡尔赛宫欢庆"仙岛欢乐"游园会。整整七天，凡尔赛宫车水马龙，沉浸在节日的气氛中。第七天夜晚，莫里哀的剧团为大家演出了压轴戏《伪君子》。这天，观众挤满了剧场，开始，他们被这部优秀的剧作所吸引，阵阵掌声伴着阵阵笑声。当剧情向高潮发展时，观众席中出现了越来越清晰的不满的声音。

莫里哀

突然，鲁荣神甫冲上舞台，指着莫里哀叫道："莫里哀，你是个装扮成人，外形是人体的魔鬼！"接着又煽动观众们说："他是个从未有过的、众目睽睽的渎神者和自由思想者，让国王给这个人施以火刑吧！烧死他……"

观众大哗！

接着王太后出面要求国王下令禁演《伪君子》，甚至连巴黎大主教也出面提出警告："这出戏亵渎宗教，辱骂上帝，必须禁演。"路易十四虽然很喜欢并支持这部戏，但迫于强大压力不得不下令暂时停止公演。是什么让这些"大人物"对《伪君子》产生这样彻骨之恨，必欲置之死地而后快呢？

答尔丢夫是一个流落巴黎的外省破落贵族，利用宗教招摇撞骗。他假扮虔诚的信士，每天到教堂忏悔祈祷，用一些过火的动作来引人注目。巴黎富商奥尔贡看到答尔丢夫双膝跪地、一脸虔诚、毕恭毕敬地祈祷，以为自己遇到了一位圣者。他给答尔丢夫钱，答尔丢夫每次都客气地退回一部分，如果奥尔贡不肯收，他就当面把钱散发给穷人。奥尔贡大受感动，就把答尔丢夫接回家当"精神导师"，吃穿用度皆待之如上宾，还打算把女儿嫁给他。

奥尔贡的妻子欧米尔、儿子达米斯、女儿玛丽亚娜和女仆桃丽娜全都看出答尔丢夫绝非圣者，只不过是个宗教骗子，都激烈地反对他。答尔丢夫养尊处优，仍然以矫揉造作那套手段蛊惑人心。由于他的"教导"，全家失去了往日的和睦欢乐，奥尔贡变得冷酷无情，处处为这个骗子辩护。答尔丢夫不但想娶玛丽亚娜，对欧米尔也垂涎三尺，甚至当面勾引她。达米斯向父亲揭发这个骗子的丑行，答尔丢夫混淆是非，又一次骗得奥尔贡的信任。奥尔贡反而责骂儿子诋毁圣徒，剥夺了儿子的继承权，把全部财产赠给了答尔丢夫，甚至把自己的一桩政治秘密也告诉了他。

欧米尔在女仆桃丽娜的帮助下，决计揭穿这个骗子的假面具。她让奥尔贡藏在桌下，然后叫女仆请来答尔丢夫。答尔丢夫见四下无人，欲火中烧，向欧米尔调情。奥尔贡耳闻目睹这一丑行，简直气疯了，从桌子底下跳出来让答尔丢夫滚蛋。答尔丢夫异常镇静，拿出奥尔贡的字据，以财产继承人的身份，反客为主，要赶走奥尔贡一家，并抢先向国王告发奥尔贡藏匿政治犯信物的秘密，幸亏国王明察秋毫，逮捕了答尔丢夫，赦免了奥尔贡，奥尔贡才免于危难。

答尔丢夫用伪善掩饰阴险、狡诈、狠毒的性格本质，上帝不过是他招摇撞骗的武器，这出戏无情地揭露了教会的欺骗性和虚伪性。

这部作品是时代的产物。17世纪60年代，法国宗教势力十分猖狂，他们的活动遍及整个上层社会，包括以太后为首的许多皇亲国戚、达官显贵。特别是反动的天主教组织"圣体会"，更是披着慈善事业的外衣，行使警察特务的职能，暗中监视和陷害信仰自由的民众。莫里哀对这个反动组织深恶痛绝，遂创作《伪君子》一剧对其讽刺。面对嘲讽，这伙魑魅魍魉感到如芒刺在背，坐卧不安，于是施展种种手段迫害莫里哀。

莫里哀对他们的卑鄙伎俩嗤之以鼻，于7月21日向国王递交了《第一陈情表》，指出嘲讽伪善完全符合喜剧移风易俗的要求，在他的剧中没有任何模棱两可的东西，观众首先认出的就是真正的、十足的伪君子。反对者的攻击，正好说明他们就是答尔丢夫之流，他们暗中施展伎俩，赢得圣上恩宠，达到禁演目的，只要公演就可以消除这种欺诈。

8月5日，《伪君子》在王宫剧场正式上演，观众反应十分强烈。莫里哀已修改了剧本，剧名由《答尔丢夫》改为《伪君子》，并删掉了一些容易引起纷争的句子。原剧中那位披着僧衣的骗子也改名换姓，以半僧半俗装束上台。这些改动的目的是为了在公演时减少阻力，但一点儿也没有削弱其针砭时弊、打击权贵的战斗力。

演出的第二天，圣体会的秘密会员、巴黎最高法院院长拉穆瓦尼翁带领一队警官突然闯进剧场，下令禁止演出。这群不速之客气势汹汹，强行撵走观众，拉穆瓦尼翁甚至命人封闭了剧院大门，并亲自守在门口。

莫里哀并没有被他们的反动气焰压倒。7日，他和朋友一同前往拉府说理。但拉穆瓦尼翁这个家伙色厉内荏，摆出答尔丢夫的伪善嘴脸，借口时近正午要去作弥撒，拂袖而去。也许这是个喜剧性的巧合，答尔丢夫在

《唐璜》剧照

剧中也是以同样的方式终止了克莱昂特善意的劝告："……先生，已经三点半钟了，我要到楼上去做圣课，原谅我这样就和你告别。"莫里哀无奈，连夜给国王写了《第二陈情表》，声言："如果答尔丢夫之流得逞，那我就无须再写喜剧了。"不料路易十四见双方态度强硬，不敢明确表态，以战争繁忙为由把事情拖下来了。这下，反动势力自以为得逞，不出三天，巴黎大主教便贴出告示，声称这是"一出十分危险的喜剧，尤其借口谴责伪善或假虔诚，不加区别地指控一切真心实意以宗教为业者，故而更能损害宗教"。并明令宣布：凡看此剧或听朗诵者，一律开除出教。《伪君子》被剥夺了一切与群众接触的机会，莫里哀悲愤交加，大病一场。

　　直至1669年初，教皇克雷蒙九世颁布"教会和平"谕令，教派纷争遂暂告平息，宗教迫害亦有所收敛。莫里哀抓住这个时机向国王三呈"陈情表"。终于在2月5日，禁演令被国王宣布撤消。当晚，《伪君子》按原剧本正式演出，观众如潮，盛况空前，把门都给挤破了，一连九个星期，场场爆满。剧本发表时，莫里哀写了一个长篇序言，回顾长达五年的斗争经历："这部喜剧遭到谣诼攻讦，长期受到迫害，由此可以看出，书中所勾勒出的人物在法国所占的势力比我迄今所描写的各类人物都要多。剧本对教会的揭露是一个使他们不能宽恕的因由，他们于是摩拳擦掌，暴跳如雷，攻击我的喜剧。"

《伪君子》在莫里哀的全部喜剧中，受到的迫害最为激烈，但上演的次数也最多，单以法兰西剧院为例，共计二千二百六十二场。这正说明：真正有生命力的戏剧，是任何伪君子都扼杀不了的。

1672 年，刚刚五十岁的莫里哀已积劳成疾，肺病日趋恶化。许多意外之灾也接二连三落在他头上。似乎已有不祥预感的他在最后的作品《无病呻吟》上演前对众人说："我的一生既有欢乐也有痛苦，但是我始终感到自己是幸福的。今天，我却感到那么难受，恐怕不久于人世了。我知道有很多人仇恨我和我的喜剧，然而，只要我还有一口气，我就要参加演出！"

当晚，莫里哀抱病上场，昏倒在舞台上，被人们抬回家。夜里，他便与世长辞了。

莫里哀把自己的一生都献给了法兰西戏剧事业。他主演过二十四个重要角色。从 1658 年起，创作了二十多个剧本，可始终被拒于法兰西学士院门外。生前他备受教会迫害，死后教会借口他没做临终忏悔，拒绝给《伪君子》的作者拨出一块墓地。60 年代前后，莫里哀的喜剧暗合了路易十四打击贵族和教会势力的专制王权政策，得到路易十四的赏识与支持，但他临终前却与路易十四发生了龃龉。他的妻子跪下来苦苦哀求，国王才勉强让教会同意将他连夜偷偷埋在圣约瑟夫墓地。那里是埋葬自杀者和未受洗礼者的地方。即便如此，那些对他恨之入骨的反动透顶的教会人士，仍在月黑风高之夜刨出了他的尸骨扔到了乱坟岗。法国大革命后，人民把他改葬到拉雪兹神甫公墓，以示对这位给法国带来莫大荣誉的作家的深切怀念。

4. 喜剧作家的爱情婚姻悲剧

xǐ jù zuò jiā de ài qíng hūn yīn bēi jù

有谁能够想到，曾经在戏剧舞台上驰骋一生，创作出众多喜剧角色并

以自己精湛的演技赢得观众阵阵掌声与笑声的喜剧大师莫里哀，却在自己的人生舞台上独自咀嚼着婚姻的苦果，演出了一幕幕的生活悲剧？这幕前幕后生活所形成的强烈反差，使我们禁不住把疑惑的目光转向了三百年前的法国。

1664 年的夏天，巴黎的凡尔赛宫热闹非凡。国王路易十四在这里举行名为"仙岛欢乐"的盛大游园会。整整七天，凡尔赛宫车水马龙，沉浸在节日的狂欢中。就在游园会结束的前一天，莫里哀的剧团演出了他酝酿已久的大型讽刺喜剧《伪君子》。

戏马上就要开演了。舞台上装饰豪华，绿色的帷幕低垂，天花板上的一盏盏烛灯将大厅照得如同白昼。国王已经就座，观众眼中都露出期盼的目光。此刻，负责整个演出的莫里哀，怀着激动紧张的心情，一遍又一遍地检查了演出前的各项工作。一切就绪之后，他匆匆忙忙地向妻子亚尔玛特的化妆间走去，她在剧中扮演的角色是生病的女主人欧米尔。刚一进去，莫里哀就为眼前的景象惊呆了：妻子穿着一件华丽精致的长袍正兴致勃勃地等着上场。原来，亚尔玛特凭着多年的舞台经验，预料到《伪君子》的上演肯定能引起轰动。平常就喜欢打扮并爱出风头的亚尔玛特为了显示自己的风采，不顾剧情的需要也没有同丈夫商量，私自定做了一件非常考究的长袍。看到妻子那身令人炫目的打扮和眼中得意的神情，莫里哀非常不高兴。尽管演出马上就要开始了，他还是毫不客气地让妻子脱下这套好像去准备参加舞会的服装而换上一套病人穿的衣服。可是，一向自以为是的妻子像是被当头浇了一盆冷水，立刻大吵大闹起来，并声称如果不让她穿这件长袍就拒绝上台演出。莫里哀尽管十分恼火，但又不敢发作。因为按照平常的经验，他明白妻子骄纵而任性的脾气是永远不会有什么协商的余地的。如果坚持让她换衣服，她一定会拒绝登场，而演出也就无法开始。就在开演预报的铃声响起来的时候，莫里哀急中生智，忙说："戏中的角色穿上这件衣服，国王会怪罪的！"妻子听后，这才生平第一次做了妥协，换上了剧中规定的服装。

像《伪君子》演出前出现的这场争执，只不过是这对夫妻无数次争吵中的小小一幕。

莫里哀的婚姻是由他以貌取人而亲手酿成的悲剧。

1641 年，二十一岁的莫里哀遇到一个流浪剧团并结识了团里小有名气的台柱演员玛德莱娜·贝雅尔。她容貌美丽，一头金发，演技娴熟，比莫里哀年长四岁。他俩志同道合，成为莫逆之交。从此，莫里哀决定放弃一切，同她一起献身戏剧并着手建立自己的剧团。经过努力，1643 年，莫里哀与玛德莱娜等十几位热心戏剧的朋友宣布剧团成立，取名"光耀剧团"。从这时开始，他放弃了自己原来的姓名，给自己取了"莫里哀"这个艺名。然而，苦心经营的剧团因负债累累于 1645 年秋垮台，多数成员纷纷离去，只有玛德莱娜一家在风雨飘摇中和他同舟共济。在外省流浪了十多年后，剧团回到巴黎并受到国王的青睐和保护。这时，年已四十岁的莫里哀却对玛德莱娜的"妹妹"，年仅十九岁的女演员弗朗索瓦兹特别钟情。她是一个讲究衣着、喜爱打扮、富有魅力、善于吸引异性的女孩，从 1660 年起开始在剧团里表现得出类拔萃，特别是在《讨厌鬼》一剧中崭露头角后，就像一块瑰丽的珠宝使观众为她痴迷起来。莫里哀也被她年轻美丽的外貌所吸引并很快堕入了情网，他全然没有考虑到年龄的差距和性格的差异，更没有顾忌玛德莱娜长久以来对他的情谊，却准备娶她的小"妹妹"为妻。而正在走红的弗朗索瓦兹虽然比莫里哀小二十多岁，但她已打算牺牲自身以换取更多的利益，于是欣然接受了莫里哀馈赠的厚礼。他们于 1662 年 2 月 20 日举行了婚礼，在结婚证书和户口簿上，成为莫里哀之妻的她，将自己的名字改为听起来更为高雅一些的亚尔玛特。

莫里哀本来对玛德莱娜有情，而且二人患难与共，情谊笃厚，他却一直没有同她结婚，而是错误地选择了她年轻美貌的妹妹。这三个人的关系，给莫里哀的后半生投下了阴影。由于莫里哀年轻时同玛德莱娜相爱过，他的政敌便借此对他进行人身诽谤，说他娶了自己与情妇的私生女，犯了乱伦罪。尽管莫里哀对这些谣传置若罔闻，但是亚尔玛特在情感上给他的痛苦和难堪却使他有苦难言。

那么，亚尔玛特到底是一个什么样的人呢？

据《法国历史轶闻》披露，弗朗索瓦兹是玛德莱娜二十岁时与一个名叫莫德纳的伯爵的私生女。玛德莱娜将女儿托付给别人抚养，自己则跟随一个巡回剧团演出，希望在莫德纳明媒正娶的妻子死后嫁给他。尽管伯爵夫人于1652年亡故，但玛德莱娜的希望却落空了，因为伯爵不愿把贵族的姓氏让给一个女戏子。愤懑的玛德莱娜带着女儿来到里昂，参加了刚刚到达那里的"光耀剧团"。为了不暴露自己的隐私，她将亲生女儿称为妹妹，而且，在亚尔玛特的两个证件上填的身份也都是玛德莱娜的妹妹。莫里哀第一次见到弗朗索瓦兹时，她才十四岁。莫里哀永远也不会知道，他一生中接触过的两个最亲密的女性，曾经给他带来欢乐和不幸的玛德莱娜和亚尔玛特之间的真正关系。

莫里哀的婚后生活远没有他想象的那么浪漫，相反，常常发生的争吵却成为生活中的一个重要内容，而且时间越长吵得越凶。特别是亚尔玛特成名之后，生活奢侈挥霍，行为轻浮放荡，常常使得莫里哀既愤懑恼怒又嫉妒得发狂。他开始感到命运的不幸，更没有想到自己温存而小心翼翼地教养起来的妻子竟然会是这个样子。他感到不能失去她，但又毫无办法对付她，更不忍心伤害她，于是，只有让苦恼来折磨自己，强迫自己尽丈夫的责任。软弱和娇宠反而使妻子得寸进尺，同床异梦的生活已经成为一种痛苦。他们开始分居，但隔不多久又生活在一起，可随之而来的还是争吵。于是他们不得不长期分居。夫妻感情的破裂和反动势力制造的流言蜚语，使莫里哀饱受内忧外患的折磨，他大病一场几乎死去。从此，他只好把自己的希望寄托在事业上，只有在专心写剧本和演出的时候，他才能暂时忘掉个人的痛苦，从中得到一点安慰。

在不幸的婚姻使莫里哀陷入痛苦的那段时间里，从他那颗受到创伤的心田里涌流出的激情、快乐和泪水融化在《恨世者》、《乔治·唐丹》和《女博士》等剧本中。可以说，《恨世者》中的阿尔赛斯特实际上就是作者自己的写照，男女主人公的关系正如莫里哀与亚尔玛特之间的关系一样。阿尔赛斯特在对上流社会的无限憎恨中企图救出色里曼纳，然而他失败了，他得到的除孤独外还有绝望；《乔治·唐丹》中的男主人公因娶妻而受到的种种欺侮和愚弄简直到了不堪忍受的程度，可是，具有讽刺意味的是，在凡尔赛宫的一次盛大庆祝典礼中，这出喜剧恰恰被选中作为节目上演。莫里哀亲自扮演唐丹，女主人公由亚尔玛特扮演。在国王路易十四和多达三千人的观众面前演这出戏，对莫里哀来说，实在是一次痛苦的嘲讽。

莫里哀努力克制着家庭生活不幸带给他的精神痛苦，专心致力于艺术创作，先后共完成三十七部喜剧。

据说，莫里哀夫妇在 1672 年玛德莱娜去世后曾言归于好，并在巴黎的黎塞留街买下了一所陈设豪华的住宅，可是，这所宅第还没有布置妥当，莫里哀就在 1673 年上演《无病呻吟》时倒在了舞台上，之后不到四小时就去世了。

莫里哀在创作上收获颇丰，但在生活中所得甚少。他在为别人创造欢乐的同时，却为自己种下了生活的苦果。他能不感慨于自己的错误吗？

5. 悲喜剧《吝啬鬼》与《贵人迷》
bēi xǐ jù lìn sè guǐ yǔ guì rén mí

1668 年 9 月 9 日，莫里哀的五幕散文体喜剧《吝啬鬼》首次公演，作者亲自登台扮演剧中主角阿巴贡。这部从古罗马剧作家普劳图斯的《一坛黄金》中取材的喜剧，由于没有涉及当权者的利益，因而演出时一帆风顺，上演历时一年，盛况始终不衰。从此，它不仅跨过法国国界飞越千山万水几乎传遍了整个世界，成为人们熟悉的一部世界名剧，而且它也穿过了时间的隧道，成为至今在世界许多剧院中的保留剧目。

高利贷者阿巴贡有一子一女。女儿艾莉丝曾被一个叫法赖尔的年轻人搭救过性命，两人情投意合，倾心相爱。法赖尔为此暂且不去寻找多年失散的父母，隐瞒身份，来到阿巴贡家，当上了管家，同艾莉丝私订了终身。阿巴贡的儿子克莱昂特看中了一个贫穷的姑娘玛丽雅娜，苦于手头无钱，不能周济她。阿巴贡刚把一万艾居埋在花园里，总是提心吊胆生怕有人偷了他的钱。克莱昂特和艾莉丝正要向父亲提出他们各自的婚事，阿巴贡却说出了自己的打算，他给儿子定下一个富有的寡妇为妻，给女儿定下一个不要陪嫁的爵爷昂塞耳默为夫。自己虽到花甲之年，却准备娶年轻姑娘玛丽雅娜做续弦。克莱昂特气得拂袖而去，他打算筹一笔钱，必要时可以同玛丽雅娜远走高飞。他的跟班找到了一个债主的接头人，要二分五的利息，借款的五分之一还须用旧衣杂物、破铜烂铁来支付。克莱昂特恨得直骂这是个"杀人不见血的凶手"，没想到原来这个放高利贷的就是自己的父亲。见面之后，父子互相指责，父说子不务正业，胡作非为，败光家业；子说父"伤天害理"，非法致富。这时来给阿巴贡提亲的媒婆提出向他借钱，他马上板起脸来，当做没有听见。

为了迎接昂塞耳默爵爷的到来，阿巴贡准备请客。他吩咐仆人准备十个人一桌的酒席，但菜肴只要够八个人吃的就可以了，而且专做不对胃口、让人一吃就饱的东西。车夫兼厨子雅克听完吩咐，告诉阿巴贡，人家都在背后议论他，说他印了一些历书，吃斋的日子加了一倍，有一次，他到马棚去偷喂马的荞麦，挨了一顿好揍，人人都说他是吝啬鬼、钱串子、财迷和放高利贷的。气得阿巴贡动手打他，法赖尔也帮着用棍子教训了雅克一顿。这时，玛丽雅娜来相亲，觉得阿巴贡又可憎又愚蠢。克莱昂特也来了，他和玛丽雅娜互相说着双关语，表白心迹，克莱昂特甚至把阿巴贡的钻石戒指脱下来转送给玛丽雅娜，气得阿巴贡直诅咒。

阿巴贡有事出去了一会儿，回来时发现儿子正在吻玛丽雅娜的手。他等客人走后，假装要把玛丽雅娜让给儿子，克莱昂特中了圈套，说出自己的真情。阿巴贡把脸一翻，要儿子死了这条心，克莱昂特坚决不从，父亲气势汹汹地表示不认克莱昂特这个儿子，取消了他的继承权，儿子为了惩罚父亲的无耻，伙同仆人一起偷走了阿巴贡埋在花园的一万艾居。阿巴贡发现钱被盗后，声嘶力竭地叫喊："我完啦，叫人暗害啦，叫人抹了脖子啦……既然你被抢走了，我也就没有了依靠，没有了安慰，没有了欢乐。"他要拷问全家，狂乱中他怀疑任何一个人，甚至是自己。他抓住自己，以为是抓住了贼。

法警来到阿巴贡家调查。先抓住了雅克，雅克为了报复法赖尔，就嫁祸于他。法赖尔一下给蒙住了，以为他同艾莉丝的关系被发现了，便索性说了出来，阿巴贡气恼之下，要把法赖尔和艾莉丝都关进监牢。这时昂塞耳默来作客。法赖尔为了表白自己无罪，说出自己的身世：他出身于意大利拿波里的名门望族，十六年前，拿波里大乱，一家失散，他身上至今还带着证物。玛丽雅娜听了以后，惊呼法赖尔就是她的哥哥，昂塞耳默则说出自己是他俩的父亲。阿巴贡转过来要昂塞耳默赔他的一万艾居。克莱昂特说他知道钱匣的下落，只要父亲同意他娶玛丽雅娜为妻，钱匣就能归还。为了尽快找回钱，父亲同意儿子的婚事，可他又说没有钱给子女办婚事，昂塞耳默愿意由自己出钱。得寸进尺的阿巴贡又提出要昂塞耳默给自己做一套出席婚礼的礼服，也得到同意。这样，两对年轻人终成眷属。

莫里哀通过阿巴贡这一形象，淋漓尽致地揭示了资产阶级爱钱如命的本性，把他剧作中讽刺资产阶级的主题推向一个高峰。

莫里哀笔下的阿巴贡是一个可笑又可憎的形象。这一形象具有高度的典型性，它几乎成了守财奴、吝啬鬼的同义词。剧本通过阿巴贡父子之间在婚姻问题与经济问题上的双重矛盾，深刻地揭露了金钱贪欲如何破坏了家庭的伦理关系，使剧本带有悲剧的因素。所以，歌德说："《吝啬鬼》是一部具有'高度悲剧性'的喜剧。"

《贵人迷》（1670，又译《醉心贵族的小市民》）是莫里哀奉法国国王路易十四的命令而创作的一部五幕散文体喜剧。剧本的主题是莫里哀在此之前一再表现过的内容：讽刺资产阶级的虚荣心。不过在这个剧本中，作家把当时资产阶级的这一弱点推向极端，几乎到了荒诞的程度。

布商汝尔丹先生是个不学无术的资产者，一心想当贵族，作为一个暴发户，最忌讳旁人提起他的出身。他没有受过贵族教育，就想补上这一课，于是他出钱请来音乐教师学音乐，请来舞蹈教师练舞蹈，又排练歌舞准备请贵妇人赏光；请来剑术教师学击剑；请来哲学教师练习拼音。为了附庸风雅，他还想学散文，当哲学教师指出他说话用的就是散文时，汝尔丹先生感到十分惊讶："天啊！我说了四十多年散文，一点也不晓得。"这

些教师都顺着阔绰的汝尔丹先生的心思，把他哄上了天。各位教师之间又各说各的职业好，说恼了，就破口大骂，互相攻击！

汝尔丹先生对裁缝送来挤脚的鞋、挑丝的紧袜子及花儿倒着做的衣服甚为不满，但裁缝师傅说："这是贵人的礼服，""宫廷最华贵的礼服。"他马上高兴地穿戴起来，并连连赏钱给称他为"贵人"、"爵爷"、"大人"的裁缝。

汝尔丹先生把贵族的举止作为自己行动的标准，他说："荣誉和风雅，只有他们才有。我宁可手上少两个手指头，也愿意生下来不是伯爵，就是侯爵。"他还认为："愿意老待在下流社会，简直是死脑壳的想法。"

只求安分守己、心安理得过日子的汝尔丹太太，不满于她丈夫惹人嬉笑的披挂、满口南腔北调的语言和不通情理的行为，认为他简直是个冤大头，都是他钻营贵族门路所致。汝尔丹先生不但不听劝告，反而自视有"高见"，扬扬自得。

招摇撞骗的道琅特伯爵投其所好，专拣汝尔丹先生爱听的话说。他凭着"贵人"的身份，向汝尔丹先生借钱达一万五千八百法郎。汝尔丹却认为借钱给这样的贵族很体面，甘心让他骗钱。汝尔丹还附庸风雅，试图通过追求侯爵夫人踏入上流社会。结果反被道琅特伯爵借花献佛，让汝尔丹先生为他自己的情人道丽麦娜侯爵夫人演奏小夜曲、送鲜花、在湖上看烟火、赠名贵的钻石、举办丰盛的宴会等。汝尔丹先生则觉得自己能看见一位贵夫人，并能这样得到她的"垂青"，花多少钱也甘心情愿，他说："我真希望侯爵夫人把我当做一块真金！"

汝尔丹先生的女儿吕席耳爱上了平民出身、立过军功的克莱翁特；吕席耳的使女妮考耳也爱上了克莱翁特的仆人考维艾耳。汝尔丹夫人十分赞同女儿的婚事，可汝尔丹先生却嫌克莱翁特不是贵人："我有的是财产给我女儿作陪嫁，我需要的只是身份。""哪怕人人反对，我女儿当定了侯爵夫人。"当妻子不理睬他这一套的时候，他在盛怒之下大叫道："这就是你那小家子出身的想法，总是甘居下流！"考维艾耳无奈，便想出一计：改扮成土耳其皇太子的翻译官前来谒见汝尔丹先生，声称："先令尊是一个很有身份的贵人"，我是"先令尊大人的好朋友。"汝尔丹先生即把他引为知己，并同意"土耳其皇太子"的求婚，同时又接受土耳其的"武士"爵位。受到如此厚爱的汝尔丹，简直是感激涕零。

授爵后，汝尔丹先生迫不及待地要当面把女儿许配给"土耳其皇太子"。吕席耳及汝尔丹夫人因为知道"土耳其皇太子"就是克莱翁特本人装扮的，都高兴地同意了。汝尔丹先生急匆匆找来了公证人，写好婚书。

几对有情人终成眷属，喜剧在盛大的芭蕾舞中结束。

喜剧通过汝尔丹的所作所为典型地反映了当时资产阶级的精神面貌。在路易十四的大臣柯尔柏推行重商主义政策影响下，资产阶级通过经商致富活动使社会经济生活繁荣起来。但是，刚刚发家的资产阶级还没有脱离粗俗、自贱的精神状态，没有自觉的阶级意识，他们一心想要提高自己的社会地位，认为唯一的方法是使自己变成贵族。虽然贵族在经济上已经破败，但在政治文化上仍然保持着自己的优势，因而瞧不起那些像汝尔丹一样举止粗野的资产者，甚至还借用自己漂亮儒雅的举止对他们进行欺骗。

莫里哀在《贵人迷》中把性格喜剧、风俗喜剧、闹剧和芭蕾舞杂糅为一体，使人物性格刻画惟妙惟肖，精彩场面层出不穷，它是莫里哀喜剧芭蕾舞剧的一个成功的范例，也是他在这方面创作的最高成就。

6. 放荡恶魔与伪善骗子：唐璜
fàng dàng è mó yǔ wěi shàn piàn zǐ：táng huáng

五幕诗体喜剧《唐璜》（又译《石宴》），是在《伪君子》被禁演，《恨世者》未完成，剧团无戏可演的情况下，莫里哀仅用两周时间赶写的一个剧本，它取材于西班牙的一个传说。

西班牙剧作家蒂尔索·德莫利纳于 1620 年创造了塞维利的唐璜形象，到了莫里哀的时代，法国已经出现的一些剧本中又复制了唐璜这个形象，但是情节只是复述了符合中世纪道德观念的有关罪行以及惩罚犯罪者的简略故事，而莫里哀第一个把这个形象作了广泛的现实主义的概括，并赋予它某些哲学意味。

花花公子唐璜仗着自己的财势，以结婚为手段，到处玩弄女性。

贵族小姐唐娜埃乐菲尔在唐璜的疯狂追逐和一再的山盟海誓下，冲破女修道院的禁令，与他结了婚。可不久，唐璜对唐娜埃乐菲尔的热情很快熄灭。他偶然碰见一对刚订婚的情人，他们的绵绵情意刺激唐璜由妒生爱，他毫无顾忌地抛下唐娜埃乐菲尔，不辞而别，尾随这对情人，准备把刚订婚的姑娘搞到手。

《唐璜》剧照

唐娜埃乐菲尔追赶唐璜，来到海边。她希望唐璜为自己的不辞而别辩白，她虽知这不免自欺欺人，可她还是深情地寻找种种借口来原谅他。不想唐璜丝毫不想遮盖自己的薄情，要唐娜埃乐菲尔重回女修道院去，还说这是上天的意志。

唐璜乘船出海想抢劫刚订婚的那个姑娘，遇上飓风，翻船落海，被乡下青年皮埃洛所救。刚刚从死里逃生的唐璜，转眼看上了皮埃洛的未婚妻沙绿蒂，他又是调情，又是许愿，以结婚为诱饵，骗得了单纯无知的姑娘的感情。正当他俩亲热时，来了另一个农村姑娘玛杜丽娜。原来，此前唐璜刚认识玛杜丽娜，也曾许诺要取玛杜丽娜为妻。两个被欺骗愚弄的农村姑娘相互妒忌，唇枪舌剑闹得不可开交，唐璜趁机溜之大吉。

唐娜埃乐菲尔的两个哥哥得知妹妹被弃，门庭受辱，带着人马找唐璜复仇。唐璜闻讯，与仆人乔装改扮，从小路逃走。在树林里，唐璜从强盗手里救出一位绅士，不想他就是来找唐璜复仇的唐娜埃乐菲尔的一个哥哥唐喀尔罗。唐喀尔罗因唐璜救了他，决定先报恩——饶他一命，让他好好考虑。

回城路上，唐璜经过一座气魄雄伟的建筑。这是半年前被唐璜杀死的一位骑士的坟墓，此时墓门启开，骑士的石像栩栩如生地矗立在面前。唐璜奚落了一番石像，还邀请石像和他去共进晚餐。不想石像慨然应允，如约赴席，还回请唐璜第二天去他那儿晚餐。

唐璜

石像显灵，仆人认为是上天已迁怒唐璜的证明，力劝唐璜改邪归正。唐璜根本不信上天，也不想改邪归正。他欺骗慈父，赶走债主，谩骂上天，拒绝承认唐娜埃乐菲尔是他的妻子。

唐璜的罪恶终于触怒上天，在他去赴石像约会的时候，电光闪闪，雷声隆隆，他身遭雷殛。

唐璜死了，被触犯的上天、被违犯的法律、被诱惑的少女、被玷辱的门第、被欺凌的父母、被糟蹋的妻子、被逼得走投无路的丈夫，人人都喜欢。倒霉的是他的仆人，再也没人付给他工钱了。

唐璜的形象最初是通过他的仆人斯卡纳赖尔之口介绍给观众的。他是世界上"最大的恶棍"，"一条狗，一个魔鬼，一个土耳其人，一个异教徒，既不信天堂，也不信地狱"，他是"伊壁鸠鲁的猪"，"萨尔达拿巴尔"（西洋民间传说中一个典型的荒淫无道的国王）。他轻佻、好色，在他看来，世界上所有的女人都是美人，他想占有每一个。他在唐娜埃乐菲尔心里点燃起爱情的烈火。为了他，她忘记了上帝，离开了修道院，用天堂的幸福换取尘世爱情的欢乐；他喜欢乡下姑娘沙绿蒂，就像一分钟以前喜欢另一个乡下姑娘玛杜丽娜一样；他吻过贵妇人娇嫩的小手，又以同样的愉快吻着乡姑粗壮的大手。他奉承地赞美姑娘的美貌，当姑娘羞怯地感谢他的恭维时，他却说，她不应当感谢他，而应当感谢自己的美丽。……这种为了自己的利益可以无所不为的纨绔习气，不正是贵族卑鄙放荡行为的写真吗？

唐璜在追逐异性，为满足自己情欲时可以不顾道德观念，但在同性面前却完全摆足架子，以显示封建贵族等级的森严。他认为自己有权殴打农民皮埃洛，虽然他救过自己的性命；他认为能够为主人冒生命的危险是他的仆人斯卡纳赖尔最大的光荣："别耽搁了，我赏你的这个脸可真不小，一个仆人能够得到替主人死的光荣，那该多么幸福呀！"

但是，莫里哀并没有像前人那样仅仅从宗教禁欲主义的角度将唐璜描绘成一个简单的恶棍，而是通过某些细节描写了信奉享乐哲学的主人公身上具有的某些闪光点：他否定一切约束和信仰，只相信像二加二等于四这样一些不容置辩的显然的事实。对于宗教信仰这样一个在封建社会中被人们视为最神圣、最严肃的问题，唐璜抱着无所谓甚至嘲笑的态度。他不相信天地鬼神，敢于亵渎上帝。他还痛快淋漓地揭露医学和伪善的世风，其中不无真知灼见。他甚至还冒着生命危险，从强盗手中救下了一个素不相识的受难者，在见义勇为中表现出贵族的荣誉。尽管这些都从属于他的荒唐生活，但却不时闪烁出反叛的火花，击中封建社会的要害。

由此可见，莫里哀通过唐璜这个形象，不仅仅讽刺了那些放荡的引诱者，同时也讽刺了那些以信仰上帝为名而摒弃生活趣味、以笃信上帝的假面具来掩饰恶行的伪善者。唐璜形象是伪君子答尔丢夫形象的特殊补充，因此，当《唐璜》刚一上演，就受到教会和贵族的攻击，最后遭禁演也就不足以为奇了。

7. 仆人的智慧：《史嘉本的诡计》

pú rén de zhì huì：shǐ jiā běn de guǐ jì

三幕散文喜剧《史嘉本的诡计》（1671）是莫里哀专门为平民写的一出戏。他不仅把轻松质朴幽默滑稽的民间闹剧搬上舞台，而且把一直作为配角形象出现的仆人作为喜剧描写与歌颂的中心，他们的智慧远远超出了贵族家族中小心谨慎的父辈和优柔寡断的子辈。如果说古典主义悲剧中的那些英雄豪杰是用刀剑来为自己建树功勋，那么，小人物史嘉本则是在欢声笑语中用雄辩和欺骗大胆地为自己建立功勋。

两对堕入情网的青年人，因缺少经验而无法克服吝啬的父亲在他们的婚姻问题上设置的种种障碍。在这样难解的矛盾出现时，史嘉本登场亮相，他的智慧与才干是在设法帮助年轻人解决困难，力求使恋人们如愿以偿的过程中充分施展出来的。

皆隆特与阿尔冈特为了一宗生意一块儿乘船出远门去了。他们留在家里的儿子却闹起了恋爱。皆隆特的儿子赖昂德遇见了一个年轻美丽的埃及姑娘赛尔比奈特，阿尔冈特的儿子奥克达弗也爱上了一个因母亲去世而没有依靠的善良姑娘雅散特，并且未经父亲许可，打定主意与姑娘私自成亲了。

两个月后，传来父亲们返回家的消息，这可急坏了两对恋人。刚刚结婚才三天的奥克达弗手中没有一个钱，他只好找到赖昂德的听差史嘉本，求他帮忙成全他们的婚事，并向他父亲要二百皮司陶耳的钱。史嘉本可是个机灵又勇敢有为的人，出于对落难情侣的同情心，答应帮助他们。

阿尔冈特回来后听说儿子不经自己许可就娶了媳妇，极为生气，大声训斥儿子的听差席耳外司特。站在一旁的史嘉本就以"命该如此"来搪塞，又推说这事是迫不得已的：年轻人到底年纪轻，欠慎重，况且他和老爷一样爱在脂粉堆里厮混。不料想被姑娘的家人撞见了，拿起凶器来逼他娶她。听史嘉本这样说，阿尔冈特就提出要退婚。史嘉本说，你儿子不会

承认自己是孬头，他既不能丢自己的脸，也不能丢父亲的脸。阿尔冈特又以不让奥克达弗继承家业相威胁。史嘉本说，你天性仁慈，下不了这个狠心。阿尔冈特左右为难，不禁哀叹道：偏偏是个独养儿子！天不作美，我的女儿不知在哪儿啦，不然的话，如今也好叫她作我的继承人。

皆隆特从朋友那里得知赖昂德也出了事，就责问起儿子来。赖昂德以为是仆人告的状，就拔剑要砍史嘉本。正在这时，有人来告诉赖昂德：如果两小时之内不带五百艾居来赎她的话，埃及人要把赛尔比奈特带走。赖昂德又不得不求助于史嘉本。史嘉本乘机作弄了小主人一番。赖昂德的苦苦哀求和赔礼道歉以及奥克达弗的帮忙说情才使史嘉本的心软了下来，他答应想法从他们的父亲那里要出钱来。阿尔冈特想退婚，史嘉本给他出主意说：嫁给少爷的姑娘的哥哥是个职业打手，杀人像喝葡萄酒一样，满不在乎。只要您给他的钱不少于六百皮司陶耳，他就同意退婚。阿尔冈特一听，吓了个半死。史嘉本接着编造说：她哥哥到了入伍的时候了，至少也得有匹劣马，有全副装备和几管手枪，还要给听差一匹马骑，一匹骡子驮行装，再加上欠女东家的款，总共两百皮司陶耳。阿尔冈特又想打官司，史嘉本认为万万使不得，打官司手续烦难，破费更大。与此同时，史嘉本又叫席耳外司特打扮成剑客模样装做雅散特的哥哥，要来杀死阿尔冈特，吓得阿尔冈特只好马上付钱。拿到了两百皮司陶耳后的史嘉本又找到皆隆特，编造说：少爷遭大难了。他在码头上散步时，遇到一条土耳其战船，被骗上船，于是叫我来问您要五百艾居，在两小时内去赎，不然少爷要被当奴隶使唤。皆隆特虽然吝啬得很，也不能不心痛得拿出五百艾居去赎儿子。史嘉本把钱骗来后就交给两位少爷，他们都高高兴兴地走了。

但是，史嘉本一直没忘记皆隆特在儿子跟前诽谤了自己，他决心给老主人一点小苦头吃。他对皆隆特说：奥克达弗娶的那个姑娘的哥哥，听说您要把女儿顶他妹妹，到处找您，要把您害死。于是他出钱让皆隆特钻到口袋里把他扛回家，以免叫人看见。老主人刚钻进口袋，他就假称找人的人来了，亲自动手用棍子把老主人打了一顿。

不料，赛尔比奈特在无意之中把史嘉本的诡计告诉了皆隆特，老主人恨得咬牙切齿，决心要收拾一下这个猖狂的仆人。不过，雅散特的女佣人却认出皆隆特就是雅散特的父亲，并告诉他雅散特嫁的是奥克达弗。赖昂德也从埃及人那里打听到：赛尔比奈特就是阿尔冈特的女儿。正在这时，有人报告说：史嘉本被正在建房的石匠的锤子砸开了脑袋，就要死了，他求人把他抬来。史嘉本说：我得罪了许多人，不来求你们饶恕，我就闭不上眼睛。阿尔冈特与皆隆特因为喜事临门，宽恕了史嘉本。其实史嘉本并未受伤，这是他为逃避惩罚而耍的又一个诡计。

《史嘉本的诡计》的情节是从古罗马喜剧作家泰伦斯的《福尔米奥》脱胎而来的，但莫里哀又大量吸收了民间闹剧的手法，穿插进了许多诸如乔装打扮，巧使计谋，智设骗局，插科打诨等欢乐场面。特别是作为"下等人"的史嘉本，为了报复自己的老主人皆隆特，竟敢把他骗进口袋里巧妙地痛打一顿，这个引得法国平民发笑的场面，表现出作者强烈的反对封建等级观念的民主主义思想。莫里哀竟然敢塑造出史嘉本这样一个肆无忌惮地破坏封建传统道德观念的形象，这种举动对17世纪法国贵族社会不可逾越的森严的等级制度无疑是"犯上作乱"。于是，莫里哀早先因为写《贵人迷》而与法王渐趋紧张的关系无疑又进一步强化了。就连一直支持莫里哀的好朋友布瓦洛也起来指责他由于太爱平民，为了迎合他们的口味而"专爱滑稽，丢开风雅与细致"，"在史嘉本安排下的那只可笑的口袋里，我再也认不出他还像个写《恨世者》的作家"。布瓦洛甚至还奉劝他"少做人民的朋友"。

其实，莫里哀的民主主义思想的根基，早在巴黎外省流浪演出时就已经奠定了。当时宫廷贵族的生活极端奢侈，而外省的破败景象令人触目惊心，鲜明的对比使莫里哀看到了法国社会的真相。特别是流浪剧团相当于游民，屈辱的社会地位和艰苦的生活使经受磨练的他能够接近、同情和了解人民，所以十三年的流浪生活一方面使他了解了人民的艺术欣赏趣味，一方面也决定了他一生创作的基本方向，因此，即使后来入宫后，他仍然保持着自己创作的民主倾向而没有最终成为国王的御用工具。

早在五幕诗体喜剧《冒失鬼》中，莫里哀就独创了马斯卡里叶这样一

个用智慧来对付困境的仆人形象。他克服了因主人行事莽撞，而使自己计划多次遭到破坏的困难，用才智帮助小主人获得成功的爱情。对这一人物的塑造流露出莫里哀对下层人民智慧的赞赏之情。在他后来的作品中，经常出现一些目光锐利、机智能干的仆人形象。如今，巧施计谋的史嘉本，不仅使两对情人结为百年之好，而且竟敢在光天化日之下把主人痛打一顿却没有受到惩罚。更重要的是，史嘉本还揭露了司法机构的腐败："没完没了的上诉，一重一重的审级，手续烦难，还不提个个儿如狼似虎的官员……这些官员见钱眼开，没有一个不贪财枉法的。"莫里哀之所以能够成功地塑造出这样一些形象，是与他长期接触广大民众的艺术实践分不开的。

《史嘉本的诡计》标志着莫里哀喜剧创作的又一高峰。剧本对封建等级观念的蔑视以及对司法制度的抨击，虽然仅仅处在更激进观点的初级阶段，但显然有别于他以前的创作。可以说，它在莫里哀的喜剧中是有重要意义的一部作品。

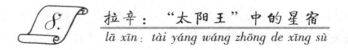

8. 拉辛："太阳王"中的星宿

lā xīn：tài yáng wáng zhōng de xīng sù

17 世纪的法兰西剧坛，出现了一颗光华夺目的新星，他与高乃依、莫里哀一起谱写了光辉灿烂的法兰西戏剧史。他，就是以"属于他的时代"著称于世，并通过悲剧创作来把握时代脉搏的著名古典主义悲剧作家——拉辛。

1639 年，在法兰西历史上大名鼎鼎的太阳王路易十四诞生的第二个年头，出身"长袍贵族"家庭的拉辛紧跟着来到了人间。命运将这个出身寒微的孤儿与不可一世的国王撮弄到一起，让这个本质上属于第三等级的臣民与骨子里都浸透着贵族气的国王结下了不解之缘。拉辛从二十岁起，一直到逝世为止，不论处境顺逆，几乎都处于这位国王的影响之下，难怪有人说，拉辛这位戏剧大师的星宿就坐落在太阳王的星座之旁侧，或者说，拉辛这颗法兰西剧坛上的明星，其星光的灿烂或黯淡在很大程度上是受到了太阳王星座的影响的。因为不论是在拉辛的生活中，还是在他的作品里，处处都回荡着他所生活的那个严峻时代的声音，呈现出他那个世纪的激烈的冲突。

1660 年，巴黎隆重庆祝年轻国王路易十四的结婚典礼。年轻的拉辛为这件大事写下了一首题为《塞纳河的仙女》的颂诗。他和所有初出茅庐的诗人一样，希望能得到正式承认。当时独领文

拉辛

坛风骚的人物夏普兰非常赏识这位青年诗人的才华，他曾经向当时路易十四的权臣柯尔柏谈到过拉辛，这位大臣即以国王的名义给了拉辛一百金路易的赏赐。

1662 年，拉辛又因发表颂诗《颂我王康复》得到路易十四的青睐，获得了六百金路易的赏赐。不久，拉辛又写了《诗神的名望》，表示对路易十四的感激。此后，国王决定发给他文学家的年金，诗人拉辛从此就得到了正式承认。

法国文学家安那托尔·法朗士在评述拉辛的著名论文中，曾这样描写过那个年代："二十二岁的国王，不学无术，骄傲自大，而且固执己见，独揽国家大权。这个国家之所以能成为一个强大的国家，完全是由于法国伟大的工人长期劳动的结果。至于路易十四，他酷爱女色和权势，后来又喜欢搞搞园艺、建筑和乘车到各军营去巡视。结婚以后，他常常跟贵族们

去看芭蕾舞，或乘旋转木马以自娱。他那奢侈豪华、富丽堂皇的皇宫，成了剧作家笔下的典型宫廷。"

情节取自古代希腊故事的《安德洛玛克》就是以宫廷为背景，以君王和贵族为主人公的五幕悲剧。爱庇尔国王庇吕斯，曾经是一个骄傲而又勇敢的战士，如今却为了一个不爱自己却令自己痴迷的女人打算和整个希腊、和自己的祖国作对；身为特使的俄瑞斯特斯为了得到公主而背叛祖国的利益，爱尔米奥娜却利用俄瑞斯特斯盲目的爱情，让他充当了替自己复仇的工具，而她自己也成了激情的牺牲品，只有安德洛玛克比所有的人都坚强且品德高尚，她忠于祖国，竭尽全力保护英雄的后代，任何折磨甚至死亡都不能让她屈服。由此可以看出，剧中人物除安德洛玛克外，那些国君贵族们的个人情欲压倒了一切，完全到了丧心病狂的地步。国王和保守贵族们不能容忍这种对国君的放纵情欲和宫廷的情杀丑闻的描写，他们对拉辛进行攻击并施以重重的政治压力，迫使拉辛暂时放弃悲剧创作。当拉辛转向喜剧并在《讼棍》中使他的人物完全沉湎于生活琐事的微不足道的纷争时，凡尔赛宫里响起的是国王路易十四不绝于耳的笑声。

但是，悲剧《布里塔尼居斯》的上演又使拉辛遭到猛烈的攻击，因为他在剧本中通过描写夫妻兄弟和母子之间的冲突斗争，深刻揭示出这样一个真理：当人们仅仅为了权力本身而拼命争夺权力时，走向政权的道路上就布满了罪恶；一旦政权掌握在无耻之徒手里，他们就会不惜一切干出层出不穷的罪行。同时，独裁者意识到独裁政治可以为所欲为，就往往造成最野蛮的权力滥用。因此，拉辛抨击了尼禄这个"刚露苗头的暴君"想要独揽大权的野心。这使观众非常自然地联想到现实，反动贵族认为拉辛是在借残酷的尼禄形象来侮辱王权，从而直接触犯了路易十四。他们为了毁灭这个剧本，"没有什么阴谋没使过，没有什么攻击没用过"。

为了缓和与专制王权的关系，拉辛在1670年创作的悲剧《贝雷妮斯》里描述了他自己理想的君主：英明而仁慈，能为国家社稷而抑制个人情欲。但他以同情的笔触刻画的富有人情味的罗马皇帝底托士的理想形象，是一点儿也不像凡尔赛宫的专制君主路易十四的真实形象的，而这种对比，对于当时明智的人来说，是完全不利于路易十四的。接着，拉辛在1672 年创作出一部与路易十四宫廷生活不谋而合的充满宫闱阴谋和恐怖的悲剧《巴雅泽》。随后，他又在1673 年写成的历史悲剧《米特里达特》里塑造了一位宽宏大量，仁慈为怀的莫尼姆国王。

然而，在杰出悲剧《费德尔》中，拉辛通过王子之口发出："这幸福的时代一去不复返了"的感叹，并称宫廷是"不祥的和渎神的地方"，明显地反映出作者对现实社会的极度不满。可想而知，这部揭露法国宫廷和上流社会腐化堕落的悲剧上演时又遭到了反动贵族的破坏和捣乱。虽然最后国王出面干预，平息了这场事端，但使拉辛终止戏剧创作长达十二年之久。这期间，路易十四为了笼络和控制拉辛，封他为法兰西史官。1683 和1687 年，他曾三次随从国王出征根特、阿尔萨斯和卢森堡等地，搜集战史资料。1690 年，拉辛又受封为国王侍臣；1694 年，他被任命为国王的私人秘书。可是，身在宫廷的拉辛却一直在关注着现实。

1685 年，路易十四废除了"南特敕令"之后，拉辛于1689 年应曼特侬夫人的请求，创作了一部以幸福为结局的悲剧《以斯帖》，其中小心翼翼地触及"信仰容忍"的主题，从中可以看出拉辛对路易十四抱有幻想，仍希望他能采取宽容的政策。在开场白中，拉辛还赞扬了国王的武功，以此暗喻路易十四征战的胜利。他还把大臣阿曼写成罪魁祸首，借以开脱国王宗教迫害的罪责，他借剧中人物以斯帖之口劝谏："权力至高无上的国王啊，回心转意吧，掉转您的耳朵，不要听信残暴的骗人的谰言吧！是时候了，您该清醒了，就在您瞌睡时，你的手快浸到无辜着的血泊里了。"在国王撤销那个血腥的敕令后，拉辛便向国王大唱赞美诗："……陛下心地多么善良啊！他的统治多么暖人心啊！""愿他的名字得到祝福，愿他的名字受到赞美！"这一切都充分表现出拉辛在残酷的宗教迫害面前，对国王的幻想和乞求宽容施恩。但是在1691 年创作的悲剧《阿达莉》中，拉辛描绘了绝对君权、天主教会和人民之间更激烈的冲突，并以沉默的抗议反对政府蔑视人民信仰的专横手段，还通过剧中人物若亚德之口描述了理想中的"好国王"应该是："不要陶醉在极权之中，不要听信恶毒谄媚者

的迷人之音。"这表明拉辛对路易十四的幻想已完全破灭，认识到只有推翻暴君，才是解决宗教迫害和社会矛盾的出路。为此，他触怒了国王。此后，他永远退出了戏剧界。拉辛创作中对抗情绪的增长，以及从理想出发日益尖锐地对现有制度的抨击，是和路易十四时代的绝对君权主义水火不相容的。

失宠于国王的拉辛，内心感到颇为不安。有一天，他在凡尔赛宫的花园里散步，遇见了曼特侬夫人。她说："你的不幸，是我造成的，我一定要使国王重新对你抱有好感，耐心等着吧！"但拉辛却认为这是命中注定，一切努力都徒劳无益。忽然，他们听见了马车驶来的响声，曼特侬夫人大叫道："快躲起来，国王来了！"但是，躲在树丛中的敏感、胆怯而不幸的诗人，被国王那不满的一瞥吓出了一场重病，从此卧床不起，于 1699 年 2 月 21 日逝世。当路易十四得知拉辛逝世的噩耗时，还是对他表示了深切的哀悼。

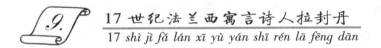

9. 17 世纪法兰西寓言诗人拉封丹
17 shì jì fǎ lán xī yù yán shī rén lā fēng dān

1683 年，法兰西学士院要增补一名院士，这个能够给人带来莫大荣耀的职位吸引了众多著名人士积极参加竞选，其中有一位作家以多数票当选，但提案竟被国王路易十四独自否决，因为他曾经写过一些薄伽丘式的故事，从而招致教会和国王的恶感。但他到底还是在翌年当选为法兰西学士院院士。这位遭际不断发生变化的作家，就是 17 世纪法国古典主义代表作家之一，著名的寓言诗人让·德·拉封丹（1621—1695 年）。

拉封丹于 1621 年 7 月 8 日诞生于埃纳省的西托－蒂埃里小镇的一个小官吏家庭里，父亲担任过水泽森林管理人和狩猎官等职，家境不太富裕。从小在农村长大的拉封丹，经常随同父亲到森林中巡查捕猎，可以在大自然的怀抱中尽情玩耍。富有魅力的大自然激发了他童年时代的无穷想象，为其日后寓言创作奠定了良好的基础。十九岁时，拉封丹到巴黎求学。他先是在一个天主教会研究神学，后来又改学法律，并获得巴黎最高法院律师头衔。在职期间，耳闻目睹了司法界的种种黑暗和腐败，他开始厌弃这种职业，不久，便辞掉职务，重返故里，过着安闲的乡绅生活。家中赋闲的几年间，拉封丹博览群书，阅读了荷马、维吉尔、泰伦斯、阿里斯托芬和薄伽丘等人的作品，他特别推崇

拉封丹

文艺复兴时期法国诗人马罗和作家拉伯雷，将他们尊为自己心目中的师长。这期间，他写了不少描绘外省风土人情的小诗。1654 年，拉封丹通过改编古罗马作家泰伦斯的喜剧，发表了第一部剧作《宦官》，这部作品标志着其创作生涯的真正开端。

17 世纪的法国，不少作家都有自己的保护人，初涉文坛的拉封丹也想为自己寻找个靠山，再加上醉心文学，不能胜任父亲遗留给他的职务，对家业的管理日渐怠慢，不得不于 1653 年出卖土地，于 1658 年来到巴黎，通过关系投靠了当时的财政总监富凯。富凯赐给他一份年金，让他今后定期上交自己的诗作。1661 年，富凯因营私舞弊被捕入狱，拉封丹失去了经济靠山，但他仍然忠于自己的保护人，曾两次以诗歌上书国王，请求宽恕富凯，因而得罪了朝廷，不得不离开巴黎。这件事对拉封丹的思想产生了非常深刻的影响，使他从此对朝廷怀有戒心。

由于拉封丹一生中曾两次投靠到女保护人的门下，再加上他作品中写了许多轻佻的故事，所以，人们很容易把他和女人联系在一起。其实，拉封丹本人的婚姻生活并无幸福可言。1647 年，二十六岁的拉封丹与一位刑

事长官的年仅十四岁的女儿玛丽·埃里卡尔签订婚约，没几天便匆匆举行婚礼。拉封丹好动任性，喜欢交游，把妻子撇在家里，希望她把家务料理妥贴，可是娇生惯养的玛丽终日沉迷于小说中，无心操持家务，再因两人年龄相差悬殊，性情爱好也不相同，感情渐渐疏远。拉封丹因感觉不到小家庭的温暖，常到朋友家住宿，最终导致夫妻分居。

拉封丹《寓言诗》里的"乌鸦与狐狸"

1663 年，重返巴黎的拉封丹投靠到奥尔良公爵夫人的门下充当侍从。这个悠闲的差事，既可维持他的生活，也不束缚他的自由，而且还为他出入一些显赫的文艺沙龙提供了便利。在这期间，他结识了布瓦洛、莫里哀和拉辛等人，这对他的艺术观的形成起了很大的作用。

1664 年，拉封丹发表了《故事诗》第一集，次年又出版了第二集。这些故事的情节都取自意大利作家阿里奥斯托和薄伽丘的作品，但经过诗人改造，便与 17 世纪的贵族沙龙文学发生了密切联系，其话题主要是写女人的脆弱、少女的纯真和修女的隐私等。这些故事不仅引起国王和教会的恶感，也使作者本人逐渐失去了对它们的兴趣，在 1671 年出版《故事诗》第三集时，他便基本上放弃了这种形式。

从 1667 年起，他开始创作富有想象色彩的《寓言诗》。当时年已四十六岁的拉封丹，不仅具有了丰富的生活阅历，而且也积累了相当多的创作经验。一年后，即 1668 年 3 月 31 日，他首次推出了《寓言诗》第一集，并由绘画家肖沃绘制了精美的插图。这部诗集一经问世，立即引起巨大的反响，读者竞相购买，两年内再版六次，作者也因此蜚声文坛。《寓言诗》第一集获得成功，进一步激发了作者的创作热情，不久他又完成描写希腊公主与爱神之间感情纠葛的长篇小说《普西赫与丘比特的爱情》。这时拉封丹为了缓和前几年因富凯事件而导致的与宫廷的紧张关系，将这部诗集题献给当时只有七岁的王太子，希望得到路易十四的宠幸，但诗人的一厢情愿未能如意，因为路易十四根本不买他的账。

1672年，他的资助人奥尔良公爵夫人病故，这使他失去了一切经济来源，幸好一位银行家的妻子德拉·萨布利埃尔夫人在他走投无路之际慷慨地收留了他。在新的环境中，拉封丹广泛地接触当时的一些社会名流，并认真研究了笛卡尔和伽桑狄的哲学，此外，著名旅行家弗朗索瓦·贝尼讲述的有关东方之行的见闻也启发了他的创作灵感。1678至1679年，他完成了《寓言诗》第二集。在此前后，他还发表了许多题材广泛的作品，主要有《圣马尔克被俘》（1673）；歌剧脚本《月桂女神》（1674）和《佛罗伦萨人》（1675）；科学诗《金鸡纳霜》（1682）；体现作者在"古今之争"中的折衷态度的献诗《致于埃》（1687）和诗剧《正义女神》（1691）。

1674年，诗人在没有获得出版特许的情况下贸然发表了《拉封丹新编故事诗》，使得路易十四大为不满，次年亲自指示警察总监下令禁止这个集子的发行。这件事发生后近十年，它对拉封丹的影响余波犹存，1683年拉封丹未能入选法兰西学士院就是其后果之一。

晚年，拉封丹还写了几个剧本，但成就不高。1693年1月，因保护人德拉·萨布利埃尔夫人病故，他连衣食住都成了问题，这位大半生都寄人篱下的诗人向教会妥协，为《故事诗》当众认罪，请求上帝、教会和法兰西学士院宽恕，不久被一朋友收留。1694年，他发表了《寓言诗》的最后一卷，并将这个诗集献给年轻的勃艮第公爵。1695年2月9日，他在街上突然昏倒，被人送回家后不久便与世长辞。

尽管我们在拉封丹的寓言里，可以发现在别的寓言材料中已经熟悉的有关乌鸦和狐狸、狼和小羊、蜻蜓和蚂蚁的故事。但是，拉封丹是一个善

于讲故事的人，不论用寓言的形式，还是用诗体故事的形式，他所讲述的那些轻松、优美、有些轻佻的小故事总是趣味盎然。这正如他同时代作家拉布吕耶尔的评价："在他写作的时候，他采用完善的故事体的形式，他让野兽、树木、石头——也就是那些不说话的东西说话，在创作中我们可以发现轻松、自然和优美。"

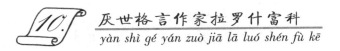

10. 厌世格言作家拉罗什富科
yàn shì gé yán zuò jiā lā luó shén fù kē

在 17 世纪下半叶出现的许多法国古典主义散文作家中，弗朗索瓦德·拉罗什富科（1613—1680 年）很不平常，他既是一位以愤世嫉俗著称、无情地揭人假面具的专家，同时也是一个喜欢诽谤女人及爱情的忧郁悲观的残疾者。

拉罗什富科出身于古老的法兰西贵族家庭，父亲是皇后及摄政玛丽·美第奇的服装总管。他是家中的长子，受过良好的贵族教育，十四岁时由父亲作主，娶了法国最伟大的养鹰者的独生女维沃内为妻。继承父亲的爵位后，他经常出入宫廷，并爱上了皇后安娜。当安娜皇后与首相黎塞留争权时，他参与了反对黎塞留的密谋，失败后入狱并被流放，回到韦尔特伊的家中。1639 年得到赦免，他重回宫廷，但仍继续敌视黎塞留。

拉罗什富科天生不喜欢安分，在度过了十年并不心平气和的夫妻生活后，他决心离家到巴黎进行爱情和战争方面的探险。1646 年他怀着要征服一个既有名气又防卫森严的城堡的雄心征服了朗格维尔夫人，由于夫人是当时贵族谋反运动中的主要人物之一，这使得他也倾注全力充当了有用的联络人，并参加了 1648—1653 年由贵族发动的反对朝廷的投石党事变。1652 年当他在巴黎郊区为投石党作战时，被毛瑟枪射中了双眼，致使一目失明。而就在同时，朗格维尔夫人背弃了他爱上了另一位公爵。因此，从军中退伍的拉罗什富科又回到了老家韦尔特伊。

年已四十岁的他患上了风湿痛。对自己以前所作的错误决策的悔恨，加重了他身体的病痛，朗格维尔夫人的负心，投石党内部成员的阴狠毒辣，以及它最后不光彩的垮台，这种种打击，使他原有的理想主义消失得无影无踪，他脱离了政治运动。为了排遣时间，也为了开拓自己的事业，他写了一本《回忆录》，此书未经他同意于1662年在荷兰出版，显示出他在正统文学方面具有极高的涵养。

1661年，新首相马扎兰上任，拉罗什富科向新任首相让步，宣誓忠于国王，他又被允许进入宫廷。于是他把自己的时间分为两部分：一部分用来陪伴在韦尔特伊的妻子，另一部分用来和巴黎沙龙中的朋友们交游。

他最常去的沙龙是由萨布莱夫人主持的。她和她的客人们常常做一种"串句游戏"，即由一个人先说出一句对人性或人的行为的评语，然后由在座的客人一句一句接下去。萨布莱夫人是波尔·罗亚尔女修道院的邻居，也是修女们的知己好友。她接受了修道院认为人性邪恶的看法，也同意她们所说的世俗生命是空虚的那种论调，这些悲观虚无的论调对从战争及爱情的恶梦中惊醒、受尽政治阴谋及身体病痛的摧残、曾经欺骗他人也被别人欺骗的拉罗什富科产生了很大影响。他发现在空闲时，修改自己或别人的句子，颇有些苦中作乐的趣味。当他的某个朋友抄了他的一些格言交给一个荷兰盗印者出版，并以匿名的方式发行时，拉罗什富科决计发行一本更好的。1665年，他将收有五百零四条箴言的著作取名为《箴言录》出版，刚一问世马上就成为一个模范读本。读者们不仅赞佩其文字上的精练、简洁和优雅，更欣赏它敢于把别人自私自利的丑恶言行暴露无遗的大胆无忌。

《箴言录》是一部反映贵族上流社会伦理道德的著作，它表达了作者对宫廷和上流社会腐败风尚的不满情绪。他指出，在那里利欲心支配着一切，以致"德行消失在利欲之中，正如河流消失在海洋之中"，"德行通常就是掩饰着的恶行"。到处是虚伪造作和假冒伪善："庄重是身体的一种秘密，是为了掩盖精神的缺陷而发明出来的"，"如果人们不相互欺骗，社会就不会长久地存在"。他甚至把矛头指向了当权者："亲王们的仁慈只不过是一种博取人民拥戴的策略"。

拉罗什富科认为，人情欲的基础是个人利益，它决定着人的行动和整个社会的生活，所以指导人行为的不是善与恶这些抽象的道德观念，而是人的行为的实际动机。为此，他把"自爱"作为价值判断的出发点。他说："所谓'自爱'，就是一个人只爱自己，或纯粹为了自己的缘故，而爱其他的人或事物。人的一生就是不断地进行或鼓励着'自爱'。"而虚荣心，只是"自爱"的一种形式，仅仅这一形式，就包括在人的每一个思想，每一种行为中。"假如人人反省一下自己内心深处的秘密，就会发现我们心中藏有许多邪恶的念头。如果这种邪恶，在别人身上被发现了，我们会毫不犹豫地加以指摘。因此，人们可以由自己的败坏无能，而推论出所有人类都是下贱而堕落的。""我们都是自己欲望的奴隶，如果一个欲望被克服了，绝不是由于明白了事理，而是由于另一个更大的欲望发生了。""最平凡的人，如有欲望在后面指使，会比一个最聪明而没有欲望的人占优势。"所以，所谓生活的艺术，就是尽可能地隐藏"自爱"，免得侵犯了别人的"自爱"。我们每一个都必须假装有利他主义的思想。"伪装是邪恶对美德的敬意。"而友谊"只是一种交易，在这种交易中，永远希望'自爱'是赚钱者"。"真爱好像是鬼，大家经常谈起它，可是很少有人看到它。""假如我们从未听人讨论过爱情，那么大多数人就不会堕入爱河了。"他还认为：女人只要一得到真爱，就没有余力与人发生友谊了，同时，她也发现，友谊与爱情相比，前者是太平淡无奇了，因此，女人如不在恋爱中，就几乎不存在。"很少女人的价值，比她的美丽长久。""大部分诚实的女人，就像隐藏着的宝藏，只因没有人去寻找，才会安全可靠。"

虽然拉罗什富科清楚地知道他的这些才气焕发的格言警句并不能完全公正地刻画人生，但他觉得，他所描写的种种弊病是人类本质的表现，因而当他对改善社会秩序持悲观主义观点的时候，其厌世思想也油然而生。

列夫·托尔斯泰对《箴言录》评价很高，甚至还将它译成了俄文。他写道："虽然这部书中只有一个真理，即自爱是人类行为的主要推动力，但这一思想从那么许多不同的侧面加以表现，以致使我们总感到十分新颖和生动。"马克思也曾赞扬《箴言录》表达了一些"出色"的思想。

1665 年，拉法耶特夫人对拉罗什富科在《箴言录》中表现出的愤世嫉俗思想感到震惊，虽然自己体弱多病，但她认为设法改变或安慰这位不快乐的人，是一件愉快的工作，因此她邀请他到巴黎她的寓所中去，并请来许许多多朋友，包括愉快的塞维涅夫人，来帮着她款待这位悲观厌世但才华焕发的格言作家。尽管他们的交往引起巴黎人的闲言碎语，但后来的事实证明，他们两人成为心灵相交的朋友。特别是 1670 年拉罗什富科夫人去世后，这段具有历史价值的友谊，变成了精神上的结合。法国许多文学作品中，都描绘了那位纤弱、瘦小的女人，静静地坐在那位因疼痛而动弹不得的老哲学家身边。虔诚热心的基督徒拉法耶特夫人终于使拉罗什富科信服，唯一能解答哲学问题的是宗教。所以在 1680 年，当他自觉死亡快要来临时，他要求博须埃主教给他领最后的圣餐。这位厌世的作家最终在天堂中为自己的灵魂寻找到了归宿。

11. 法国辩才大主教：博须埃
fǎ guó biàn cái dà zhǔ jiào：bó xū āi

在法国宗教史上，当教会在 17 世纪一度处于权威与尊严的顶峰期时，一位颇有威望的主教，以他才华横溢的文笔为王亲显贵涂脂抹粉，歌功颂德，被称为封建王权的卫道士。他的名字叫雅克·贝尼涅·博须埃（1627—1704 年）。

博须埃于 1627 年出生于巴黎外省的一个富有的法官家庭，其父是位有名的律师，也是第戎议会的议员。他的父母希望他成为教士，八岁时即为他举行受洗仪式，并送他到耶稣会学校学习。十三岁时他成为梅斯大教堂中的一个修士，两年后进入巴黎的那瓦尔学院攻读神学，因颇有才名而被朗布耶厅中的才女们邀请到她们的沙龙中发表布道辞。当十六岁的博须埃以优异的成绩从学院毕业后，他离开巴黎回到梅斯接受了圣职，不久进修神学博士的学位，随后开始布道演说。皇太后安娜听过他在梅斯的讲道，认为这样一个人才不该放在如此偏远的地方，就说服国王路易十四邀请他

到首都，于是，博须埃在1659年迁往巴黎。

初到巴黎时，博须埃在一个名叫圣拉扎尔的修道院向普通听众布道，1660年在皇家广场附近的列米里姆教堂向一群时髦的会众讲道。不久，这位口才好，信仰纯正并且有坚强个性的年轻讲道者的名声传到国王耳中，于是他便于1662年被邀请到卢浮宫发表严斋期讲道，路易十四以令人瞩目的虔诚参加了这些布道会。由于经常出入宫廷与王亲显贵打交道，受到国王的风度气质的影响和宫廷中优雅礼节的熏染，博须埃开始有意识地改变自己身上外省区的粗俗、愚腐的学究气以及辩证式的论争等各种气质，这种变化也促使他的布道向高一层的境界发展，从而使布道进入一个雄辩时代。据说博须埃布道的雄辩足以与古希腊著名雄辩家狄摩西尼的演说相比拟，也足以与古罗马著名雄辩家西塞罗的法庭辩论一比高低。在以后的八年中，博须埃不仅因此而成为宫廷教堂中最受欢迎的布道家，而且还成为许多名门贵妇的宗教指导者。1667年他被国王邀请在安娜皇太后的葬礼上发表葬礼演说。两年后在英格兰皇后昂利埃特·玛丽的葬礼上发表演说，而1670年他心情沉重地又为年轻的昂利埃特公主发表葬礼演说。

从1656年至1687年，博须埃为封建显贵，特别是为一些王室贵妇撰写的十二篇祭文，被编成文集《谏词》，它们同博须埃所作的大量布道演说都属于同一类型的作品，其中为英王查理二世的母亲和姊妹发表的两篇讲道是法国文学中最著名的演说。在第一篇演说中，博须埃从一个国君应该用他的权力为民造福，否则神的惩罚将会降在他身上这一主题出发，把1642年爆发的英国资产阶级清教革命称为一场大动乱，是上帝对其背叛脱离罗马教廷的惩罚，但国王查理一世是不应该受到这种惩罚的，他在革命中被处决，其过错在于他的宽厚仁慈。博须埃还把在革命中被逐出国外的法国籍的皇后称为一个圣人：她对丈夫尽妻子的忠心，还努力使得她丈夫与英国转向天主教。在感受到丈夫被处决的恐怖之后，她表现出令人可敬的行为。她承受自己的悲哀，并将这看做是上帝的一项祝福，她为此而感谢上帝，在谦逊与耐心的祈祷中生活了十一年，最后她得到了报偿：她的儿子加冕复位，身为母后的她现在可以再回到宫中，但她情愿住在法国的一个修道院中，除了广施善行外，她从不动用她的新财富。在这篇演说中，博须埃竭力证明上天统治着国王和王国，为王后鸣冤叫屈，赞颂死者的家属，甚至连声名狼藉的人也包括在内。他有意回避了某些历史事实，以达到为王亲显贵涂脂抹粉、歌功颂德的目的。

十个月后，博须埃发表了第二篇演说，这是为他心爱的赎罪者，以青春盛年死在他怀中的英国公主昂利埃特·安娜发表的。不久前他刚被任命为法国西南部康敦的主教，为这篇演讲特地赶到巴黎的圣达尼斯教堂。他摆出全副主教排场，头戴法冠，有使者为前导。通常在这一类演说中，演说者总是以节制的感情和一般的语气谈到死亡。但博须埃主教却没有以冷静的客观态度来演讲，特别是当他提到，昨天还是国王的欢乐与荣耀，如今却以突然而痛苦的打击使整个法国陷入悲哀的年轻公主时，这位尊严的主教忍不住掉下了眼泪，然后他以热烈的偏爱的激情描述了公主的美丽、安静与宽和，此时他手指上那枚公主送给他的大翡翠戒指正在闪耀光彩。最后他回忆起昂利埃特临死时的虔诚，临终的圣礼净化了她所有在尘世的牵绊，他确定这样一个温柔纯洁的灵魂值得救赎，更值得进入天国。

博须埃在此次演说中表现出的杰出辩才再一次打动了国王路易十四，他决定任命这位主教做王太子的教师，去训练这个迟钝的孩子，使其在知识与性格上将来足以统治法国。博须埃忠诚地接受了这项工作。为了接近宫廷与他的监护人，他辞去了主教职务，又为年轻的王太子写了许多热心的著作，包括世界史、逻辑、基督教信仰、政府、国王的责任等，目的是把这个孩子培养成一个完美的君主。

在写给王太子看的历史著作《世界史讲话》中，博须埃把历史看做圣经传说，他认为历史以上帝创造人类为开端，以后历史上的主要事件均是上帝计划的一部分，是全能的神领导其子民经过基督的牺牲与发展，最后进入天国的过程。虽然他认为朝代的更迭和兴衰都"决定于神圣的上天的神秘命令"，但从历史发展中他又看出某些进步的原则。可以说，尽管书中有许多错误，但它毕竟是第一本现代的历史哲学。

《根据圣经的政治学》也是一部写给王太子看的政治理论著作。博须

埃是绝对王权与君权神授理论的热烈维护者，他认为国王是上帝的代理人，因此，国王是神圣的，王权神授是绝对的，任何个人无权抗拒国王，而国王只对上帝负责。他从《圣经》中摘取例子和信条，以证明君权神授和绝对君主制是天经地义的。如在《旧约圣经》中说道："上帝给每一个人民以统治者"；在《新约》中，保罗权威地说道："那权力是上帝授予的"；使徒保罗又说："因此，不论何人抗拒这个权力，便是抗拒上帝的委托，那抗拒的人将受到永恒的咒诅。"所以，任何接受《圣经》为上帝话语的人，必须尊奉国王为上帝的代理人。

但是博须埃的学生并不赏识这些为他而写的伟大著作，因为博须埃的性格过分严肃、克己，不能做一个讨人喜欢的老师，而更适合去做一个讲道者。作为天主教的卫道者，他反对让森派，并就寂静派问题同费纳龙展开论争，对天主教内出现的离心倾向不能容忍，他曾经拟定四项条款，确定法国教会的国教派自由传统以对抗教宗的控制，赞扬《南特敕令之撤销》是"一项虔诚的诏令，将给予异端一个致命的打击"。在1688年写的《新教演变史》中，他宣称：只有一个权威的宗教才能保证一个国家的道德与稳定，才能给予人类心灵在面对困惑、离乱与死亡时以力量。博须埃虽然没能因此得到一项枢机主教的帽子，但80年代以后，他成为法国教会的实际首领。博须埃严格坚守教会的尊严与仪式。据说他经常在特拉普圣母修道院避静，时常希望在修道院的静室中能得到和平。但是宫廷生活豪华的吸引远远胜过这种圣洁的向往，当他意识到自己的神学思想沾上了政治野心的色彩时，他有一次要求女修道院院长"为我祈祷，使我不致爱这个现世"。

1695年博须埃终于担任了大主教，但他的晚年并不快乐。虽然在论争中他曾胜过费纳龙，胜过教宗全权论与神秘主义者，也见到教会对胡格诺派教徒的胜利，但这一切胜利都无法减轻他所患的膀胱结石病症的痛苦。疾病的痛苦使他几乎不能为他心爱的宫廷继续主持仪式，同时还遭到许多反对者的讥嘲。当他开始著书来反击对手的时候，疾病使他的生命于1704年4月12日中止于痛苦中。

天才女作家与匿名罗曼史小说

tiān cái nǚ zuò jiā yǔ nì míng luó màn shǐ xiǎo shuō

1678 年，法国巴黎出版了一部描写爱情罗曼史的长篇小说《克莱芙王妃》，出版商是曾为布瓦洛、拉封丹、拉辛、拉罗什富科等 17 世纪著名作家出版过作品的克洛德·巴尔宾。尽管小说是匿名发行的，但狭隘的贵族集团马上便猜到，小说出自一位女性作家之手，而且不久文艺界人士也一致认为，这是一段著名的罗曼史所产生的结果。他们是依据作者与拉辛之间的友谊关系，与拉罗什富科之间的爱情关系来做出上述判断的，但小说家本人却狡黠地否认自己是该书的作者。为此，当时另一个著名女作家斯居苔里小姐写道：《克莱芙王妃》这本书是一个可怜的孤儿，既无父也无母。但不管怎样，人们都承认，这是有史以来，写得最好的一本法国小说。封德奈尔承认自己曾看过四遍，而罗曼史的反对者布瓦洛也评论该书作者是"法国女性中，有着最伟大的精神，最动人的文笔的一位"。

这位千呼万唤才渐渐露出庐山真面目的天才女作家叫玛丽·马德兰·比奥什·德·拉维纳（1634—1693 年），依她丈夫的身份，人们称她拉法耶特伯爵夫人。

拉法耶特夫人出身贵族，接受过她那个时代很不寻常的、最完整的教育。1655 年她与拉法耶特伯爵结婚后，搬到奥弗涅居住，但不久她就感觉到那里的生活枯燥无味。四年后，她与丈夫在平和的气氛下分居，于 1660 年定居巴黎，成为朗布耶公馆文艺沙龙的常客，结识了拉辛、拉罗什富科等文学界名人，并与斯居苔里小姐成为莫逆之交。后来，她的客厅也成为社会名流的聚集地。从 1665 年开始，体弱多病但风韵犹存的拉法耶特夫人决定将自己一生中的绝大多数时间献给才气焕发的厌世格言作家拉罗什富科。她将他邀请到自己的寓所，对他盛情相待，尽管他们的交往曾引起巴黎人的闲言碎语，但后来的事实证明，他们成为心灵相交的朋友。他也许曾帮助她写作《克莱芙王妃》，尽管书中温柔细腻的罗曼史和《箴言录》

中冷酷无情的内容截然不同，但不可否认的是，他们之间的友谊与爱情对拉法耶特夫人文学趣味的形成曾产生过决定性的影响。

　　拉法耶特夫人是在发表过几部不太重要的作品后才完成了她的名著《克莱芙王妃》的。小说描述的是一段等边三角恋爱故事：如花似玉又温柔端庄的女主人公夏特小姐和克莱芙亲王一见钟情，并遵从母命嫁给了他。可是，除了敬爱之外，他并没有赋予她热情。不久，克莱芙王妃在一次舞会上遇到了年轻的内慕尔公爵，相互爱慕的情感使她有些魂不守舍。这一切没有逃过母亲敏锐的眼睛，她开始为女儿的命运担忧并时刻留意着女儿的一切。尽管年轻的女儿还没有意识到危险，但她从未体验过的爱情已经轻轻地叩击着她的心扉了。病危的母亲警告她："你们正处在悬崖的边缘，正在背弃朝廷。拿出勇气来，我的女儿，你们要不惜对自己采取严厉的手段，不管它们是多么可怕；无论如何，这样做总比风流韵事所招来的后果使你们好受得多。"年轻的女人和自己、自己的爱情斗争着，避免和内慕尔公爵会面，然而爱情仿佛是难逃的劫数，总是使她惶惑不安。

　　有一次她家里来了许多宾客，内慕尔公爵悄悄地从镜框里取下她的照片，藏到衣袋里。当他们目光相遇时，克莱芙王妃垂下眼帘，装做什么也没有看见。第一次爱情的表白，当着众人的面没有说出一个字，同时也瞒住了众人的眼睛。还有一次，在参加一般的宫廷游乐时，内慕尔公爵差一点从一匹未经驯服的马上被甩下来。这时对公爵危险处境极为担心的克莱芙王妃的脸变成了死灰色，这引起了旁人的注意。一向追求她的德·吉斯亲王自尊心深受损伤，他痛苦地对她说道："今天，一想到那些敢于望您一眼的人们都像我一样不幸，我失去了最后的慰藉。"

　　克莱芙王妃无法抑制自己对内慕尔公爵热烈的爱情，但是她有足够的意志力在自己和亲王之间筑起一道坚固的墙，贤德诚挚的她努力压制住自己的感情并将此事告诉了丈夫。亲王非常赞赏妻子的忠贞和纯洁，但他抑制不住内心的嫉妒，又由于自己的嫉妒而害羞，他相信妻子，又不能摆脱令人苦恼的疑虑。一次巧合，使亲王断定妻子已经不忠于他了，他终于郁郁而死。丈夫死后，王妃本可以自由行事了，但是她拒绝同内慕尔公爵结合。她痛苦地意识到亲王之死是她的过失，而且她也不相信内慕尔公爵会永不变心。克莱芙王妃最后遁入修道院并把余年寄托在慈善事业上。

怀疑论者贝尔在读过这篇小说后评论道："如果法国有如此纯洁而又忠于爱情的女性，我将不惜跋涉一千二百英里路去拜访她。"

拉法耶特夫人对人物心理描写的本领主要得益于拉辛的悲剧。由于志趣相投，她不仅和拉辛一直保持着友谊，而且她还把拉辛对法国悲剧的贡献——洞察人的精神生活——加以吸取，使之构成自己长篇小说的优点，她是第一个把戏剧上的成就应用于长篇小说的法国作家，此后的法国文学便沿着她所开辟的道路前进。安那托尔·法朗士在谈到拉法耶特夫人时写道："她像《西拿》的作者一样，始终是英勇、质朴的，她保持着美好与崇高的生活理想。按照性格的本质来说，她的女主人公和爱米利是相似的，这是个美丽的福利雅，也可以说是个贞洁的福利雅（古罗马宗教中的复仇女神）。"拉法耶特夫人视真实描写人物性格为小说家首要任务的看法，受到批判现实主义奠基者司汤达的赞赏，他曾把拉法耶特夫人的艺术手法和王尔德、司各特的手法加以对比，批评了英国作家过度醉心于描绘历史事实，按照19世纪20年代法国浪漫主义的说法，就是醉心于描绘地方色彩。

除此之外，拉法耶特夫人的小说还吸取了回忆录体裁的简练、严谨的风格和清醒的求实精神。16世纪时法国就有人开始写作回忆录，到17世纪时出现了许多回忆录作品。回忆录作家避免修辞学上的装饰，而致力于正确地描述他们亲眼见到过的历史人物。所以，尽管拉法耶特夫人在《克莱芙王妃》中把自己主人公的生活安排在国王亨利二世执政的年代，但是读者看到的却是17世纪后半期的宫廷、风习和人物，她丝毫也没有把自己同时代的人理想化。她笔下描写了贵族的嫉妒和恶毒，他们相互间的仇视，冷酷的心肠、诡谲的阴谋，公开的或隐蔽的侮辱，任何人也逃脱不了的诽谤，甚至包括国王这样重要的人物。在舞会上，接近宫廷的人们对亨利二世和他的宠妃狄安娜·得·波亚季的暧昧关系议论纷纷，她本来是亨利二世的父亲法兰西斯一世的宠妃。拉法耶特夫人就像描写某种自然的事

物那样描写宫廷的风习，既不表示愤慨，也没有加以指责。"在宫廷里，人们经常处于某种不安的动荡气氛中，然而秩序并不混乱，这使它特别富有吸引力，不过对于年轻人却非常危险。"

在宫廷中，人的感情是被压抑的，无论谁也不提高嗓门说话，只是微笑，绝不纵情大笑；只是静静地流泪，而不号啕痛哭。在这里，快乐与痛苦都被极文雅的上流社会的风度掩盖着。拉法耶特夫人的小说也充满了这种气氛，小说的基本冲突和通常的古典主义悲剧的冲突一样：感情与理智，情欲与义务的斗争。堕入情网的女主人公把汹涌澎湃的热情禁锢在石筑的河床中而不使它倾泻出来，但由此所显示出来的理性的力量却更为强大。历史证明，《克莱芙王妃》是第一部、也是最好的一部描写心理的小说，它是同期法国小说中唯一一本现在仍旧能毫无困难地，一口气读完的小说。

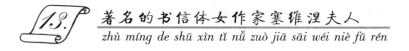

13. 著名的书信体女作家塞维涅夫人
zhù míng de shū xìn tǐ nǚ zuò jiā sāi wéi niè fū rén

17 世纪法国著名的书信体文学的代表塞维涅夫人留给后人的是她十卷本的《书简集》。这部别具一格的作品不仅给后人提供了书信体文学的典范，而且也向世界展现出那一时期一幅幅生动的社会与人生图画。

塞维涅夫人（1626—1696 年）出身于"名门望族"之家，母亲是大商贾的女儿。不幸的是，她七岁时双亲都去世，成为孤儿的她继承了很大一笔遗产寄居在舅父家中。她师从法国最聪慧的学者，并从当时几户著名的模范家庭那儿了解了什么是家庭幸福。1643 年，十八岁的她将自己连同财产一起嫁给了塞维涅侯爵，但是并没有得到所期望的爱情。塞维涅侯爵是一个情场上的调情高手，他只爱钱财不爱妻子，并将妻子财产的大部分浪费在他的情妇身上。1651 年，侯爵为了某个情妇而与别人决斗，不幸失败身亡。二十六岁就成了寡妇的塞维涅夫人将全部心血花费在养育她的一双儿女身上，她发觉，如果母爱得到了充分发挥，性爱也就不那么重要了。

作为一个拥有五十三万里弗财产的富孀，塞维涅夫人当然有不少的追求者，她却没有从中选择一个合适的作为终身伴侣。她对婚姻的不信任使她没有再嫁，但她拥有许多朋友，如雷斯、拉罗什富科、拉法耶特夫人以及富凯等。前两位因为曾参加过投石党而被宫廷拒之门外，最后一位因为当过财政总监，有些来源不明的财富也被禁入宫；当拉法耶特夫人因与拉罗什富科的友情被巴黎人炒得沸沸扬扬时，她热心而又快乐地帮助了朋友。对他们四人忠实而友善的塞维涅夫人，尽管不太受教会和宫廷的欢迎，但却受到贵族沙龙等许多团体的欢迎。由于塞维涅夫人具有一切有教养的女性应有的风度和仪表，所以终其一生，既没有受到任何桃色新闻的干扰，也没有被她与哪个男性有暧昧关系的谣言所玷污名声，因而她的朋友们都用真挚的情感热爱着她。

《书简集》是法国 17 世纪流行的书信体文学中的一部代表作，它于 1672 年部分问世，其中收入的一千五百多封信中，大多数都是塞维涅夫人写给她女儿弗朗索瓦·玛格丽特的。她女儿于 1669 年嫁给格里南伯爵，后随担任副省长职务的丈夫搬到南部的普罗旺斯省居住。从 1671 年到 1690年，几乎每一次邮差送信到女儿家中时，都有一封母亲写给远在法国外省的女儿的信，甚至有时一天两封。她对女儿说："我写给你的这些信，是我最大的财富，是我生命中唯一的乐趣。任何其他事情，和这事一比，都无足轻重了。"可见，塞维涅夫人是把不能赋予男人的爱，全部变成了对女儿的溺爱，连女儿自己都觉得不配。弗朗索瓦是位思想保守的女士，她不懂得怎样用热情的言语来表达自己心中的感情，因为既需要照顾丈夫和孩子们，又要阅读母亲的来信并回信，所以她有时也显得有些不耐烦，甚至忧虑。尽管如此，作为一位有孝心的女儿，她在长达二十五年的时间里，坚持每星期写两封信给母亲，除了偶尔生病之外，几乎从未间断过。从信件来往中感受快乐的母亲有时也会担心，自己是否浪费了女儿太多的时间。

从《书简集》中可以看到当时贵族生活的各种画面，作者把日常生活

中的所见所闻实录下来，借以排遣心中的积郁和无所事事的烦闷。这种压抑沉闷的情调反映了贵族阶级中对现实不满的一部分人的精神状态。她在1671年4月24日的一封信中描写了国王的一次打猎，当地主人耗费了五万艾居仍然招待不周，结果自杀，而国王仍旧玩乐，像无事一样。这样具有讽刺内容的书信为数不多。在1672年6月20日的信中，她为出征的儿子担忧，一方面表示要把"国王的幸福"置于一切之上，另一方面又说："我们最好获得荷兰而不付出任何代价。"这封信反映了一个贵族妇女政治上保守而又对现实感到忧虑的矛盾思想。

在所有的信件中，最感人的是描述塞维涅夫人的女儿格里南伯爵夫人的第一个孩子的出生以及后来送进修道院与世隔绝的情形的信。为了使母亲便于照顾她，伯爵夫人到巴黎去生产。孩子出生后，她马上向丈夫致歉，因为生了个女儿，必须辛辛苦苦地把她教养成人，长大后还得花大笔钱陪嫁，而出嫁后就失去了她。产后不久，她离开巴黎回到普罗旺斯去，暂时把女儿留在兴奋的外祖母身边。塞维涅夫人写信给女儿女婿，详细描述了他们不愿拥有的那个女儿在成长过程中一切令人欣喜的细节："你们的小女儿越来越可爱了……肌肤雪白，银铃般的笑声不绝于耳……她的相貌，她的嗓子，她身上的每一部分，都美妙极了。她懂得做一百种小动作：如咿呀学语，打人，做一个十字，请人原谅，鞠躬，亲自己的小手，耸肩，跳舞，拍马屁，摸人的下巴……我跟她在一起玩时，她可以给我好几个小时的欢乐。"当外祖母不得不把可爱的胖胖的小外孙女送回普罗旺斯时，她曾流了不少眼泪。可是后来，孩子刚刚五岁时，父母就把她送到一家修道院。此后，孩子再没离开过修道院，十五岁时正式宣誓为修女，从此与世隔绝。塞维涅夫人为此伤心欲绝。

塞维涅夫人的女婿虽然身居高官，但因生活奢侈经常入不敷出，女儿写信向母亲告急成了家常便饭。母亲常常爱怜地责备他们："一个拥有这么多金银财宝，豪华家具的人，怎么居然生活得像那些极端贫穷的人一样。会有这种事情发生，真是天晓得。"当然，随后她会接济他们一大笔钱。为了维持自己的财富，塞维涅夫人只好辛辛苦苦地下乡到布列塔尼省的罗契村去亲自察看托人照管的财产。经常到乡下去，使她在旷野中、森林里以及乡村的农民生活里找到了许许多多新的乐趣。她在信件中对乡村生活的描述，也和对巴黎形形色色生活的描述一样生动而有趣。"夜莺、杜鹃，还有八哥开始在春天的树林中歌唱了。"这些事情，一周两次，像新闻简报一样，送到她女儿那里，然后她女儿把这些信件给友人传阅。这是当时社会上的一种风气，因为在那个交通不便利的时代，书信是住得距离较远的朋友们互通信息的惟一方式。

塞维涅夫人的信中很多写的都是生活上的琐事和过度亲昵的私人感情。她毫不掩饰地、按照事情发展的先后次序，写出她犯的错误和她的美德。当然最出色的还是她所具有的优秀的文学才华。她讲述故事的幽默感要比莫里哀更真诚，更令人愉悦，这不仅来自她对维吉尔等人的拉丁文作品和蒙田的法文作品的阅读，还来自她对高乃依、拉辛等人剧本的了如指掌。

1696 年，几乎享受了七十七年无忧无虑生活的塞维涅夫人，在忍受了病痛的折磨后平静地死在女儿身边。她的信件，由她的另一个外孙女继承并保留下来，直到 1726 年也就是塞维涅夫人去世后三十年才得以出版。

14. 法国古典主义文学的最后代表
fǎ guó gǔ diǎn zhǔ yì wén xué de zuì hòu dài biǎo

一位年老的法国贵族决定娶一个贫穷的贵族小姐为妻，遭到已经成年的儿子的反对，尽管如此，父亲依然按照自己的意志行事，结了婚，并且于 1651 年生下自己的最后一个儿子。但是由于这个儿子没有财产可以继承，父母便把他献给了教会，想让他变成一个教士。然而，他们做梦也想不到的是，由于从教师与巴黎的耶稣会教士那里接受过良好的古典教育，他们的儿子在成为一位教士的同时，也成为一个在法国文学史上享有盛名的学者，他就是法国古典主义的最后一个代表弗朗索瓦·德·萨利雅克·德·拉莫特·费纳龙（1651—1715 年）。

费纳龙由母亲抚养长大，这使他养成了一种几乎是女性的优雅谈吐和纤细感觉。这位身材瘦高而优美，苍白的脸上长着一个大鼻子和一双闪烁着热情与智慧的眼睛的教士，不仅学识渊博，性情和蔼，而且主张宗教容忍，这使得他非常容易接近。正因如此，据说二十四岁的他在神学院就学三年后，于1675年领圣职，不久即被任命为新天主教徒修道院的监督，其工作是使那些新近从新教家庭分离的年轻女子接受天主教信仰。这是一项比较艰难的工作，因为最初她们听他讲道是不情愿的。但是情况很快发生了变化，由于他就像一位耐心的医生对待自己的病人一样，她们开始转向顺从，然后转向热情，甚至几乎是爱上了这位优雅而和蔼的布道者。圣西门对费纳龙留给他的深刻印象所进行的描述几乎代表了相当一部分人的观点："他是沉重而英勇，严肃而愉快的；他表现出一个医生，一个主教与一个贵族的气质，而且，较其他更明显的，在他脸上也在他本人，是那种优美、谦和与心智的高贵。要费大力气才能使别人眼睛从他身上转开。"

1686年，费纳龙被派往拉罗歇尔地区去协助促使胡格诺教徒悔改的工作。他赞成路易十四的《南特敕令之撤销》，但反对暴力，并警告政府官员说，强迫的悔改只会是表面而短暂的。回到巴黎修道院后，他发表了一篇《论女子的教育》（1678），主张温和的教育方法。1689年他被国王任命为王孙的教师。王孙勃艮第公爵只是一个八岁的孩子，他骄傲、任性而热情，有时蛮横而残忍，但有精明的头脑与活泼的机智。费纳龙感到只有宗教可以驯服他，于是他在孩子心中灌输了对上帝的爱和恐惧。对孩子严格要求的同时又带有对少年人的同情和了解，这使他赢得了学生的尊敬。他梦想着从教育这位未来的国王身上改革法国。他在教育中逐渐让他的学生认识到：战争是荒谬的，促进农业是必需的，从农民身上抽取重税以建立奢华的城市、支持侵略战争是错误的。在为其学生写的《死者的对话》中，他描述"那没有法律只有一个人意志的政府是野蛮的……那统治者必须首先服从法律，如与法律分离，他的个人不过是无物"。既然人类是兄弟，所有的战争不过是内战，"每一个人对于全人类——那是一个伟大的国家——的责任远远超过对他所出生的某一个国家。"当然，国王路易十四对这种秘密指导的内情是不了解的，但他看到孙子的性格大有改进，便于1695年任命费纳龙为康布雷大主教作为酬劳。费纳龙每年花九个月时间住在教区内，其余时间住在宫廷里，以便继续进行对勃艮第公爵政治上的指导和影响。

费纳龙与博须埃是同时代人，他除了在性格与文风方面与博须埃完全不同外，在其他方面却是一致的，即他也是信仰纯正而满怀野心，也是一个主教与廷臣，一个皇家教师与散文大家。然而，他们却因对待宗教全权论派立场的态度发生分歧，而居伊昂夫人是导致他们分歧的直接原因。

居伊昂夫人是一个二十八岁的美丽而有钱的孀妇。当她受到成群的追求者包围时，她曾受过的严肃的宗教训练成为她抗拒野心男人的一个保护屏障。她发现外在的天主教崇拜与仪式不能恰当地表示她的虔信，相反，她却与那种不注重外在仪式、经由心灵的沉思而将自我完全屈服于上帝面前从而得到心灵和平的神秘主义发生了感应。她著书立说，许多贵夫人，甚至包括路易十四的情妇曼特侬夫人都成为她的信徒。费纳龙发现自己也被这个虔信、富有而可爱的女性所吸引，他说服曼特侬夫人，允许居伊昂夫人到她在圣息尔成立的学校任教。当曼特侬夫人的告解神父就此事同大主教博须埃商讨时，大主教邀请居伊昂夫人向他解释她的神秘主义观点，博须埃看到她的理论对神学和天主教学崇拜都有威胁，就责备她，给她圣餐礼，并要求她离开巴黎停止传道。居伊昂夫人最初答应后来又拒绝了，于是她被博须埃囚禁于一个修道院中，八年后被释放，条件是她要与外界隔绝地住在布卢瓦附近他儿子的领地内。她死于1717年。

博须埃为了把神秘主义限制在可容许的程度，于1696年写了一本《祈祷状态的指导》。他将一份厚稿给费纳龙看并要求他表示赞同。费纳龙却写了一本《圣徒箴言诠释》表示反对，书中宣扬清静寡欲的寂静派观点，对教会有所指责，引起国王和教会的不满。受到谴责的费纳龙表示要绝对服从教会，他在康布雷教区以公正虔诚的尽责精神得到人们的尊敬。但在1669年4月，《忒勒马科斯历险记》的秘密出版终于使路易十四勃然大怒，不仅解除了他王孙教师的职位，出版商也遭逮捕，书被警察查禁。

费纳龙自此到死，一直不得意。他的著作很多，较重要的还有《致学士院的信》、《已故者对话录》、《寓言集》等。

《忒勒马科斯历险记》是他的主要作品。这是一部写给王孙看的小说。它取材于荷马史诗《奥德赛》的第四章，还从其他古代作家的作品中汲取了情节。故事写忒勒马科斯在老师孟多尔陪同下，离家寻访失踪的父亲俄底修斯。孟多尔希望让年轻人多见识些生活，增长才智，于是带领他周游了地中海的许多国家。小说从主人公飘泊到卡里普索王后的岛上写起，再倒叙他以前的经历，然后在回家途中又历尽艰险，甚至到过地狱。小说以优雅流畅的文笔，通过主人公沿途的所见所闻，表达了作者的政治观点和治国主张，其中既有对克里特岛国王意多梅奈的暴政的谴责，也有对正直、虔诚的理想统治者形象的塑造，还有对宗法式乌托邦国家的描绘。在异邦贝济克，人人平等，处处公正廉洁，人们过着朴素自然的生活，他们讨厌恶习，憎恶战争和征服者，憎恶欺骗、暴力和背信弃义的行为。这些描写实际上反映了 17 世纪末中小贵族和资产阶级对路易十四的内外政策的不满情绪。当时，法国农业连年歉收，饥荒严重，工商业也不景气，农民暴动十分频繁，再加上国王连年对外征战，因而国内的太平景象早已消失，民怨沸腾。出身于破落贵族的费纳龙虽然身居高位，但作为教区主教，他同中小贵族的接触还是较多的，因而他的作品能够反映这一阶层的思想。他写道："一个完全专注于战争的国王总是想打仗：为了扩张他的统治和个人的荣耀，他毁了人民。……有了穷兵黩武的国王，人民从来没有不受其野心之害的。"而绝对王权是国王胡作非为的根源："绝对王权将每一个臣民降格到奴隶的状况。而暴君却受人奉承，甚至颂扬，而每个人都在他的眼光下颤抖"，作者大胆指出，这样下去只会"引起臣民的反叛和燃起内战的烽火"，"只有突然爆发一场激烈的革命，才能把这越轨的强权回复到自然的轨道"。

费纳龙在观点上和拉布吕耶尔是很接近的。他们的作品不同程度地揭露了封建社会衰落前夕出现的社会危机，为日后启蒙文学更深入地批判揭露封建社会开辟了道路。普希金在强调他的作品的反官方性质时写道：

"……满口甜言蜜语的主教，在充满大胆哲学的著作中渗进了对赫赫王权的尖刻讽刺。"

然而，费纳龙写《忒勒马科斯历险记》的目的是要维护开始摇摇欲坠的封建制度，他把希望寄托在王孙身上，希望有一天他的学生会继承王位，也许会征召他成为另一个黎塞留，从而实现自己的政治理想。但不幸的是，他的学生死于国王卒前三年，而费纳龙自己也在路易十四卒前九个月——1715 年 1 月去世。

15. 弥尔顿：一生呐喊为自由
mí ěr dùn：yī shēng nà hǎn wèi zì yóu

1608 年 12 月 9 日，约翰·弥尔顿降生在一个清教徒家里。他的父亲是一位颇为富有的金融界公证人，擅长音乐，文学修养深厚，小弥尔顿自幼就受到良好家教家风的影响和熏陶。

童年弥尔顿很瘦弱，脸色苍白，但天资聪颖，文质彬彬，一双明亮的大眼睛透着灵气。他的脾气、禀性、趣味都颇似他的父亲。父母视他为掌上明珠，自幼就给他请家庭教师进行启蒙教育。对弥尔顿影响最

弥尔顿

深的一位家庭教师叫托玛斯·扬。他是一个虔诚的清教徒，博学多才，为人质朴诚恳，信念坚定，他在家乡受迫害，宁愿流亡在外，也不改宗天主教。弥尔顿很敬佩他，后来弥尔顿还在一封信中说，扬像严父一样，给他指出了人生的道路。

弥尔顿从小就勤学苦读，博闻强记。曾就读于英国要求最严的圣保罗学校，除了学习普通课程之外，还学习拉丁文，希腊文和古希伯来文的《诗篇》。弥尔顿后来回忆说："从十二岁起，我总是读到深夜，后来证明，这是最早损害我眼睛的事情。我的视力先天就弱，还常常感到头痛。但是这并不能打消我求知的热情，也不能阻碍我在学业上的进展。"

1625 年 4 月初，弥尔顿进入英国剑桥大学基督学院学习。这所学院主要培养神职人员，受反动的国教会坎特伯雷大主教劳德控制，院内死气沉沉，学生们终日研读烦琐的经院哲学。弥尔顿对此深恶痛绝。他把兴趣寄托在文学研究上，决心要当一个优秀的诗人。在求学期间他就有诗作问世：《哀悼一个美丽孩子的夭折》、《一月晨歌》、《圣诞晨歌》、《给夜莺》……风格清新、高雅，显示了弥尔顿的诗人气质和禀赋。

1632 年 7 月 3 日，弥尔顿获得了文学硕士学位，告别了他并不很愉快的大学生活。他放弃了既有社会地位又有丰厚收入的神职工作，来到了霍顿，住在他父亲的别墅里继续学习、自修。霍顿一带风光秀丽，景色怡人，绿草如茵，群莺纷飞……美景使诗人诗意骤兴，1632 年至 1633 年间，诗人写出了姊妹篇《快乐的人》和《沉思的人》，充分肯定了人生，洋溢着诗人对生活的热爱和对纯洁爱情的赞美。

1638 年 4 月，弥尔顿踏上了去意大利的旅程。诗人在威尼斯、热那亚、比萨、佛罗伦萨、塞纳、罗马等地与众多诗人、学者交往，眼界大开，在佛罗伦萨，诗人还专程拜访了一位仰慕已久的伟大人物，那就是被天主教会囚禁的伟大科学家、哲学家伽利略。诗人从这位科学巨匠那里汲取了坚持真理的斗争精神，从此他一生都奉之为楷模。

1639 年，当弥尔顿正准备去希腊漫游时，他听说英国发生了政治斗争，便毅然放弃了旅行，回到国内参加战斗。他说："当国民们在为自由而战时，我却逍遥于国外，那即便是为了进德修业，也是可耻的。"

弥尔顿在回国后的一年多时间里，发表了五本论述宗教自由的小册子。他站在反映新兴资产阶级要求的清教立场上，抨击王党及支持王党的国教势力，反对钳制人民信仰自由和思想自由的主张，措辞十分激烈，充满革命的战斗精神。

资产阶级革命期间，代表大资产阶级和新贵族上层利益的长老派，惧怕人民的民主运动，企图伺机与国王谋求妥协。具有高度革命热情和政治远见的弥尔顿，很快就发现了他们的企图。于是 1644 年他发表了一本《论出版自由》的小册子，向国会慷慨陈词，争取人民的出版、言论自由。他说，"杀人只是杀死了一个理性的动物。而禁止好书则是扼杀了理性本身"，坚决有力地批判了长老派敌视人民自由的本质。

革命形势如烈火燎原，以克伦威尔为首的铁军节节胜利，势如破竹。1649 年 2 月 13 日，英王查理一世被送上了断头台，当众处死。诗人发表了《论国王和官吏的职权》，论证人民有废除和杀死暴君的权力。同时，弥尔顿被任命为共和政府的拉丁文秘书。受查理二世所托，享有国际声望的学者沙尔马修站出来为查理一世辩护，写了《为查理一世声辩》的小册子，谴责共和国犯了杀君之罪，叫嚣"在死者神圣的墓前，处死那些谋杀伟大国王的残暴的野兽作为祭品。"为了支持革命政权，坚决回击国内外敌人的反动宣传，弥尔顿又发表了《为英国人民声辩》，有力地揭穿和批驳了反动派诬蔑人民犯了杀君之罪的谰言，热情洋溢地歌颂和赞美革命和自由。书中提出的"最高权力在于人民"的观点轰动了全欧洲，在国际思想战线上赢得了历史性的胜利。沙尔马修觉得颜面尽失，不禁恼羞成怒，准备搜肠刮肚，进行反驳，但力不从心，始终不能成文，竟然于 1653 年一命归西。弥尔顿也因劳累过度而双目失明。但他的战斗意志，革命热情，仍旧丝毫不减。

1654 年，弥尔顿又写了《再为英国人民声辩》，再接再厉，彻底打退了沙尔马修随从者的反扑。弥尔顿以自己的失明，扫除了人民心头的暗影。

1658 年，克伦威尔去世。形势急转直下，国会中大资产阶级与王党相勾结，为王朝复辟铺平了道路。1660 年，斯图亚特王朝复辟。坚持革命信念的弥尔顿受到百般迫害：逮捕、监禁、抄家、财产充公、著作被烧毁，但弥尔顿巍然不动，毫不妥协。幸亏由于他双目失明，并享有巨大的国际

声望，才免于被害。

晚年的弥尔顿，由于政治上受迫害，经济上困窘，再加上双目失明，以及异常严重的痛风症，处于极端困难的境地。但诗人斗志未减，用多彩的诗歌抒发自己的心志。

在黑暗的岁月里，诗人冒着随时被人加害的危险，勤奋写作，废寝忘食，简直到了忘我的地步。他无力聘请秘书代笔，就只好依靠亲友帮助。多亏小女儿黛博拉聪明伶俐，不离左右，在身旁没有别人的时候，弥尔顿就口授给黛博拉，由她笔录下来，往往夜半或清晨时分，诗神降临，激起了诗人的灵感，他起床后就向人口授自己想好的诗行。他常常一气口授数十行，然后再请人重读，细心推敲修改。这样，诗人终于在1667年完成了长诗《失乐园》。

史诗《失乐园》的故事取自《圣经》，写人类的始祖亚当和夏娃受了魔鬼撒旦的引诱，偷吃了分辨善恶树上的禁果，违背了上帝的旨令，被逐出伊甸乐园。据说撒旦原本是上帝的大天使，骄矜自满，纠合一部分天使，和上帝作战，结果被打入地狱里遭受苦难，堕落成为魔鬼和恶灵的首领。撒旦无力反攻天堂时，就企图毁灭上帝创造的人类，进行报复。上帝知道撒旦的伎俩，但为了考验人类对上帝的信仰，他并没有阻止撒旦，并特意在伊甸园中设置了一棵禁止享用的果树，叫分辨善恶树。于是，撒旦伪装成带有美丽翅膀的蛇混迹人世，来到亚当和夏娃居住的乐园。有一天，撒旦找到了夏娃，他诡诈地试探夏娃说："上帝真的向万物灵长说不许吃园中一切树木的果子吗？"夏娃天真地回答说："园中一切树木的果子我们都可以吃，只是在园正中央这棵美丽树木的果子，上帝说，不可以吃，也不能摸，否则必死。"撒旦听出夏娃口气中的丝微犹豫，便装扮成演说家的样子，扬扬翅膀展开了攻势："你们不会死的。因上帝知道，你们吃它之时就是眼睛明亮之日，你们就会和神一样知道善和恶。"夏娃见那树上的果子鲜嫩光洁，香气诱人，就忘掉了上帝的告诫，吃了禁果，并采折了一枝最美丽的果实，送给亚当，亚当也吃了。上帝在园中找到了亚当和夏娃，发现他们偷吃了禁果，决定惩罚他们，把他们逐出了乐园，并让天使迈克尔把人类将要遭遇的灾难告诉了他们。"他们二人回顾自己原住的幸福乐园的东侧，/那上面有火焰的剑在挥动。/门口有可怖面目和火武器的队伍。/他们滴下自然的眼泪，但很快拭掉了；/世界整个放在他们面前，/让他们选择安身的地方，/有神的意图作他们的指导。/二人手携手，慢移流浪的脚步，/走出伊甸，踏上他们孤寂的路途。"

《失乐园》的故事早已家喻户晓，但是弥尔顿在史诗中对这一题材作了生动而有独创性的处理。许多看似极其简单的故事都蕴含着伟大的哲理，甚至穷尽人类的一生也无法破译。人类偷吃了禁果，于是人类增长了智慧，明辨了善恶；智慧是人类脱离自然界的标志，也是人类苦闷和不安的根源。

完成《失乐园》以后，弥尔顿又写了两部作品：长诗《复乐园》和诗剧《力士参孙》，它们于1671年一道出版。《失乐园》、《复乐园》和《力士参孙》均取材于《圣经》，而且在主题思想上相互映衬，这在世界文坛上是绝无仅有的。

《复乐园》取材于《新约·路加福音》第四章一至十二节，写耶稣在约旦河受了约翰的洗礼之后，在圣灵引导下进入旷野禁食四十天，其间受到魔鬼的种种试探而毫不动心，魔鬼终于失败的故事。《复乐园》篇幅不长，全书共四卷。在开篇的序诗里，

《复乐园》

作者用短短的四行诗概括了全书的意旨：

> 经过各种诱惑和试探，
>
> 抵抗诱惑者的一切诡计，
>
> 终于追亡逐北，握取最后胜利，
>
> 在广漠的荒野中复兴伊甸。

在《复乐园》中，耶稣是诗人心目中的理想人物，是理智战胜情欲的完满形象，反映了在革命低潮时期，诗人对革命领导者的期望和对革命情操的歌颂。

1674 年 11 月 8 日，痛风病导致的突发性高烧耗尽了诗人的精力，当天晚上他就告别了人世。

16. 《斗士参孙》：悲剧勇士的壮歌
dǒu shì cān sūn：bēi jù yǒng shì de zhuàng gē

> 他的肉眼虽然失明，
>
> 受人鄙视，认为他已灰飞烟灭。
>
> 但他内心的眼睛明亮，
>
> 照耀他那火样猛烈的德行，
>
> 使它突然死灰复燃。

在《斗士参孙》中，盲诗人弥尔顿写下了上面的诗句。联想到诗人挫折而又悲壮的一生，我们知道这诗句不仅在写参孙，更是在写诗人自己。

弥尔顿毕生为建立和巩固资产阶级共和政权而斗争，结果却是王朝复辟，著作被焚，双目失明，被捕下狱。眼看着自己为之奋斗的自由民主事业毁于一旦，弥尔顿悲愤万分，但是，他对前途并未丧失信心：

> 战场上虽然失利，怕什么？
>
> 这不可征服的意志，报复的决心，

切齿的仇恨，和一种永不屈膝，

永不投降的意志——却都未丧失。

正是在这种精神的鼓舞下，弥尔顿将自己战斗到底的决心化作了可歌可泣的诗篇，而最能代表他心志的人物无疑是以色列民族英雄——参孙。于是，1671 年，弥尔顿在风烛残年、双目失明的情况下创作了具有寓言性质的诗体悲剧《斗士参孙》。

参孙的故事来源于《圣经·士师记》，他是上帝派来领导以色列人摆脱非利士人统治的英雄。参孙身体强壮，力大无比，同时也非常机智。有一次，他跟父母到亭拿去，在亭拿的葡萄园里看见一只雄壮的狮子向他吼叫。参孙竟冲上前去赤手空拳地将那狮子撕成两块，就像撕一只小羊羔一样。过了两天，他从死狮子旁边经过，见有一群蜜蜂在狮子口内飞出飞进，就知道它口中有蜜。他赶走蜜蜂，用手把狮子口中的蜜抠出来，拿回去送给父母，让他们也分享这来自死狮子口中的甜蜜。可见，参孙是一个智勇双全，又有孝心的人。参孙的全部力量和勇气来自他的头发，这是他神奇的源泉，也是他致命的弱点。

参孙是个非常痴情的人，他爱上了非利士姑娘，并想和她结婚，但在新婚之日，他的妻子却出卖了他，并另嫁他人。于是，参孙就开始单枪匹马地报复非利士人。他凭借着自己的勇气和智慧，屡战屡胜，杀死过一千多非利士人。参孙的事迹从此在以色列人中家喻户晓，人们传说他是上帝派来拯救以色列人的英雄，把他推举为士师。参孙担任以色列士师二十年（弥尔顿为建立共和政权也奋斗了二十年），二十年间，非利士人慑于参孙的威名，始终不敢轻举妄动。

后来，参孙爱上了一个叫达利拉的非利士女人，他对那女人非常痴情，干脆住在她家不走了。非利士人得知这一消息后，就交给达利拉一个任务：让她找到参孙力大无比的秘密。

参孙经不住达利拉的诱惑和哄骗，几经周折后，终于说出了最大的秘密。于是，达利拉趁参孙熟睡之时，叫人剃掉了他头上的头发。当参孙从梦中醒来时，非利士人冲了进来，他无力抵抗，终于被俘。非利士人把参孙带回迦萨，用刀剜掉了他的双睛，用铜链铐住了他的手脚，用鞭子强迫他在狱中推磨。

受苦受难的日子一天天过去，参孙的头上又长出一层短短的发茬，非利士人却没有发现。

参孙撼动大柱

在一个节日，非利士人派公差传叫参孙到宴会场所供人取乐，让他当众显示气力并表演武艺。参孙失去双眼，只好任人摆布，折腾了差不多一个时辰，参孙对引他进来的仆人说："求你让我在大厅的柱子边靠一靠，歇口气。"那仆人同意了，参孙摸着支撑大殿的两根巨大的石柱，心里说："主啊，求你最后赐给我一次力量，我要报非利士人的挖目之仇。"顷刻间参孙浑身充满了力量，他左、右手各抱一根石柱，大声喊道："非利士人啊，我的敌人，我要与你同归于尽。"他使出浑身力气，猛推那两根石柱，只听"轰隆"一声，柱子断了，神庙坍塌了，沉重的建筑物压死了大殿里所有的人。这样，参孙死时所杀的人，比活着所杀的人还多：共有三千名。

参孙在身处逆境的情况下，仍不忘同敌人做最后的抗争。生活在复辟王朝的淫威下，双目失明的弥尔顿，多想像参孙一样，来一个壮烈的牺牲啊。

为了突出复仇的主题，《斗士参孙》的情节主要集中于参孙成为囚犯之后。全剧具有明显的象征意味：弥尔顿就是参孙，身处逆境，渴望复仇；被击败的以色列人就是在革命中失败的共和派；胜利的非利士人则代表成功复辟的勤王派；而最终神庙的崩毁则是推翻专制王权，打倒偶像崇拜的伟大革命的预言。可见，从选材角度说，弥尔顿是非常高明的，情节集中，重心突出并蕴含深意。

诗剧中参孙的形象令人久久难以忘怀，剧中在来人报告参孙的悲壮结局之前，所有的对话都是心理分析，是参孙心理所经历的整个过程。弥尔顿意在使参孙的复仇具有合理而崇高的心理因素，正因为参孙具备那种凡人所不具备的高贵气质，他的复仇才会有震撼人心的力量。"参孙到底像个参孙/英雄地结束英雄的一生，/对他的敌人彻底报复了。"弥尔顿给予参孙的牺牲以最高的评价，要给他建立不朽的纪念碑，并且"英勇的青年都要来这儿谒陵，/由于纪念他，燃烧起他们的心胸/死者的遗烈激励他们去作/无比英勇而崇高的斗争"。

《斗士参孙》是弥尔顿用英文写的唯一真正的"希腊式悲剧"，全诗充满了庄严、道德的情感，能够引起怜悯、恐怖或惧怕，因而具有涤除心中同样情感的力量。全诗的风格使人联想到古希腊三大悲剧作家：埃斯库罗斯、索福克勒斯和欧里庇得斯。参孙的形象使人想到普罗米修斯和俄底浦斯王。

由于弥尔顿把自己所有的情感和思想都寄托于《斗士参孙》之中，所以该剧是诗人精神的象征和升华。这部伟大的史诗在法国大革命前曾印行二十一版，倘若弥尔顿九泉有知，定会感到无限欣喜！

参孙就是弥尔顿的化身，《斗士参孙》就是一曲悲剧勇士的壮歌。

17. 约翰·班扬：善补灵魂的补锅匠
yuē hàn · bān yáng: shàn bǔ líng hún de bǔ guō jiàng

约翰·班扬画像

曾经写出伟大小说《天路历程》的约翰·班扬，应该是英国 17 世纪最伟大的补锅匠。正是这位出身卑微的人，为受苦的无产者建造起了一座友谊的大厦，并同他们一起坚定地站在一个到处是邪恶者的世界上。

约翰·班扬生于 1628 年年底的贝德福，父亲和祖父都是补锅匠，在班扬的记忆中，他家曾一度占有一份英国可爱的绿色土地，这土地象征着人生而有之的宝贵权利。然而，"所谓的国民享受不到天赋的自由，他们的自由被他们的同胞用暴力统治而不是用正义剥夺了"（温斯坦利）。班扬曾在他的自传体作品《大慈大悲》中谈到自己的家族背景和教育情况："众所周知，我出身贫贱卑微；我父亲这一族的地位是最低贱的，在全国是最被人瞧不起的。但是，尽管我的父母低贱卑微，他们还是讨神的喜欢，因为他们相信神，还一心一意想送我上学学习读书写字。我和其他穷人的孩子学得一样快，可是说来惭愧，我承认，我很快就把学到的一点东西忘了，在主改造我的灵魂，使我改变宗教信仰之前，早就几乎忘得一干二净了。"

班扬的自我描绘似乎是准确而可靠的，因为与他同时代的一位牧师在 1659 年就这样攻击班扬，骂他是："行游传道的补锅匠……是下等人中地位最低贱的人。"不过，一个普通的补锅匠能遭到如此的"礼遇"，也说明了他的非同一般。

班扬年轻时极其粗鲁，精力充沛，固执己见，似乎与他父亲有些摩擦。他的青少年时代，正处于清教精神在英国迅速蔓延的时期，班扬天性富于想象，故深受影响，被各种宗教恐怖、罪孽感和充满地狱鬼怪的恶梦所震慑。

1642 年，国王与议会发生内战，班扬被征募去参加议会军，并且经历了 1645 年击败保皇党的决定性战役。解甲归田后，班扬的宗教热忱和敬畏心理有增无减。他耳闻声音，目见幻影，并且常常情不自禁地说出尊崇神明的言词。他摒弃一切无聊的消遣，不参加乡村草坪舞会，不摇铃铛，甚至不看《南安普敦的贝维斯爵士》之类他心爱的小册子，他认为这都是些异常可怕的罪恶。

1646 年，班扬与一位贫穷但虔诚的姑娘结了婚，虽然两人都一贫如洗，但岳丈去世时留下的两本书——《凡人上天之路》和《虔诚的实践》却成为他们的精神寄托。不久，班扬的父亲帮助他搞来了独立当补锅匠的必要工具，但是他的工作和幸福婚姻都不能使他从空虚和寂寞中解脱出来，此时他对宗教信仰的虔敬越来越强烈了。这段时间，班扬每天上两次教堂，站在最前面，和其他人一样十分虔诚地祈祷、唱颂歌，希望摆脱邪恶的生活，净化自己的灵魂。他甚至期望自己是以色列人，成为上帝的特选子民。

1653 年，班扬加入了贝德福的一个浸礼会。他很快就成为该宗教团体中一个极其活跃、备受尊敬的成员。他显露出传道的才能，得到故友们的承认和钦佩，但那些受教育较多的牧师"对这位补锅匠很恼火，因为他不仅补锅补水壶，还想要补灵魂。"班扬攻击那些博学的牧师只会引经据典及摆贵族派头，他坚持认为，耶稣基督"出生在马厩里，被放在马槽里，靠劳动养活自己，他的职业是木匠"。

1656 年妻子去世，留下了四个需要照顾的孩子，一年后他又结了婚，他的选择是正确的，他的妻子伊丽莎白成为他生活和事业上最忠贞的伴侣。

　　班扬从 1658 年到 1660 年的传道活动，引起了地方当局的不安，他们下令逮捕"贝德福的补锅匠班扬"，理由是政府不允许不信奉国教的人自由传教。于是 1660 年 11 月 12 日，班扬被捕入狱，直到十二年后才获释。

　　十二年的监狱生活使我们的补锅匠由牧师兼做起了作家，这也许是由祸得来的福分。治洁官让班扬作出保证：如果获释，不再传道。然而班扬拒不接受，宁肯将牢底坐穿。为了坚持到底，他一方面以做鞋来维持家庭生活，一方面以写作和发表传道文稿来赚钱。

　　1661 年，班扬出版了诗集《狱中沉思》；1662—1666 年，出版了《用灵祈祷》、《基督徒的品行》、《从一件必需之物》、《祝福与诅咒》、《圣城》、《死者复活》和不朽的宗教式自传《大慈大悲》。这些书同时引起了出版界的恐慌，受到了检查官的种种刁难。此后六年，班扬只发表了《诚实的忏悔》和《用信仰为正义的原则辩护》。

　　正是狱中的生活使补锅匠成了大作家，并以文学为工具来补人的灵魂，这恐怕是班扬的敌人所最不希望证实的预言吧。

　　1672 年，查理二世颁布信教自由令，班扬获释。他立即被他的团体选为牧师，并以俗人牧师的身份申请了传道许可证。此后三年，班扬和伊丽莎白生了两个孩子，他头一个妻子生的几个儿子现在已经能当补锅匠，帮助他维持家庭生活了。

　　1675 年，政府突然吊销传道许可证，重新开始镇压非国教教徒，班扬又一次被投入监狱，就在这次六个月的刑期内，班扬写出了一部对平民百姓进行宗教教育的寓言著作，题为《天路历程》。此书出版后，取得了巨大成功，不到一年重版三次，班扬死前就售出十多万册，这部作品已经被翻译成一百二十多种文字，除了圣经以外，这本书的读者无疑比任何一本书都多。因为整个小说是对道德和有地位的人的有力攻击，而补锅匠班扬却始终纯朴地站在老百姓一边。

　　这位伟大的预言家最具代表性的作品是《天路历程》。该作描写一个叫"基督徒"的人通过《圣经》认识到，现时社会罪孽深重，要获得拯救，就要寻求解放之路。后来在一个传教士指引下，他带领家人开始了其天国的旅程。这个寓言不是梦，而是善与恶交织的现实世界，"基督徒"的天路历程，实际上都是班扬在特定时间、地点的亲身经历。这里有人生道路上的堕落与奋起、失望与收获、反抗与胜利、痛苦与欢乐、呻吟与幸福；这里有朋友也有敌人，有勇者也有懦夫，有肝胆相照之人，也有贪婪猥琐之辈，他们就是当时的英国人。

约翰·班扬出生地——贝德福近郊

在小说里，班扬以一个补锅匠的眼光逼视上层社会和贵族阶级，将社会正统的法律和道德看得一文不值，而对那些下层的犯法者给予了最高的赞美。这就是班扬之所以伟大，之所以对历代为自由斗争的人具有号召力的秘密。

小说情节生动，极富想象力，人物形象也有血有肉，叙事和人物对话也生动有力，丰富多彩。这些都出乎作者的预料之外，补锅匠班扬的确是天生的小说家，并由此开创了以后一系列可被称作"道德寓言"小说的先河。

班扬即使在早期思想斗争最痛苦的阶段，也从来没有忘记生活必需品的问题，每天坚持补锅，维持家庭生活。正是补锅匠的身份使他与百姓间

有了共同的思想情感，他的作品强调得最多的是世间的友谊，例如："是的，与铭记上帝恩典的人同生共死，我会感到心满意足。"此外，他继续传教，在不信奉国教者中享有盛名，被人们称为"班扬主教"。

1680年，班扬又写了一部传记作品《巴德曼先生的生平》，继续攻击社会上人与人不平等的丑恶现象。1682年，他发表了又一本寓言小说《圣战》，描写邪恶势力企图攻占人的灵魂的城池。此后，他还写了许多作品，其中包括1684年写成的《天路历程续集》。此时的班扬不仅在贝德福享有盛誉，而且在伦敦也出了名。

1688年8月底，班扬冒雨骑马四十英里前往伦敦，途中受了风寒，但他仍然坚持布道，十多天后，他离开了人世。在约二百年后，当19世纪的无产阶级社会运动席卷欧洲的时候，那些上层社会的有识之士才发现贝德福的补锅匠的确是一个了不起的伟大的预言家。

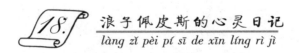

18. 浪子佩皮斯的心灵日记
làng zǐ pèi pí sī de xīn líng rì jì

佩皮斯于1633年出生于伦敦的一个裁缝家庭。他的父亲因不是家中的长子而无权独自继承全部财产，只好从事一般的商业活动以养家糊口。佩皮斯的大学学业是依靠亲戚爱德华·蒙泰古伯爵的资助，在剑桥大学莫德林学院完成的，并获得了学士及硕士学位。在校读书期间，他没有什么不良的行为记录在案，只有一次是因酗酒和写情诗《爱情诗欺骗》（后来他又将诗撕毁了）而受到公开谴责。1655年，二十二岁的佩皮斯同一个流亡到英国的法国胡格诺派教徒的女儿、年仅十五岁的伊丽莎白结婚。

1660年，蒙泰古爵士任命他为秘书，是年，又任命他为海军处的作战书记员。在此期间，他除了钻研海军事务以外，就是频繁地追求女人。不知是他的两位上司愚蠢，还是佩皮斯更聪明，没过多久，佩皮斯便对海军的局势了如指掌，上司们须他提供情报才能够指挥打仗。在对荷兰战争（1665—1667年）中，他想方设法给舰队输送给养，他的干练受到大家称赞。英国海军失利以后，国会攻击海军处，佩皮斯受命为海军处辩护。经过三个小时的辩解和演说，他完满地答复了国会提出的所有质疑，使海军处免遭处分。在瘟疫流行期间，政府中大多数官员都离职避祸，佩皮斯与众不同地坚守岗位。他工作非常勤奋，一般在早晨四点起床工作，这种辛苦与他所得的三百五十英镑的年俸数很不相符。不过佩皮斯心里清楚，别人给他的赠与、佣金和津贴等可以弥补薪俸少所带来的心理失衡，这样做不仅不违法，还得到他上司的谅解。他的上司蒙泰古爵士对他说："不是职位本身的薪水会使人致富，而是担任职位才有机会赚钱。"

1673 年，佩皮斯被任命为海军大臣，他的妻子开始信奉天主教。1679 年 5 月，天主教会策动的阴谋在英国被揭露，佩皮斯因有参与之嫌疑而被捕。在审讯他的时候，他当庭为自己辩护，证明控诉不符合事实。经过九个月的监禁，他被无罪释放。此后他一直赋闲在家，直到 1684 年他再次被任命为海军大臣。詹姆士二世时期，佩皮斯实际是海军的首脑。1690 年，詹姆士二世逃到法国，佩皮斯又遭到被捕的厄运，但不久即被释放。从第二次出狱到 1703 年 5 月 26 日他离开人世，十四年间他没有在军界任职，而是退隐山林，作他的"海军长老"。

佩皮斯自 1660 年 1 月 1 日开始写日记，到 1669 年 3 月底因为视力衰退不得已而停止。就在他放下笔的那年，他的妻子撒手人寰，离他而去。为了达到保密的目的，他用自己的速记方法加以记述，共用了三百一十四种不同的符号。他死前，将他的藏书包括他的日记都赠给了母校。19 世纪初期，他的好朋友伊夫林的后代在整理伊夫林的遗物时，发现他日记中多次提到佩皮斯，于是到莫德林学院去寻找佩皮斯的遗物，发现了六本日记，由当时的一个大学生负责整理翻译密码。这个学生用了三年的时间才把密码破译出来，《日记》终于在 1825 年出版问世。佩皮斯在《日记》中极为坦白，他毫无顾忌地把自己的所作所为和自己的真实感情赤裸裸地记录下来。他每天的各种活动、生理上的烦恼、与妻子的争吵、和情人的调情、与其他女人通奸等都在日记中暴露无遗。他记到妻子在给他理发时，"竟发现在我头上及身上共有大约二十只虱子……"他和妻子的争吵有时令他发怒，使他对妻子大打出手，有时拧她的鼻子，有时打她的眼睛，然后再哄妻子，等到把妻子哄好之后，马上就到情妇那里去。从佩皮斯的日记中我们可以发现，他的精力旺盛得令人感到惊奇，他对感情的随意令人感到震惊。他每几个月就有一次恋情，他不断地追逐女人，哪怕看看女人的衬裙，他也觉得满足，"看着它们我感到很舒服"；甚至"回到家里吃晚饭及上床睡觉，都会幻想自己正很舒服地和史都华夫人在一起游戏"；他一面在教堂听布道，一面同两个女人调情；在剧院，一个漂亮的妇女吐在他身上一口痰，他也不在意。因为他的不轨行为，妻子与他经常有矛盾，但佩皮斯却都能很快化解，并让愤怒的、要与他离婚的妻子得到誓言和安慰。到他视力衰退以后，好色之心依然不改。为了生活得完美无缺，他小心翼翼地保护、照顾他的眼睛，因而他终生没有失明。在他的日记中，我们不仅能了解佩皮斯在家庭舞台上的情况，还可以通过他毫不掩饰的记录，看到他在 17 世纪后半叶英国大舞台上的真实面貌。

在《日记》中，佩皮斯记录了他是怎样从一个出身寒微的无名小卒，逐渐升官，日渐富裕的。他虽然很会享乐，但也非常会持家，对于他的所有收入，到了年底，他都要结算一次，因此他的财富一天比一天多起来。他批评朝廷，关心海军命运，也关心国家的命运，但却为了自己"有大批上好餐具"可以在请客时使用而沾沾自喜。他在日记中记录了英国几年内发生的若干件大事：查理二世在英国海岸登陆，1666 年 9 月 2 日伦敦的大火，英国与荷兰的战争。同时也记载了他对戏剧和音乐的评论，等等。他像个新闻记者一样，对事件报道得十分详细准确，但又不同于新闻记者，他不只是冷静客观地去记录，而是带着自己的感情去写，他把个人的兴奋、内心的恐惧以及对敌人的不满等都在字里行间表现出来。总之，《日记》为我们研究英国社会提供了宝贵的资料，同时它也流露出他的爱国热忱。

佩皮斯在生活中扮演着很多角色。他是丈夫，但却对妻子不忠，并且有些残酷；他是兄长，有时却忘了弟弟的所托；他是下属，不过比上司能干；他是上司，却极为忠于职守；他是主人，有时殴打仆人致伤。他兴趣广泛，喜欢戏剧和音乐，喜爱金钱和享乐，他对科学也有兴趣，做物理实验，成为皇家协会会员。他是一个矛盾的组合体，让人爱，也让人恨。人们都说他是一个浪子，但他身上的瑕疵无法掩盖他写的《日记》的美妙。他的文笔自然流畅，细腻文雅。读他的《日记》就好像读法国作家蒙田的《随笔录》那样亲切，引人入胜。

19. 宗教剧大师：卡尔德隆
zōng jiào jù dà shī：kǎ ěr dé lóng

17 世纪初期，封建天主教反动统治的残酷使西班牙的天空蒙上一片黑暗，所有西班牙戏剧家的创作都采用宗教剧这一体裁。当时剧本一般都由市政当局向诗人约稿，稿酬丰富。宗教剧一般都在宗教节日在城市广场上隆重演出，往往拥有很多观众。一般平民拥挤在广场上，而贵族和富人则在住宅的阳台上欣赏。在当时所有的宗教剧作家中，有一位拨动着自己诗歌的琴弦，用悲观而忧郁的声音深深打动了其同时代的巴罗克诗人，成为继戏剧之王维加之后西班牙剧坛的又一个偶像。尽管他远没有达到前辈作家的高度，但他那建立在虔诚信仰基础上的出色的抒情诗使他被称为西班牙最杰出的宗教剧大师，甚至在 1803 年，德国诗人施莱格尔宣称他是在现代戏剧中仅次于莎士比亚的剧作家。他的全名是唐·彼得罗·卡尔德隆·德·拉·巴尔卡（1600—1681 年）。

卡尔德隆于 1600 年 1 月 17 日诞生于马德里的一个贵族家庭，是菲力普二世和菲力普三世时代的财政部部长的儿子。他在耶稣会学校接受了初等教育，十五岁时进入西班牙西部萨拉曼加大学，他学完了神学课程并开始研究法律，同时开始继承伟大先驱维加的传统进行戏剧创作，写出了《隐居的夫人》和《扎拉美亚的镇长》等剧。当卡尔德隆发现自己能成功地写出舞台剧本时，就放弃了法律而专事戏剧创作，1620 年又写出了剧本《对十字架的崇拜》。在 1622 年圣伊西多节赛诗会上，他第一次为自己赢得了诗人的桂冠。当时已享有盛名的维加发现了这位年轻诗人，并对其才华备加赞扬，这大大鼓舞了他的创作激情。据说因为他在一个剧本中过于明显地嘲笑一位有势力的传道者，被认为渎职而入狱一段时间。1634年剧本《人生如梦》的出版，立刻使他赢得了西班牙戏剧界的领导地位，被菲力普四世指定为维加的继承人，从而获得宫廷戏剧家的称号。此后，他为宫廷创作戏剧和音乐喜剧，还应马德里市政当局之约为宗教节写独幕宗教剧。

卡尔德隆在前半生是一个军人，当时的西班牙和其他伊斯兰国家一样，文人常常以建立功勋来实现自己神秘的梦想。1640年他加入圣地亚哥胸甲骑兵连，在萨拉戈萨因神勇而头角崭露；随后参加了开往意大利和法兰德斯（比利时）的军事远征；他还参加了镇压加泰隆人的暴动。这位在年轻时代曾不止一次和人拔剑决斗的斗士，两年后因健康状况恶化退休回家并依靠军队的年金生活。家属的去世使他转向了宗教，成为圣·芳济会教派中的一名俗人教士。1651年，他被任命为祭司，十三年后成为宗教界的重要人物——国王光荣的宫廷神甫，在1666年则成为圣彼得大教堂的首席神甫。卡尔德隆把他的后半生献给了宗教，在此期间他仍断断续续地为舞台编写剧本。领受了这个世界上的一切荣誉之后，年逾古稀的老人于1681年去世，在他的书桌上还放着他未完成的宗教剧。

诗人的全集在他逝世后出版，共包括一百二十个剧本，八十个独幕宗教剧和二十个幕间剧。成就卡尔德隆声望的主要作品有《对十字架的崇拜》、《人生如梦》、《荒谬的魔术师》和《死后的爱情》等宗教剧。

《对十字架的崇拜》（1620）虽然是卡尔德隆早年所写的剧本，却已鲜明地表现出诗人的宗教狂热。

一个胸前挂着鲜红十字章的男婴，被发现于荒凉丛林里的一个十字架脚下，后来他就在乡村长大成人。有一种神奇和奥秘的线索使他和十字架的标志联系起来。十字架总是在危急时刻拯救他，帮助他，因此他对十字架不胜畏惧，而且对它十分崇拜。青年爱上一个名叫尤利亚的姑娘，却遭到其父兄的反对。尤利亚的哥哥挑起决斗，结果丧生。爱情的幸福幻灭后，尤利亚到了修道院，青年却变成一个几乎无恶不作的强盗，他行凶抢劫、强奸妇女。当他获悉自己心爱的姑娘做了修女后，就趁深夜闯进修道院，潜入尤利亚的住处。姑娘恳求他离去，但欲火中烧的强盗决不肯罢休。当姑娘准备屈从时，强盗惊奇地发现她袒露的胸前挂着十字架像，便惊慌失措地逃跑了。可是尤利亚也因情欲的煎熬失去了自控能力，她逃出修道院去寻找自己的情人。

温柔的姑娘变成了凶恶无比的妇人，在前往森林寻找情人的路上，她无缘无故地杀死了那些对她慷慨相助的人们。在森林的十字架脚下，当他们终于再度相逢时，姑娘的父亲带着一群人来到此地杀死了青年，由此也揭穿了一桩罪恶的家庭秘密：原来他们是一对有血缘关系的兄妹。死去的青年为了使罪恶得到宽恕，在刹那间复活了。而当父亲把惩罚之剑架在女儿头顶时，她却像烟雾一样消失了，她被她在十字架前所作的祈神赎罪的誓言拯救了。这样，两个罪孽深重的罪犯和他们犯下的"无数暴行"都得到了宽恕。

主宰一切的十字架和得到宽恕的罪犯胸前的血红的十字架像，是上帝的严峻意志的象征，在无所不能的神面前，人是身不由己的，但敢于承认自己渺小的人会因此达到奇妙的神的境界。读过这部作品的俄国作家屠格涅夫称作者"是天主教徒中最伟大的戏剧家，正如莎士比亚是最人道、最反基督的戏剧家一样"，因为在卡尔德隆笔下的严峻的神那里，缺少的是艺术中最主要的东西——对人的爱。

但是卡尔德隆的宗教狂热后来也逐渐衰退，其创作的笔调开始显得较为温和，他的成熟作品《人生如梦》（1634）虽然反映了悲观主义的绝望情绪，但是人类之爱的思想已占有了一定的地位。

波兰国王巴西里奥夜观星相，星相显示他的儿子将会反叛他，为逃避劫数和灾星，就将新生儿送进监狱。过了许多年，国王对星相占卜是否灵验产生怀疑，决定进行一次考验。昏迷沉睡的王子被送进了王宫，国家的全部政权都交给他掌管。果然，上帝的预言证实了。王子取得了政权后就开始胡作非为：他把敢于顶嘴的仆人扔进深渊，和表兄弟进行决斗，他想霸占罗萨乌拉，企图杀害狱卒，甚至威胁自己的生父。巴西里奥想使他变得温和些，规劝儿子要对人慈爱和柔顺……最后，国王终于失去了对儿子改恶从善的希望，在给儿子服了催眠药之后把他送回监狱。当被重新带上镣铐的王子恢复神志后，他觉得他所看到的和所经历的一切都只是一场梦。热情、荣誉、享乐甚至幸福，都不过是梦幻而已！应当放弃斗争顺从命运，看轻生命。王子发生了彻头彻尾的改变，精神世界变得异常平静。当被起义军队释放后，他勉强地参加了战争，当被迫屈服的国王双膝跪倒在他面前时，变得英明、公正而富有人道精神的王子从这一切中认识到一条深奥的真理："人生如梦"。

剧中展现出的是基督教的象征世界：人世就是活地狱，人们受着命运的束缚而在世上受煎熬，其过错就在于他活在人世。作者一方面在大肆宣扬天主教会的悲观主义哲学，一方面又通过王子这个具有寓言性的形象说明，即使是堕落的天使，只要顺从天命，不断忏悔自己的罪行，最终一定能够得到上天的宽恕。

《死后的爱情》（1651）是卡尔德隆创作中一部不同寻常的剧本，因为作者一方面通过男女主人公的爱情悲剧表达了他一贯的悲观主义论调："谁怀着爱情期待那吉日的新婚之夜，他得到的却是坟墓。"一方面又在描述西班牙摩尔人的起义及大批起义者被杀戮的情景时，充满了人道主义热情和对其他民族的尊敬。这种矛盾表明：在天主教的反动势力和宗教裁判所大施淫威的时代，作为思想家和创作家的卡尔德隆身上所具有的具体的人的高贵品质受到其阴暗时代的摧残和压抑。

"卡尔德隆称闪电为照亮大地的天空的火舌。弥尔顿说，地狱的火焰仅仅用以辨别地狱中永久的黑暗。"普希金的话也许说明了两位欧洲宗教诗人的最大不同。

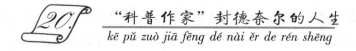

20. "科普作家"封德奈尔的人生
kē pǔ zuò jiā fēng dé nài ěr de rén shēng

1657年2月11日，在法国卢昂的一个贵族家庭里，著名的古典主义悲剧作家高乃依的外甥降临人世。但是婴儿身体异常孱弱，人们生怕他在天黑前就死去，所以立刻为他举行洗礼仪式。然而令人意想不到的是，这位生于路易十四执政之前，在博须埃主政的盛世成长，经过了《南特敕令》废除令和龙骑兵之乱，活着看到百科全书派的出现，也听到伏尔泰高呼哲学家们对罪恶作战的贝拿尔·德·封德奈尔（1657—1757 年），却比同时代的所有人都活得更为长久——他只差三十三天就可活到一百年。其长寿秘诀是：节省精力，避免婚姻，禁绝欲望，充分睡眠。

封德奈尔学生时代接受教会教育，研究法律，毕业后担任律师。后来跟随高乃依去巴黎，开始文学创作，想步舅舅后尘成为悲剧诗人。1680 年，他写的悲剧《阿斯巴尔》没能成功，接着相继写成的几个悲剧也遭到失败。此后他改写歌剧和诗，但因缺乏热情依旧没能获得声誉。封德奈尔总结了自己创作失败的经验教训，当他发现科学可能成为比《启示录》更骇人的启示后，他决定扬长避短，改弦易辙，充分利用自己丰富的自然科学知识，用文艺的形式普及科学知识。

然而，封德奈尔对科学与理性的提倡是以否定宗教信仰和封建意识形态的权威为开端的。1680 年，他在写出的第一篇论文《寓言来源》中，认为神话源于原始的想象，而不是僧侣的发明——最重要的是，它认为神话是因原始人单纯的心灵将自然过程人格化而产生的。它不仅批评了多神教，也批评了当时占统治地位的天主教，尽管他对宗教的批评是温和的、间接的，但是这篇具有"近代"精神的论文手稿却一直被作者保留到 1724 年弛禁时。1683 年 6 月他出版了一本称为《死者之语》的小书，它富有想象地通过已逝的大人物间的交谈来探讨真理等问题，特别是蒙田与苏格拉底在地狱中相遇时对人类社会进步观念的交谈，表现出作者的怀疑论思想。作品巧妙地采用交谈式的体裁：几乎任何想法都可以通过交谈者之口说出，而被另一人所"驳斥"，然后又被作者所否认。这种体裁避免了当时查禁森严的风气所带来的麻烦，正如封德奈尔本人所说："假如我手里掌握着所有真理，我一定会小心翼翼地不让人们知道。"这本书受到读者欢迎，三个月之间就刊行二版，到年底已被印成意大利文和英文，时年二十六岁的封德奈尔开始赢得了全欧的声名，在接下来发表的《事物的进步》一书中，他提出"人类无可限量地臻于完美的可能"的进步观念，实际上已显示出其思想中否定传统的某些叛逆因素，具有启蒙思想的萌芽。

尽管封德奈尔小心翼翼地寻找各种表述自己思想的方式，但是，由于想象力丰富而惹人注意的他也危险地走近巴士底狱。他在 1685 年出版的描写海外航行的《婆罗洲之旅》中讽刺了因宗教信仰而发生冲突的两个国家，实际上是对日内瓦新教和罗马天主教之间冲突的明显讽刺，因为这段文字是写在《南特敕令撤销令》之下的。所以，法国政府在仔细推敲文字后，作者似乎已难逃被捕的厄运，这时，机智的封德奈尔迅速印行了一首高呼"路易大帝时代的宗教胜利"的诗以示道歉，才逃过了这一险关。此后，他决定不让政府读懂他的哲学。

于是，他折身返回科学的园地，用文学技巧将科学知识介绍给读者，自觉地承担起传播科学于法国的责任。1686 年，封德奈尔的主要著作《宇宙万象解说》出版，内容是叙述作者住在乡间一位侯爵夫人家中，每晚陪同侯爵夫人在花园散步。仰望星空，繁星万点，神秘莫测。夫人好奇，询问有关宇宙天空的问题，作者便给夫人讲述天体知识。第一晚讲地球是个行星，在自转的同时也围绕太阳旋转；第二晚讲月球也是有人类居住的星球；第三晚讲月球的特殊性以及其他星球也有人居住；第四晚讲金木水火土五个行星的特点；第五晚讲每颗行星都像太阳一样自行发光并照耀着其他星球；第六晚谈天文学界的最新发现。

封德奈尔写这部作品的目的是为了普及哥白尼的科学。虽然作者所处时代距哥白尼《地转说》的出现已近一个半世纪，但在法国却很少有人接受太阳为宇宙中心论，即使是大学生也是如此。伽利略因为认定该假说为事实而被教会判刑，笛卡儿虽然在其论文《世界》中承认哥白尼的观点，但也没有敢刊行他的作品。而封德奈尔却以化干戈为玉帛的潇洒笔调来处理了这个问题。

尽管他的作品中有的知识是不正确的，甚至有些带有很大的臆测性，但其可贵之处在于体现了作者对贵族阶级的叛逆立场和启蒙主义的思想萌芽。它以通俗的方式宣传了人类进步的科学知识，并以唯物主义宇宙观同教会关于上帝创造世界的宗教迷信观完全对立，在当时曾起了动摇宗教思想统治的作用，路易十四的牧师曾就这部作品向国王告状，说作者是"一个无神论者"，耶稣会也对它进行了激烈的攻击。封德奈尔为挽回局面，以手表做比较，指出宇宙的美与秩序，因而从宇宙的结构中引出一位聪明绝顶的造物者。由此可见，封德奈尔不仅是一位普通的科学知识的传播者，也是一位启蒙思想的先驱。

1688 年 12 月，封德奈尔再度冒着进巴士底狱的危险，以无名氏名义出版了最大胆的短文《神灵显迹的历史》。他坦然承认取材自范戴尔的作品《神谕论》，但他以简洁活泼的笔调将它改写。他假装只论异端神谕，直接剔除基督神谕以及教士而不做分析。但实际上，这是一部关于宗教历史和抨击宗教邪说的论著。他指出神灵显迹是无稽之谈，人们之所以相信神灵显迹，是因为人们愚昧无知，轻信妄言，容易受骗。随着人类科学知识的发展和普及，神灵显迹的妄说也将被消除。这篇论文同第一篇论文《寓言来源》一起，不仅是为启蒙运动所作的巧妙一击，而且还展示了研究神学问题的历史新方法。因而有位读者说："他连哄带骗地把真理告诉我们。"

《神灵显迹的历史》是封德奈尔向宗教神学发起的最后攻势。1691 年，他当选为法兰西学士院院士，因他曾积极地站在贝洛一边，参加了文学界的"古今之争"，所以提名时曾遭到拉辛和布瓦洛的反对。1697 年，他出任法兰西科学院的常任秘书，任职时间达四十二年之久。他撰写的科学院沿革史，成为五十年来法国科学成就的简明史。传说封德奈尔处世冷漠，为人折中。在 1742 年，当年轻的卢梭怀揣自己发明的新式记谱法，通过携带的介绍函接近这位八十五岁高龄的科学权威，希望得到他的指点时，过于注重保持精力而不愿劳神的封德奈尔没有给心情急迫的卢梭以任何帮助。但他也有表现好的一面，如当时的进步作家彼埃尔神父由于对路易十四不敬，而被法兰西学士院开除的时候，只有封德奈尔一人投票反对。除了从事科学工作外，封德奈尔也周旋于沙龙之中。由于他彬彬有礼，极善谈吐但不作无谓争辩、机智而不刺人，他不仅成为沙龙中颇受欢迎的人物，而且也成为许多贵妇沙龙中的常客。终身未娶的封德奈尔虽然喜欢向女士献殷勤，但他的决心是只限于精神方面的交往，一半是为了保持体力，一半是喜欢找寻乐趣。九十岁时，有一次遇见一位年轻貌美的女士，他对她慨叹："我现在如果是八十岁多好"，近九十八岁时，他陪伴爱尔维修刚刚一岁半的女儿为新年舞会跳第一支开场舞。当和他一样大年纪的格里莫夫人对他说："看，我们这么大把年纪还活着。"他用手指压唇轻声说："小声点！夫人，上帝忘了把我抬回去了！"

但是，这位终生活动在贵族上流社会的封德奈尔先生并没有被上帝忘记，1757 年 1 月 9 日，在卧病一天后，他终于告别人世，静悄悄地被上帝带到了另一个世界。

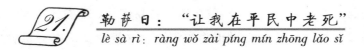

21. 勒萨日："让我在平民中老死"
lè sà rì：ràng wǒ zài píng mín zhōng lǎo sǐ

在 18 世纪的法国文坛上，一大批资产阶级启蒙文学作家，如伏尔泰、孟德斯鸠、狄德罗、卢梭，像夜空中闪耀的明星，光彩夺目，总是强烈地吸引着后来人的注目。阿兰 – 勒内·勒萨日处身其中，光芒似已被掩盖很多。而实际上，在 18 世纪前期，勒萨日是法国最有名的现实主义小说家、戏剧家，法国写实作家的先驱。

勒萨日于 1668 年出生于法国的布列塔尼，父亲是一个公证人。他没有兄弟姐妹，在父母的宠爱下渐渐长大。然而幸福时光是短暂的，十四岁时，勒萨日成了孤儿。阴险的监护人侵吞了勒萨日父母留给他的家产，又把勒萨日送到了家乡附近耶稣会办的学院读书。童年的不幸遭遇养成了勒萨日独立、倔犟的性格。人情的冷暖、世态的炎凉被勒萨日过早地尝遍，他宁愿自食其力，也不愿意依靠别人或攀权附贵。

1692 年，勒萨日来到巴黎学习法律，此后的五十多年，他一直定居在巴黎。完成了法律学业，勒萨日很容易就找到了一份律师的工作。随着时间的推移，勒萨日满腔扶危救难的热情冷却了下来，身边的律师们常常谈论的不是如何帮助那些身处不幸的人，而是互相切磋怎样才能把舞文枉法的手段弄得更高明，以夺取别人的产业。勒萨日深深地失望了。他放弃了律师的工作，到包税局做了一名小职员，然而包税局更是一个藏污纳垢的地方。从 17 世纪起，法国封建王朝为了尽快地得到金钱，把征收间接税的任务委任给了资产阶级金融家，而他们就借此聚敛了大量的钱财，名目繁多的苛捐重税成为普通百姓身上的重担，而那些收税

勒萨日画像

官却中饱私囊，个个都成了财主。勒萨日不愿与之同流合污，只好离开。他发现只要他在机关工作，他就有可能成为压榨百姓的帮凶，在他心中，他是始终和普通人民站在一起的。

丰富的工作经历使他萌发了写作的欲望。从 1712 年到 1735 年，勒萨日为圣·日耳曼集市上的剧院写了一百多出小型喜剧，但脚本全部佚失。当时的文人大多投靠权贵，以期获得庇护或谋得某种现实的利益，勒萨日倔强的性情决定了他是不屑于与达官贵人周旋的。没有了依附关系，勒萨日作品的讽刺锋芒更见锐利。他创作了大量的戏剧和小说。其中比较成功的作品是五幕讽刺喜剧《杜卡莱先生》、小说《瘸腿魔鬼》和《吉尔·布拉斯》。

勒萨日作品插图

在包税局工作的一段经历为勒萨日创作《杜卡莱先生》提供了丰富的素材。剧本讲述了资产阶级包税人和贵族的关系。杜卡莱原来是一个贵族的跟班，后来他得到了一个税吏的差事，从此发迹。他的人生追求就是"怎样把世界上最好的东西弄到手"。杜卡莱的形象是资产阶级形象的代表。他不择手段地聚敛钱财，只要借了他的印子钱的人，都被他"收拾得家产荡尽"，连自己的老婆他也不放过，还要扣发她的生活费。这是对资产阶级血腥的原始积累的生动描述。与之相对的贵族阶级也同样的卑鄙、无耻、荒淫、腐朽。他们走上了本阶级的末路，为了继续维持奢侈淫逸的生活，他们有的借高利贷，有的靠骗女人的钱财过日子。资产阶级和贵族尔虞我诈的卑鄙嘴脸在勒萨日的笔端展现得淋漓尽致。正如剧中仆人弗隆丹所说："我们在哄骗一位交际花的钱，这位交际花在蚕食一位阔佬的家财；这位阔佬在掠夺别的阔佬的钱，这跟在水面打水漂一样，一连串的骗局。"错综复杂的欺骗关系构成了这部戏的矛盾冲突，最后杜卡莱破产了，戏剧达到了高潮，所有的骗局、谎言都大白于天下了。

这样一出骗中骗的喜剧在公演之前引起了包税人、金融界和大商人的恐慌。他们害怕勒萨日辛辣的讽刺锋芒，他们害怕他们榨取民脂民膏的内幕被揭穿。因此，在《杜卡莱先生》公演之前，他们表示只要作者自愿撤回剧本，他们愿意付十万法郎的报酬。勒萨日不为所动，断然拒绝。适逢皇太子（后来的路易十五）对税款包收者借款不遂，故支持这部戏的上演。1709 年初，《杜卡莱先生》如期演出，虽然演出时有流氓捣乱，但还是获得了巨大的成功。

与戏剧相比，勒萨日的小说成就更高，他被认为是法国世态小说的创始人。他的两部著名的小说《瘸腿魔鬼》和《吉尔·布拉斯》都以西班牙社会为背景。18 世纪初，法国路易十四为了争夺西班牙王位的继承权，与奥地利，以及荷兰、英国进行了十余年的战争，史称西班牙王位继承战争。战争的持续使法国上流社会渐渐对西班牙发生了浓厚的兴趣，依附权贵的作家们见机行事，一时间，描写西班牙宫廷生活和社会生活的小说、剧本、杂记成了社会时尚。勒萨日当然不是这种趋炎附势的文人，西班牙只是作品的外衣，他真正要表现的还是法国的社会生活，"要跟法国人的习俗合拍"。

1707 年，勒萨日的小说《瘸腿魔鬼》发表，这是他的第一部小说，取材于格瓦拉 1641 年写的故事。小说写道：跛脚魔鬼阿斯莫德被魔法师关在坛中，马德里的一个大学生在无意中闯进了法师的房间，把封填在坛子里的阿斯莫德给放了出来，阿斯莫德感恩图报，带大学生周游马德里，在市区的上空，揭开屋顶让大学生看见屋子里发生的秘密。大学生看到吝啬鬼在贪婪地守着自己的财宝，而他的继承人正在隔壁的房间里向巫师探问他的父亲什么时候会死；他看到贵族家庭里的奸情；看到监狱里受着折磨的无辜的罪犯，而真正的罪犯，却因是王子奶妈的亲戚而即将获释。每个屋顶下都在演绎着一幕幕生动的故事，不过却都是丑陋的、疯狂的。大学生还看到了许多为名、为利而神经错乱的人。有的人因为突然得到一大笔遗产而高兴得发了疯；有的人被监护人侵占了财产并被指责为疯子，他当真就气疯了；有一个法官的妻子被别人指为小市民而气疯；有一个老妇人因为照镜子发现自己满脸皱纹而被吓得神经错乱……真实也好，夸张也好，大学生的眼睛如一支粗线条的画笔，勾勒出了病态社会、病态人们的病态生活。

　　勒萨日在这部小说中描绘了社会生活的宽广画卷，只不过这幅画卷都是由速写组成的。人物刻画很简略，仅仅是从人性的贪婪、卑下等角度进行批判的，即使这样，《瘸腿魔鬼》的讽刺性还是呼之欲出的。

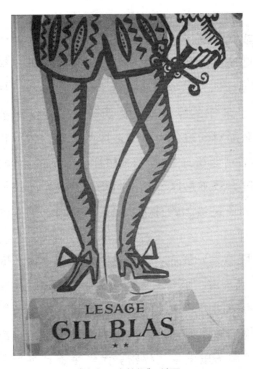

《吉尔·布拉斯》封面

　　1747 年，勒萨日的杰作《吉尔·布拉斯》出版。《吉尔·布拉斯》是置于西班牙的背景上的流浪汉冒险小说，然而在浓郁的西班牙特色下，掩盖的却是对处于资本主义上升时期的巴黎社会生活丑恶面貌的揭露。这部书的创作用去了勒萨日二十年的时间，可以想见其规模的宏大。

　　《吉尔·布拉斯》共四部十三卷。讲述了出身贫寒的农家青年吉尔·布拉斯在一个金钱至上的社会中的堕落过程。有人认为吉尔·布拉斯是以法国 17 世纪后半叶的政客吉维尔为原型的。无论怎样，吉尔·布拉斯确是市民阶层的典型人物。

　　平民出身的吉尔·布拉斯生活在西班牙菲利普三世朝代。十七岁时他带着父母教给他的"做人要规矩，别干坏事，尤其不可以偷东西"的劝诫，离开了故乡。途中，他被骗走了骡子又被强盗劫走做了六个月的俘虏，侥幸逃出又被认作是强盗而关进了监狱，虽然后来冤情得以昭雪，但他已被搜刮得分文不剩了。一个侯爵夫人为感谢他的救命之恩而付的酬金，眨眼之间就被几个骗子骗走了。吉尔·布拉斯深感世事的险恶，认为父母"不该劝我别欺骗人，该教我别受人欺骗才对"。

吉尔·布拉斯走投无路，开始了做佣人的生涯，他给形形色色的人效过力。有贪吃的大神父，每天都吃得"撑肠拄肚"；有贵族花花公子，整天吃喝玩乐；有"治死的人多得好像地方上遭了瘟疫的医生"。吉尔·布拉斯很快习惯了这种"大爷们过的日子"，他也开始及时行乐成为一个轻浮放荡的年轻人。

因为"还有几分顾全名誉和敬畏上帝之心不曾泯灭"，吉尔·布拉斯决定以正派的品行去工作。但是他的忠贞行为并没有得到应得的

拉辛

奖赏，反而受到了不公正待遇。虽然如此，吉尔·布拉斯也没有丧气。他交了好运，成为首都赖玛公爵的亲信和秘书，开始走上政坛。自从跨入宫廷的圈子，吉尔·布拉斯变得下流无耻、贪得无厌。他接受贿赂，卖官鬻爵："看见了金子，就笑骂由人。""一次次干个不休，越比以前有钱得很了。"他成了权势显赫的大人物，为了讨好太子，他替太子寻找美人陪伴取乐。事发后，皇帝一怒把他投进了监狱，后经多方奔走才得赦出狱，但吉尔·布拉斯早已把世态炎凉看透，他退隐乡间，过起了隐居生活。

皇帝驾崩，太子即位，吉尔·布拉斯二度入朝，他又开始了显赫的宫廷生活。虽然吉尔·布拉斯有前车之鉴，决心"看事总以道德为重"，但遇事时，又没有骨气拒绝皇帝。葡萄牙革命爆发了，吉尔·布拉斯带着勋位再次退隐，过起了幸福的田园生活。

吉尔·布拉斯是个"通才"，他没甚大本事，却有点小聪明；为人怯

懦，逼上绝路也会拼一拼，无论在什么境地都能混一混。一部暴露社会黑暗的小说，正需要这样一位主角，带着读者到社会每一阶层每一角落去经历一番。在那样一个金钱统治一切的社会里，金钱可以买到一切，从普通百姓到朝廷重臣，无一不见钱眼开、不择手段。在这个走向末路的封建社会的大染缸中，吉尔·布拉斯从初出茅庐的毛头小伙子，变成了谨慎持重的大乡绅；从乡下佬变成伶俐小子、巴结的佣人；最后变成无耻的走狗。他从每次经历中得到教训，但个性终未改变。名利关头时，他身不由己，什么坏事都做得出。马克思说吉尔·布拉斯在各种各样的奇遇中始终是个奴才。勒萨日惟妙惟肖地描写了这种人物，细腻而传神、朴素而精确、生动而自然。

勒萨日借社会背景，写当时社会真相，既不过于浮夸，也不流于鄙俗。他如一个出色的画家，以洞察世事的双眼、灵动的双手，描绘了人生百态。1747 年，勒萨日离开了人世——"让我在平民中老死"是他一生的箴言。

22. 写作爱情小说的普莱服神父
xiě zuò ài qíng xiǎo shuō de pǔ lái fú shén fù

一辆正在行驶的马车上乘坐着因各种罪名将被放逐到美洲去的十二名妓女，同车的一位侯爵被其中一位女子的美貌深深吸引住了。同时，一位处境凄凉的骑士也正痴情地注视着这位女子，泪水盈眶。经过交谈，侯爵才得知这是一对情人，骑士悲伤地诉说自己因破产而无法陪同她一起放逐。受到感动的侯爵给了这位骑士四枚路易士金币（约值二十法郎），使他能够陪同她前赴路易斯安那。两年后，侯爵又在法国北部的加来港遇见了这位骑士，于是，这位名叫格里厄的骑士便向侯爵讲述了他与那位妓女的爱情经历。

贵族青年格里厄骑士是法国北部城市亚眠一所大学哲学系的学生。十七岁时他以优异成绩大学毕业。父母希望他能担任马尔他骑士团的教职，在双亲满怀高兴的希望里，"他们已经为我穿上了大十字架服。"就在他离开亚眠返回家乡的前一天，与朋友一起在街上散步时，他被一位从公共马车上走下的非常妩媚动人的妙龄女郎吸引住了。他情不自禁地走过去，十分有礼貌地向她作自我介绍，姑娘也坦率地告诉他，她叫曼侬·列斯戈，今年十五岁，是父母在她本人不情愿的情况下打发她上这儿做修女的。格里厄很同情她并答应要解救她。于是他们私奔到巴黎，在整整三个星期的热恋生活中，几乎忘掉了一切。"我们免除了那些宗教仪式，而心中未尝悬念地结成了夫妻。"骑士一再向曼侬说明，他要说服父亲同意他俩结婚。

格里厄的父亲从包税人 B 先生那里知道了儿子的放荡行为而大为震怒，就派三位仆人到巴黎强行将他带回家。父亲告诉他，曼侬早已是 B 先生的情妇，他于是想去杀死 B 先生，但被父亲软禁了六个月。这时他的朋友梯伯史也向他证实曼侬确是 B 先生的情妇，并劝他担任教会职务。于是格里厄与朋友一同进入巴黎的圣·叙尔比斯神学院，短短几个月，他就成了一位杰出的神父。

两年后，他在沙本神学院主持公众审查与讨论时，再度与曼侬相遇。喜出望外的重逢和热情的拥抱，使格里厄又昏了头。她向他坦白自己的不贞，但发誓她只是为了筹钱而与 B 先生有勾当。他对她的怨恨不仅完全化为乌有，而且也忘却了自己的锦绣前程。他分文不带地离开了修道院，再度与曼侬私奔。

他们在巴黎近郊的一个村子里住下，靠着从 B 先生那里得来的六万法郎又开始了奢侈放荡的生活。已遭解职、重新恢复骑士之身的格里厄，希望赢得父亲的原谅与金钱，抑或寄望在父亲死时继承所遗留下来的财产。不久，一场大火毁掉了他们的全部财产。曼侬的哥哥建议妹妹重操旧业，向有钱的阔佬出卖肉体。格里厄虽坚决反对，但为了能保证曼侬的享乐和消遣，他也无可奈何，只得以赌博行骗为业。他靠赌博赚了很多钱，但又被仆人合伙偷走。曼侬在哥哥的怂恿下，转而给一位家财万贯而又好色的老贵族 G．M 先生当姘妇，她在一张便条里解释道："我正设法使我的骑士富有而快乐。"老贵族送给她大批珠宝钱财及房子仆人，她和格里厄合计

骗走老头的钱财之后出逃。但没逃多远就遭逮捕。曼侬被当做妓女发往一家普通病院，格里厄则被送到一座修道院里。他假装研究学问博得了院长的同情和宠爱，并借曼侬的哥哥送来的手枪打死看守逃出修道院，又借些钱贿赂了医院的护士，曼侬女扮男装逃出医院。她向他赌咒将爱他终生。

在一家小旅店里，G. M 先生的儿子与曼侬相遇，也迷恋上了她的美貌，并答应送给她钱财。曼侬与格里厄决计合谋再次行骗，但事情败露后又遭逮捕，被关进了盗窃犯监狱。格里厄的父亲只将他一人保释出狱，而曼侬被判无期徒刑流放美洲。格里厄又企图买通看守救出曼侬，但没有成功。于是，他决定陪她一起流放。一路上历尽千辛万苦之后才到达新奥尔良。在那里，格里厄找到了一份体面的工作，曼侬也学会了怎样过贫困的生活，她已别无所求，只希望能成为他的合法妻子。格里厄向当地总督申请结婚，没想到总督的侄子看中了曼侬，企图霸占她，格里厄一怒之下与他决斗，并将对方刺伤，他带着曼侬仓皇出逃。在劳苦的长途跋涉中，曼侬因疲劳过度染上重病死于荒郊。格里厄用两手为她挖了坟并悲痛地埋葬了她，自己也昏死在曼侬的墓穴边。这时，他的好朋友梯伯史从法国前来，刚好碰见他，即将他带到加来港。

这部带有浪漫传奇色彩的小说，虽然在出版后不久就被法国列为禁书，但却着实风行了一阵子，据说"全巴黎为这本书痴狂……人们争着去买这本书，就像争相往看一场火灾一样"。令人始料不及的是，这部以精致的文学手法来美化堕落、表现没落阶级腐朽思想的文学作品竟出自一个名叫普莱服的天主教神父之手。

安·弗·普莱服（1697—1763 年）是 18 世纪上半叶法国作家，他出生于巴黎一个宗教气氛十分浓厚的家庭，自幼受耶稣会教育。十六岁时在耶稣会教团中充当修士，十九岁时离开教会而投身军旅，逐步晋升为军官，二十二岁时因失恋而心灰意懒，在看破"红尘"后又回到教会当了教士。而《曼侬·列斯戈》实际上就是作者本人的一部自传，其中的故事是根据他与一个女子的荒唐经历铺写而成的，因此，整部作品对堕落生活的描写表现出一种半是忏悔、半是缅怀的情调，正如作者在《序言》中竭力为男女主人公所作的辩护。他认为女主人公不仅"举止高贵"，而且是"一个性格特别的人，没有人像她那样轻蔑金钱"，她的错误只是因为"她唯一的欲望就是享乐和消遣"；他认为男主人公"有那么多好的品质"和"美好的情操"，他的荒唐和堕落经历是"热情的力量的一个可怕的例证"。这充分表明了道貌岸然的教会人物对男女关系中的寡廉鲜耻所抱有的欣赏和谅解态度。

普莱服神父的一生经历也正像作品中的男主人公格里厄骑士一样，充满了反复无常和投机，他的名声不好，传闻是一个腐化堕落、放荡无行的人。1728 年他在国外流浪期间便开始了写作生涯，并于同年在巴黎出版《一个贵人的回忆录与冒险史》之前四卷。以后他出游英国、荷兰等地，过了长达七年的流浪生活，于 1730 年出版了第二部书《英国哲学家克伦威尔之子克里夫兰先生的故事》，接着于 1731 年在阿姆斯特丹出版了《一个贵人的回忆与冒险史》之五至七卷，而该书的第七卷则于同一年在巴黎以《曼侬·列斯戈》为名单独出版。他于 1733 年在阿姆斯特丹因爱上另一个人的情妇而险遭耶稣会特务僧侣的拘捕，他携带这个女子逃往英国。在伦敦他借家教赚钱维持生活。同年 12 月 15 日，因学生指控他伪造一张五十英镑证券而被逮捕，这一罪行根据法律应该处以死刑，但由于某些不明的理由，不久之后他又被释放。1734 年他回到法国，重新加入耶稣教会，并从 1736 年起担任孔戴亲王的牧师，还曾创办过短期的报刊《利弊》、编辑出版过多卷文学刊物。1753 年，他被任命为圣乔治修道院的主持。

十年后，普莱服神父的死亡堪称一个真实的传奇故事：当他在森林中散步时突然中风倒地，有一个医师认为他已经死了，就剖开他的身体以求解他的死因。而事实上这时的普莱服还活着，不过是有人借尸体解剖的手段将他置于死地而已。

普莱服神父在翻译方面为法国文学做出了很大贡献。他最早把英国 18 世纪作家理查森的感伤小说翻译介绍到法国，而他的这些翻译，使得法国读者开始狂热地捧读理查森的作品，同时还引起卢梭与狄德罗互相歧义的

反应。另外，他又翻译了 17 世纪英国戏剧家米德尔敦的《西塞罗的一生》和哲学家休谟的《英国史》。它们对法国文学产生了一定的影响。

普莱服神父在创作方面对后代作家的影响也是相当大的。感伤的浪漫小说《曼侬·列斯戈》不仅对卢梭的《新爱洛绮斯》产生了部分影响，也使得硬脾气、软心肠的狄德罗写了一些赚人泪水的剧本，还使小说家贝那丹在《保罗与维吉妮》中将男女主人公变为完全理想的造型，后来，男女主人公的意象又在小仲马的《茶花女》一书中再次出现。可以说，在法国文坛上，直到福楼拜 1857 年《包法利夫人》问世之前，普莱服神父始终在浪漫运动中扮演着一个角色，他笔下的女主人公曼侬也在歌剧中仍然不断地死而复生。

23. 孟德斯鸠一举成名天下知

mèng dé sī jiū yī jǔ chéng míng tiān xià zhī

1689 年 1 月 18 日，一个幼小的生命在法国西南部吉伦特省的重要城市波尔多附近一个贵族家庭诞生了。他当时叫沙利·路易·德·斯贡达，后来改名叫孟德斯鸠。斯贡达家族是一个古老的、出过不少文官武将的"长袍贵族"家族，而且它素以在野党的反抗情绪闻名，曾出过不少投石党人。

孟德斯鸠的父亲相貌出众，才华横溢，通晓事理，但却一贫如洗。这主要是由于他在家中不是长子，按照封建社会"长子继承权"的规矩，他无权世袭爵位和封地。1686 年，他与当地一个贵族的女儿玛

孟德斯鸠

丽—弗朗索瓦·德·贝斯奈勒结婚。她血统高贵，不仅从达尔布兰和波旁两门显贵那里继承了英国血统，而且还是圣·路易的后裔。她出嫁时带来了拉柏烈德庄园和封地。这个庄园土地肥沃，波尔多葡萄酒和罗凯莫林红葡萄酒在当地享有盛名，销路极广。

孟德斯鸠出生地——拉柏烈德庄园

孟德斯鸠就是在母亲陪嫁来的这个庄园里出生的。他出生的当天就在拉柏烈德教区的教堂受了洗礼，取名为沙利·路易。他的教父是村里的一个乞丐，家长之所以选乞丐作孩子的教父，完全是为了要让小沙利永远牢记他对穷苦人应当负有义务。幼年沙利·路易还被送到拉柏烈德的磨坊里哺养过三年，在那里他完全过着平民孩子的生活，不仅吃的是粗茶淡饭，而且说的话也是当地的土腔土调。

孟德斯鸠的母亲是个非常善良的妇女，她很喜爱自己的孩子，对他们有高度的责任心，并且乐善好施。她还是个虔诚的教徒，她最爱读的书是《新约》。不幸的是，这位对家庭忠贞、对信仰虔诚的年轻的母亲，在孩子七岁那年死去了。作为长子，孟德斯鸠继承了母亲的遗产和拉柏烈德男爵的爵位。

孟德斯鸠在十一岁之前是在家里和村里接受教育的。1700年，他父亲把他送到离家三百七十英里以外的莫城主教辖区的朱伊公学去学习。

朱伊公学是一所很有名气的教会学校，它在巴黎附近，离巴黎圣母院仅有二十公里。孟德斯鸠与他的两个表兄弟一起来到了朱伊公学，于1705年完成了学业。在这座著名的学校里，他刻苦攻读，受到了人们的称赞。这五年的学校生活，对这位未来的启蒙思想家来说也许是至关重要的，因为这所学校作息制度极严，教学内容充实，学生除了要学习拉丁文、法文、希腊文和地理、历史、数学以外，还要学习绘画、音乐、马术、击剑、舞蹈等课程。在这所学校里，年少的孟德斯鸠受到了较为全面的教育，为以后的进一步发展和学术研究打下了初步的而扎实的基础。

在朱伊公学毕业后，孟德斯鸠回到了故乡，在波尔多大学专修法律。1708年，十九岁的他获得了法学学士学位和硕士学位，并获得了律师资格，在基因议会任律师。然而光有书本知识而无实际经验是难以处理好律师事务的，也许正是出于这种考虑，他才决定离开波尔多前往巴黎这个大都会。

1709年，年仅二十岁的孟德斯鸠来到了巴黎，直到1713年11月父亲去世，他才从巴黎回到波尔多。他在家乡一住就是数年，在此期间，除了在波尔多高等法院供职和参加科学院的活动之外，他主要是埋头读书，从事写作。这位好学而深思的青年，有着自己的宏伟目标和抱负。他不满足于写些无关痛痒的短篇论文，下决心写出一部能受到举世瞩目的宏篇巨著。

他自己是有能力来实现这一宏伟目标的。他曾是成绩优异的学生，研究过法律，担任过高等法院的推事，并且是现任高等法院的庭长和波尔多科学院的院士，这就是说，他既有深厚的理论基础和学术研究能力，又有一定的处理讼事的实际工作经验。此外，他生活阅历丰富，经常涉足于波尔多和巴黎的上流社会沙龙。对于法国现实的黑暗、上流社会的卑鄙污浊、司法机构中的种种弊病，他不仅耳闻目睹，而且有着比较具体而深刻的了解。这一切也许是这位正直、好学而深思的青年学者能完成一部鞭笞时弊的作品的基础。在他的成名作《波斯人信札》的第四十八封信中，我们就可以看到下面这样几句话："勇于求知的人决不至于空闲无事……白天所见、所闻、所注意的一切，到了晚上，一一记录下来，什么都引起我的兴趣，什么都使我惊讶。我和儿童一般，官能还很娇嫩，最细小的事物，也能给我大大的刺激。"

写这部著作的准备工作大约从 1709 年作者踏进巴黎社会后就开始了。从那时起直到 1720 年，孟德斯鸠花了十年左右的时间进行酝酿和写作，终于完成了法国文学史上乃至整个启蒙运动中具有划时代意义的名著——《波斯人信札》。

1721 年春，作者带着完成的手稿来到巴黎，找到一位颇有文学素养的朋友德穆兰牧师，请他斧正。这位颇具慧眼的朋友读完手稿后兴奋地对孟德斯鸠说："庭长，这部书将会像面包一样，成为人人争购之物。"于是，孟德斯鸠派秘书前往阿姆斯特丹，找到一位原籍波尔多的出版商——法国新教徒雅克·德博尔德，请他帮助解决出书问题。

1721 年夏，《波斯人信札》问世了。它是作者以"彼尔·马多"的化名在荷兰的阿姆斯特丹出版的。这部佳作的出版使孟德斯鸠一举成了文坛名士。该书一时成了巴黎最为畅销的书，以至那些书商们想尽办法谋求续篇。他们在街头看到过路的文人时，便一把拉住说："先生，请您给我写一部《波斯人信札》吧！"这部书仅在一年内就再版十次，在孟德斯鸠生前曾重版过二十多次。

《波斯人信札》出版时，虽然没有署作者的真名，但是巴黎的读者很快就猜出了作者是孟德斯鸠，而他也因此声名大振，一举成了法国文坛上令人瞩目的焦点人物。

《波斯人信札》不仅是一部优秀的书信体哲理小说，而且是一部出色的散文名作。它写得非常形象生动，机智而又引人入胜。孟德斯鸠采取书信体小说体裁的一个重要原因是为了自卫。他在书中以波斯人的面目出现，假托两个为了"寻求贤智之道"而离乡背井、到欧洲旅行的波斯人之间，以及他们同国内朋友、后房妻亲、阉奴总管、侨居国外的波斯人和外交官等人之间的通信，对法国的政治和社会问题以及宗教、哲学、历史等问题发表一通议论，从各种不同角度，猛烈地抨击和辛辣地讥讽了当时法国极其腐朽没落的封建专制制度和风俗习惯，从而启迪和间接地号召人们要对这种国家制度进行改革和斗争。《波斯人信札》所反映的显然是法国新兴资产阶级的思想与感情。它不仅表达了作者对于黑暗反动势力的深恶痛绝的思想感情，而且用形象生动的语言抒发了作者对于未来的美好理想，因而它成为第三等级的代表们在为破坏旧的封建专制制度和习俗传统、建立新的资本主义制度而进行斗争的锐利思想武器。

《波斯人信札》在文学史上的重要地位是无法抹杀的。体裁的活泼多样，文笔的清丽流畅，思想的机智敏锐，使它成为世界文学杰作和散文名作。同时它是法国启蒙运动期间第一部"哲理小说"。在法国启蒙思想传播过程中，《波斯人信札》在宣传启蒙思想方面所起的作用是巨大的。它为启蒙文学奠定了基础，对于法国文学，尤其是18世纪的法国文学影响巨大。例如，伏尔泰的那些著名的哲理小说，就曾受到过《波斯人信札》的明显影响。

《波斯人信札》的出版，使孟德斯鸠跻身于巴黎的宫廷和知识界之中，成了巴黎社交圈里的活跃人物。同时他频繁地参加贵族显贵举办的沙龙，以便在那里一展自己的才华，创作出更有分量、更有影响的学术著作。

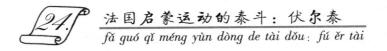

24. 法国启蒙运动的泰斗：伏尔泰
fǎ guó qǐ méng yùn dòng de tài dǒu：fú ěr tài

波澜壮阔的18世纪法国启蒙运动的历史画卷，是由几十位启蒙思想家和围绕着他们的众多的进步知识分子构成的。这些壮怀激烈的思想斗士，以他们出色的才华和不息的战斗精神，汇成近代欧洲思想史上蔚为壮观的革命洪流。在这些启蒙学者之中，有一位公认的领袖和师长，他就是伏尔泰（1694—1778年）。

伏尔泰本名弗朗索瓦·玛丽·阿鲁埃，1694年11月22日出生在巴黎一个中产阶级家庭。他的父亲当过皇家顾问，做过巴黎夏德莱区的法院公证人，后来担任审议院司务。伏尔泰是家里的第五个孩子，从小身体瘦弱，但他天资聪颖，精力旺盛，三岁时，就能背诵拉封丹的寓言诗。十岁时进入圣路易中学，在这里，他读拉丁文，背诵修辞学，崇尚古代的史诗和悲剧，并经教父夏托纳夫的介绍，有幸结识了当时巴黎的才女妮侬·

伏案工作的伏尔泰

德·朗克鲁夫人。这位八十五岁高龄的老太太十分赏识聪明伶俐、被称为神童的小阿鲁埃，她在1705年去世前曾立下一份遗嘱，赠给伏尔泰一千里弗尔的款项，作为购置书籍的费用。

伏尔泰就读的是一所由耶稣会主办的贵族学校，存在于学生之间的森严的封建等级制度使他受到的歧视，在这位天资聪慧的少年心头留下了创伤，也种下了反抗封建特权的种子。这一时期，他阅读了宣传自由主义思想的书籍，其中启蒙先驱彼埃尔·贝尔反对宗教狂热的著作引起了他浓烈的兴趣，对他以后思想的形成起了很大的作用。从此以后，伏尔泰开始走上一条反对封建秩序和教权主义的人生之路。

伏尔泰十六岁中学毕业，他怀着做一个诗人的美好梦想，郑重向父亲提出声明，遭到的却是严厉的驳斥。父亲将他送进一所法科学校，希望儿子将来能晋级升官，光宗耀祖。可是迫于父命的伏尔泰却无心攻读，他用怠工或逃学来对抗。父亲又想用金钱给儿子买下一个可以装点门面的荣誉官职，也遭到伏尔泰的坚决反对。因为他想用自己的天才去创造一种用金钱无法买到的荣誉。

然而，当刚满二十岁的伏尔泰踌躇满志地开始他文学创作生涯的时候，他怎么也没有料到前方的路会是那么坎坷幽长。

1716 年 5 月，伏尔泰发表了两首嘲讽摄政王奥尔良公爵生活腐化、政治黑暗的讽刺诗，随之被当政者宣布逐出巴黎。不久，他又因发表一首题为《小孩的统治》的讽刺诗，将矛头指向刚满五周岁就继位的路易十五，猛烈抨击淫乱无度的朝政，结果获罪被捕，于 1717 年被关进了巴士底狱。在狱中，他奋笔疾书，完成了他的第一部悲剧《俄狄浦斯王》。他自信这是一部具有深刻寓意的剧作，于是就在"弗朗索瓦·玛丽·阿鲁埃"的名姓中间，选择了几个主要的字母，连缀成"伏尔泰"这一笔名。在巴士底狱被囚禁十一个月后，伏尔泰于 1718 年春获释。同年秋天，剧本在巴黎法兰西剧院首次公演，获得巨大成功，受到普遍赞赏。这个剧本和以亨利四世时期的政治生活为题材，抨击宗教、影射摄政王荒淫无耻的史诗《亨利亚德》一起，为伏尔泰赢得了"法兰西最优秀诗人"的桂冠。

在此后的一段时间里，伏尔泰一方面继续从事创作，一方面利用自己的社会关系经营商业，深谋远虑地积攒了大笔财富，他在晚年所写的回忆录中这样坦言道："我看见过多少穷苦的和受人鄙视的作家，因此我早就决定不让自己加入他们之列。"然而荣誉和财富并不能真正冲破等级的隔阂，仍然不能保障伏尔泰不受贵族们的侮辱。1725 年 12 月，他在歌剧院的一次言谈中得罪了贵族德·昂洛，这个小贵族不仅指使仆人把伏尔泰痛打一顿，事后又罗织罪名使其再度被投进巴士底狱。这场纠葛，实际上是伏尔泰与法国专制政体长期冲突的必然结果。在巴士底狱被关押了近一年，摄政王下令释放伏尔泰，随即将他驱逐出境。从自己的痛苦经历中认识到专制政府真实面目的伏尔泰，怀着对上流贵族的怨恨，乘船前往英国，开始了他生平中的一个新时期。

旅居英国的三年使伏尔泰开阔了眼界，他考察了英国的政治制度，并研究洛克的唯物主义经验论，学习牛顿的科学成果，形成了反对封建专制主义的政治主张和唯物主义观点，进一步坚定了反对天主教神学和宗教狂热，宣扬信仰自由，主张宗教宽容的立场。《哲学通信》（1734）便是他在英国的观感和心得的总结。

《哲学通信》（原名《英国通信》）是伏尔泰的第一部哲学和政治专著。全书由二十五封信组成，详尽地讨论了英国的宗教信仰、政治机构、商业成就，也介绍了英国的哲学、科学和文学。

作品体现了他反对封建秩序的进步意识，表明他在哲学、宗教和社会政治思想方面日趋走向成熟。

伏尔泰于1729年回到法国，继续从事创作。他首先满怀爱国热情写下了讴歌法兰西民族英雄贞德的叙事长诗《奥尔良的少女》（1729），接着在悲剧《布鲁埃》（1730）和《查伊达》（1732）中对封建专制和宗教偏执提出强烈控诉；历史著作《查理十二史》（1731）刻画了一个奴役人民、穷兵黩武的暴君。1734年他的《英国通信》出版，这部全面论述伏尔泰哲学和政治思想的著作立即以"违反宗教、妨害淳良风俗、不敬权威"的罪名被查禁并当众焚毁，巴黎最高法院下令逮捕出版商，通缉作者。

伏尔泰被迫逃到洛林省避难，后来受女友夏德莱侯爵夫人的邀请，迁居到偏僻小城西累，愉快地居住了十四个年头。在此期间，伏尔泰埋头创作，在哲学、科学和文学领域都取得了丰硕成果。其中最重要的著作有哲学和科学专著《形而上学论》、《牛顿哲学原理》；悲剧《穆罕默德》、《梅洛普》、《放荡的儿子》和喜剧《维纳尼》以及哲理小说《查第格》等，这些涉及不同学科、创作形式各异的著作，有着一个共同的主题：批判封建专制主义，反对教会和宗教狂热。为了避免进一步遭到迫害，伏尔泰不得不用各种化名出版这些著作。据统计，他一生用过的笔名竟有一百多个。

1746年，伏尔泰当选为法兰西学士院院士和俄国科学院名誉院士。1749年9月，当夏德莱夫人因难产死掉后，伏尔泰搬迁到巴黎，他不断接到腓特烈给他的催促信函，后者答应他御前大臣的职位、免费住宿与年薪五千塔勒。当伏尔泰索要支付旅途的费用时，普鲁士君主在答应的同时又将他比作古罗马讽刺诗人贺拉斯而稍予指责。伏尔泰之所以同意前往，一是由于他失去法国宫廷的信任，二是因腓特烈大帝曾发誓以后要至死维护和平，因而这位屡遭专制政体伤害的诗人，又怀着对开明君主的幻想，在1750年7月踏上了前往德国柏林的路程。

腓特烈以隆重的高卢式的礼节欢迎诗人的到来，伏尔泰对接待感到非常满意。他住在无忧宫里一间极为华丽的房间中，国王的马匹、车夫还有厨师都供他使唤，上百名王公贵族甚至皇后都来看他。他正式担任国王的御前大臣，年俸两万法郎，他成为一人之下的权贵。获得极大满足的伏尔泰在给朋友的一封信中这样写道："经过三十年的暴风雨吹袭之后，我总算找到了一个避风港。我得到国王的保护，和哲学家交谈的机会、还有易于亲近的人那些可爱的天性，这一切的一切都集合在一个人身上，这个人十六年来一直想安慰我的不幸，保护我免受敌人侵害。……我在这里得到永远宁静的命运。要说世界上有什么是确实的，那就是普鲁士国王的个性。"

然而，一直把腓特烈当做朋友的伏尔泰却没有发现自己实际上只是国王的仆人兼囚犯。然而，伪善的腓特烈二世是想利用伏尔泰在欧洲享有的巨大声誉为他的侵略政策做掩护。伏尔泰不愿充当封建王朝的点缀品，便于1753年断然离开柏林，取道卢昂，到达日内瓦附近的圣·约翰，买下房舍，着手写作悲剧《中国孤儿》，同时他还积极支持狄德罗主持的《百科全书》的编撰和出版工作。

1760年以后，伏尔泰长期居住在法国边境的菲尔奈庄园。在这里，他除广泛接触来自欧洲各国的进步人士外，还继续勤奋地创作，相继完成了哲理剧《奥林匹亚》、《三头政治》和《西特人》；史学著作《彼得大帝统治下的俄罗斯历史》和《议会史》；哲理小说《老实人》、《天真汉》等。同时他为那些受宗教迫害的不幸的人们据理力争，被人们尊称为"菲尔奈教长"。

1778年2月，伏尔泰凯旋巴黎的消息轰动全城，成群结队的市民热烈欢迎他的归来。

3月30日，他出席了法兰西学士院的大会，并当选为院长。已年逾古稀的伏尔泰仍然充满活力，他出席了自己最后一部悲剧《伊雷娜》的首演仪式，并计划写作新的悲剧《阿加佛克尔》……当他感到自己人生的终点即将到来时，在病中写下了《辞世词》，其中依然弥漫着对教会的诅咒与不妥协情绪。

伏尔泰卒于1778年，享年八十四岁，在法国轰轰烈烈的思想革命中积极活动了六十多年。他是哲学家、史学家、政论家，同时还是诗人、小说家和剧作家，一生笔耕不辍，留下了卷帙浩繁的文化遗产。18世纪末编辑的第一部《伏尔泰全集》，八开本有七十卷之多，十二开本竟达九十卷，仅内容丰富、文笔俏丽的书信就达十卷之多。因此，无论从奋斗时间之长、著作数量之巨，还是从斗争范围之广、思想影响之深来说，伏尔泰都是一位不容争辩的启蒙泰斗。维克多·雨果说："伏尔泰的名字所代表的不是一个人，而是整整一个时代。"这句话也许毫不夸张地概括了伏尔泰在18世纪法国历史中的地位和巨大影响。

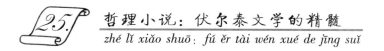

25. 哲理小说：伏尔泰文学的精髓

zhé lǐ xiǎo shuō：fú ěr tài wén xué de jīng suǐ

哲理小说是伏尔泰为表达启蒙主义思想而创造的一种独特的艺术形式，它们一般都是以滑稽的笔调，通过虚构的故事影射讽刺现实，并阐明某一哲理。据法国《七星丛书》搜集，伏尔泰一生共写过二十六部哲理小说，其中大部分是中短篇，约占他全部文学著作的十分之一，这些哲理小说反映了伏尔泰观点的进化过程。其中最有代表性的是《如此世界》、《查第格》、《老实人》和《天真汉》。

《如此世界》（1746）又名《巴蒲克所见的幻象》，是伏尔泰的第一篇哲理小说。一个名叫巴蒲克的人奉神灵之命到柏塞波里斯城考察，他看到神庙基底铺满了死人，上流社会男女关系淫乱，文武官职公开标卖，资产

阶级包税人像"无冕之王"剥削整个国家，教派斗争激烈，社会风气恶浊，舆论欺善怕恶，人与人尔虞我诈。同时又看到"许多慷慨豪爽，仁爱侠义的行为"，以及这个城市高度的物质文明，他不由得发出这样的感慨："不可思议的人类，这许多卑鄙和高尚的性格，这许多罪恶与德行。"

小说中的柏塞波里斯城，实际上是巴黎现实的真实写照。伏尔泰用滑稽夸张的笔法，影射从路易十四到路易十五时代一连串的对外战争所招致的血流遍野、生灵涂炭的惨剧，对统治阶级为一己私利而发动战争的罪行进行了愤怒的控诉，对法国淫乱腐朽的贵族上流社会进行了严厉的鞭挞，从而预言"这样的社会是维护不下去的"。

中篇小说《查第格或命运》写于1748年，副标题是《东方故事》。主人公查第格是古波斯巴比伦一位品性优良的年轻人，但他的善良举动却总是招致不幸：爱人被权贵抢走，妻子不久就背叛自己，甚至想把他的鼻子割下来给新情人治病；一天，查第格在树林里散步，被怀疑偷了王后的母狗和御马，接着又因写诗歌颂国王险遭杀身之祸。查第格的聪明才智受到国王赏识并被任命为首相，王后阿斯达丹悄悄地爱上了他，国王知道后妒火中烧，决定对他采取报复行动，查第格不得不连夜出逃。一路上他又历尽了各种各样的艰辛，为救妇女，他被罚作奴隶出售，还差点被活活烧死；在路过一片草原时，他遇到王后阿斯达丹。原来，国王因宠幸淫妇，国事被败坏得一塌糊涂，结果引起叛乱，国王死于乱枪之下。查第格凭借非凡的才智被人民拥戴为王，并娶阿斯达丹为妻。

伏尔泰通过查第格的遭遇，机智巧妙地抨击了社会时弊，表现了法国社会政治黑暗、人情险恶、法官贪婪、教会伪善、专制君主暴虐无道的真实情况，从而揭露了封建专制统治的黑暗和罪恶。

在作者笔下，查第格是被作为启蒙精神的化身加以颂扬的：他聪明善良，明哲保身，具有渊博的知识和过人的才智，但这些并未给他带来幸福，相反，却招致种种意想不到的灾祸。他的遭际，正是启蒙思想家的共同遭遇。查第格最终当上国王，用理性的原则治理国家，"从此天下太平，说不尽的繁荣富庶，盛极一时。国内的政治以公平仁爱为本。百姓都感谢查第格，查第格却感谢上天"。这既体现了伏尔泰"哲学家国王"的政治理想，也反映了伏尔泰对开明君主仍抱有幻想。

《老实人又名乐观主义》（1759）是伏尔泰哲理小说中成就最高的一部，它的主题与《如此世界》类似，并有进一步的深化。

德国男爵府的家庭教师邦葛罗斯认为这个世界是最完美的，他经常说："事无大小，皆系定数，万物皆有归宿，此归宿自必为最完美的归宿。"寄居在男爵府上的老实人性情温和，头脑简单，天真地相信了这一说法。一天，男爵发现老实人居然和女儿居内贡恋爱，一怒之下，将他逐出家门，从此，老实人开始了流浪生涯。他刚到保加利亚，就被抓兵

《老实人又名乐观主义》插图

到了军队里，因自由行动惨遭毒打；在战场上，他目睹两军互相屠杀、奸淫掳掠、无恶不作。他来到荷兰境内，遇到了染上花柳病烂掉半个鼻子但仍坚信世界十全十美的邦葛罗斯，他们乘船到了里斯本，正好遇上了大地震，邦葛罗斯被宗教裁判所判处死刑。后来，老实人意外地在战乱中与全家惨遭茶炭而流落为奴隶的居内贡小姐重逢。不久，居内贡被总督夺走。老实人历尽艰辛，来到遍地都是财宝，人人温文有礼的黄金国，并受到隆重的礼遇；一个月后他离开黄金国，在寻找居内贡的路上被别人拐走了大

笔财富。后来，他又目睹了互相残杀的场面和尔虞我诈的勾当，开始对"世上一切皆善"的说法产生了怀疑。

老实人来到荷兰，碰见了一个悲观主义哲学家玛丁；在威尼斯，他得知居内贡正在君士坦丁堡当奴隶，在去探望的途中，遇到了侥幸逃生的邦葛罗斯和居内贡的哥哥。一路上，他们各自讲述了自己的不幸遭遇。到达目的地后，老实人见到了沦为洗衣妇的居内贡，她因不断遭受折磨而变得丑陋不堪，但老实人没有因此放弃对她的爱。他们结婚后与其他同伴生活在一起，但因百无聊赖而感到十分苦恼。最后，在一个土耳其人的启发下，他们买下一块土地，在劳动中找到了生活的乐趣。

《老实人》是法国启蒙文学的杰作。它以现实主义的笔触、通过老实人的经历，横扫当时整个欧洲的社会生活，以高度讽刺的艺术，不仅对盲目乐观的"前定和谐"论进行了尖锐的嘲讽和批判，而且对贵族和教会这些腐朽的社会力量进行了毁灭性的打击。伏尔泰用大量的事实证明，生活中充满了邪恶和黑暗，盲目乐观主义是没有根据的，它只能是麻痹人民、维护封建统治的另一种形式的愚昧主义。老实人经过长期探索，终于寻找到了消除现实中苦难的答案："工作可以使我们免除三大不幸：烦恼、纵欲和饥寒。"最后他得出的结论是"种我们的园地要紧"。这句名言，表现了新兴资产阶级的进取精神，构成了伏尔泰全部哲理的真谛。

《天真汉》（1767）是一部以抨击法国上流社会的黑暗和腐朽为宗旨的哲理小说。

天真汉是一个在加拿大未开化的部族中长大的青年，从小养成了"很天真的想什么就说什么，想做什么就做什么"的习惯。来到法国以后，他这种纯朴的思想习惯和周围的社会习俗、宗教偏见产生了尖锐的矛盾。别人教会他念《圣经》，他天真地按《圣经》行事，却偏偏引起惊世骇俗的后果。他与入教受洗时成为自己"教母"的圣·伊佛小姐相爱，被认为犯了"天大的罪孽"，而要破例结婚就必须得到教皇或国王的"开恩"，在去凡尔赛宫的路上，天真汉因与几个新教徒非议教会被告密投进巴士底狱。圣·伊佛小姐为搭救天真汉奔走于权贵之间，朝臣圣·波安越先生答应帮助她，但要以牺牲她的贞操为条件。天真汉得救了，但圣·伊佛小姐为此付出了昂贵的代价，不久，她在悲愤中死去。

伏尔泰一方面通过天真汉的淳朴天性同文明社会的伪善之间的冲突，嘲笑了宗教教义的荒谬；另一方面通过天真汉与圣·伊佛小姐的爱情悲剧，揭露了封建专制制度和反动教会的凶残与黑暗；同时通过天真汉的成长过程，体现了启蒙思想家注重运用知识启迪愚昧的创新精神。

伏尔泰善于通过荒诞不经的故事，传达某种严肃的思想和深刻的哲理，所以他的每一部小说，几乎都是一部哲学的寓言，处处闪耀着理性主义的光芒。在 18 世纪的欧洲文学史上，伏尔泰的哲理小说占有一席重要的地位。

26. 作家狄德罗与他的哲理小说
zuò jiā dí dé luó yǔ tā de zhé lǐ xiǎo shuō

狄德罗是是 18 世纪法国杰出的启蒙思想家，卓有成就的戏剧理论家、文艺批评家、随笔家、书简作家和小说家，著名的百科全书的组织者和主编。于 1713 年生于法国外省的小城朗格勒，父亲是当地有名的刀剪匠，笃信天主教，家境富裕。少年时期的狄德罗性情温柔、随和、宽容，父母希望他将来能当神父，在他十岁那年把他送进当地的耶稣会学校，在他十二岁的时候又为他举行了割发礼，后来送他上巴黎的

晚年狄德罗肖像画

阿尔古公学就读，因学习成绩优良获文科学士学位。父亲希望他深造医学或法律，因此，他又到诉讼代理人克莱·德·里斯的事务所见习诉讼业务，但是落拓不羁的狄德罗对数学、语言学、哲学和文学却远比对神学和法学的兴趣浓厚。不久他就怀着认识社会探索人生的愿望离开事务所。当父亲发现儿子没有遵循他们规定的道路时，对这位不务正业的"浪子"大为恼火，一气之下断绝了经济供给。此后，狄德罗在巴黎过了整整十年的流浪生活。为了维持生计，他曾当过家庭教师，替传教士起草布道稿，为书店翻译历史、医学、伦理学等方面的书籍。这些收入微薄且不固定的职业，迫使他常常流落街头，甚至有时身无分文，他不得不饿着肚子上咖啡馆求宿。穷困的生活磨炼了他奋斗的意志，激发了他深思上进的勇气，使他掌握了丰富的实践知识。那段时间，他结识了卢梭、孔狄亚克、达朗贝等一批优秀知识分子，他们经常聚在一起，探讨文艺问题、纵论国家大事，能言善辩的狄德罗以出色的才华深受朋友们的钦佩。1745 年，他翻译出版了英国自然神论著——舍夫茨别利的代表著作《德性研究论》，同时接受出版商布雷东的委托，与达朗贝一起主持编撰巨型的《百科全书》，由于工程浩大，他一面做准备工作，一面继续完成他已构思成熟的哲学著作。

1746 年，狄德罗发表了第一部作品《哲学思想录》，以随笔形式论证天主教关于上帝的迷信是荒谬的，指出上帝的形象残忍可怕、没有善心，揭露宗教思想对人的精神奴役，并且宣称："最正直的人最会倾向于愿他（指上帝）不存在……认为上帝不存在的思想，从不曾使任何人感到恐怖。"他公开宣布："我的信仰绝不是听凭第一个碰到的江湖卖艺人的摆布的。"这本书虽然没有明确主张无神论，但巧妙地启发人们对宗教的基础产生根本的怀疑，因此，巴黎法院很快就判决把它销毁，其理由是："将最荒谬最罪恶的思想带给不安而放肆的心灵，这种思想一则能导致人性的堕落，而一则由于矫饰的不稳而将一切宗教几乎摆在同一层面，以便借口不承认而终止任何宗教……"巴黎警察局也建立了狄德罗的专门档案，把他称为"极端危险的人"。

但是，这部被官方焚毁的著作却出乎意料地畅销。它不仅被译成德文、意大利文等，而且它的作者也在人们的心目中上升到近乎伏尔泰的位置，这更加激发了狄德罗追求真理的勇往直前的精神。

在此期间，他一面紧锣密鼓地筹备《百科全书》的编撰工作，一面坚持著书、翻译。

狄德罗主编的《百科全书》

但是，《百科全书》的出版从一开始就遭到政府的干涉和禁止，期间经历的多次磨难使有的人退缩，有的人疏远，而只有狄德罗始终以顽强的毅力和巨大的热情坚持工作，几乎倾注了他毕生的心血。

此外，狄德罗在美学文艺批评、戏剧理论特别是哲理小说创作方面也留下一批杰出的成果。

在 18 世纪的启蒙运动中，伏尔泰与狄德罗几乎成为两位并驾齐驱的人物。与伏尔泰一样，狄德罗在哲理小说写作方面表现得非常出色。他文学家的地位，主要是由《修女》、《拉摩的侄儿》和《宿命论者雅克和他的主人》三部哲理小说奠定的。这几部作品在宣传启蒙思想、富于哲理性上，与伏尔泰等其他启蒙作家的小说是完全相同的。但和伏尔泰小说不同的是，狄德罗的小说中既没有东方的化装舞会，也没有想入非非的幻想，而是在真实描绘现实生活和人物形象上，显出了自己的特色。他的作品有较多的日常生活图景和接近现实的细节描绘，对于现实主义小说艺术的发展有一定的贡献。

中篇小说《修女》写于1760年，狄德罗生前未发表，直到他去世后二十年，才于1796年法国第一次资产阶级革命后问世。主人公苏姗名义上是一个富有律师的女儿，实际上是她母亲的私生女。父母为了让两个大女儿分享财产继承权，强行把她送进了修道院。这个身心健康的姑娘在"比囚禁盗匪的监狱还要可怕千百倍"的修道院里，不堪忍受各种"刻毒的虐待"，决意诉诸法律，冲破牢笼。但修道院院长为了得到一千沄郎的膳宿费，千方百计阻止苏姗出院，甚至用最恶毒的方法折磨她，想把她置于死地。而她的两个姐姐为了防止她分享财产，也巴望她起诉失败。打了这场官司后，苏姗受到更加残酷的迫害，几乎被折磨致死。另一个修道院院长对待修女非常严厉，自己却淫邪放荡，是个变态的色情狂。她指使修女们用脚践踏苏姗，并宣布她是个疯子。还有一个充当苏姗"精神导师"的神甫，假意对她表示同情和安慰，并以帮助她逃出修道院为名，企图拐骗奸污她。苏姗不断进行反抗，终于逃出了这座人间地狱，但这使她成为一个不受法律保护的人。为了生存，她不得不隐姓埋名，到巴黎当了女工。但她终日提心吊胆，怕人们找到她，重新将她送回修道院。为了得到社会的认可，她怀着悲愤的心情把自己不幸的经历写给一个开明贵族科马尔侯爵，期望得到他的搭救。整部小说就是苏姗写给侯爵的自述。

狄德罗在小说中通过苏姗渴望自由的愿望与修道院幽禁生活的尖锐矛盾，对黑暗反动的宗教界进行了严厉的批判。《拉摩的侄儿》写于1762年，但直到1823年才第一次在法国出版。

小说采用对话体，没有固定的情节。作者在巴黎街头的一个咖啡馆里结识了法国18世纪著名音乐家拉摩的侄儿。这是个穷困潦倒的文人，也是个行为放荡的流浪者。他时而憔悴瘦削、衣着褴褛，时而油头粉面、容光焕发、穿戴考究。他们两人进行了一场长时间的对话。

对话从谈论天才开始。拉摩的侄儿认为，他叔叔虽然是个天才的音乐家，但并没有给他留下什么财产，因此他从心底里憎恶天才。他曾经在音乐理论上下过工夫，并有相当丰富的知识和非常深刻的见解，但却无人赏识，只好落魄街头，以卖艺为生。因为贫穷，他失去了美貌的太太。在流浪中，他目睹社会的种种荒唐现象：正义不能伸张，德行一钱不值，人格尊严更微不足道；有些人吃厌了一切东西，有些人则饥肠辘辘；正直的人不快活，而快活的人则不正直。面对这样的社会环境，他不再继续钻研音乐，也不让自己的儿子专攻音乐，而是决心以玩世不恭的态度来对待世界，靠对达官贵胄和富人的阿谀逢迎为生，靠说俏皮话和故作丑态取悦自己的主人，成为一个地道的寄生虫和趋炎附势的食客。对话涉及一个问题：他这样做是否有德行，是否受到良心的谴责？他的结论是：他并非出自本意要变得无耻堕落，而是"穷困令我们采取了局促的态度"。他虽然"辱骂了所有人，却不伤害任何人"，因而无须受到良心的谴责。最后他充满信心地对哲学家说："但愿我再经历四十年这种不幸。最后笑的人是笑得最好的。"

歌德对这部作品非常赞赏，说它"像一颗炸弹那样在法兰西文学领域中炸开"。马克思也非常喜欢《拉摩的侄儿》，称它为"无与伦比"的作品，并把它推荐给恩格斯。恩格斯读后，感触颇深，把它跟卢梭的《论人类不平等的起源和基础》一起誉为"辩证法的杰作"。

《宿命论者雅克和他的主人》是狄德罗的最后一部重要作品，写于1773年，最初以手抄本的形式流传，狄德罗去世后的第二年，德国诗人席勒把其中一部分译成德文。在法国，直到1796年，才第一次公开发表。狄德罗最初写这部小说时意在模仿英国感伤主义作家斯泰恩的幽默手法，然而却写出了一部完全与众不同的作品。

雅克和他的主人漫无目的地到处游历，一路上漫谈各种话题，经历了各种各样的奇遇。主人公雅克是一个头脑灵活、办事干练的仆人，他机智诙谐，有天真的哲学头脑，经常发表一些精彩的哲理议论，他经常使用的

一句口头禅是："一切都是上天安排好的。"他因为醉酒忘记牵马去饮水，被父亲揍了一顿便赌气入伍，在前线受伤后被送往医院治疗，因救助一个打碎油瓶的女人而与她的女儿丹尼丝相爱……总之，"我们在这个世界上所遭遇的一切幸和不幸的事情都是天上写好了的"。

狄德罗通过主仆二人路上的见闻和穿插的故事，勾画出了法国社会生活的鲜明图景：当农民因年头不好，粮食贵得骇人，为无法养家糊口而悲叹时，贵族太太用来喂一条狗的食品却足够做两三个穷人的粮食；一个糕饼铺的老板不仅妻子被大贵族府上的总管占有，还在政治上遭到陷害，几乎家破人亡。这些足以说明这是一个贫富悬殊黑白颠倒的时代。小说也通过描写阿西侯爵和于特生神甫的故事将批判揭露的矛头指向贵族阶级和反动教会。

哲理小说使狄德罗成为 18 世纪法国文坛上的重要作家。他以文学为手段，对 18 世纪法国封建社会的现实作了深刻的反映。

1778 年，为"真理和正义"奋斗了近一生的狄德罗开始感觉自己已步入老年，他视力下降，牙齿松动。尽管如此，他仍在坚持不懈地抱病工作。1784 年 7 月 30 日，七十一岁的狄德罗吃过晚饭后，伏在桌上溘然长逝。逝世前不久，他还跟朋友们谈论科学和哲学，这个一生都在散布"危险思想"的哲学家临终前讲的最后一句话是："怀疑是向哲学迈出的第一步。"

27. 将科学与文学融为一体的布封
jiāng kē xué yǔ wén xué róng wèi yī tǐ de bù fēng

1707 年，在法国布尔高尼省孟巴尔城的一个律师家庭里，诞生了一位 18 世纪最伟大的自然科学家，他是培养探索与怀疑精神的摇篮——第戎议会一位议员的儿子。他的名字叫布封（1707—1788 年），是 18 世纪法国启蒙运动时期的思想家、自然科学家和文学家。

布封生活在一个具有浓厚宗教气氛的家庭里，自幼就在教会学校读书。他的四个弟妹都是神甫修女，但他却酷爱自然科学，特别是数学。中学毕业后，布封入第戎大学攻读法律，1728 年毕业后又到法国西部昂热尔城学医。1730 年布封因在决斗中伤人而离开昂热尔前往南特，在那里他结识了年轻的英国公爵金斯敦，他们成为知己并同游瑞士、意大利和英国。他在公爵的家庭教师、德国博物学家辛克曼的指导下开始研究博物学，确立了他今后研究自然

布封

科学的志向。1732 年，母亲去世，布封回国奔丧，继承了布封采邑和一笔年收入约三十万英镑的财产而成为贵族，改名为德·布封。

布封定居巴黎后继续研究博物学。他曾在自家花园一个山丘上的古塔里搭建了一间书房，每早六点便在那里从事写作，并受阿基米德故事的激发进行多次实验直到成功。勤奋学习、刻苦钻研的布封于 1733 年进入法国科学院。

1739 年，他受命担任皇家御花园的总监，从那时起他才把生物学当成主要事业。这所皇家御花园在他的监督下，从世界各角落移植了数以万计的新植物，使它成为一所植物学校。布封不仅准许所有有兴趣的学生进入这座花园，积极招聘世界第一流的博物学人才，广泛搜求世界各地的动植物和矿物标本。他本人在这个园地里也数十年如一日地辛勤耕耘，极少在社交场合出头露面。布封的努力工作终于使皇家御花园成为当时世界首屈一指的博物学府。后来，他将花园交给好友，又回到了孟巴尔古塔的书房里，开始将自己的观察所得凝结成 18 世纪最著名的科学书籍。

布封从 1748 年，开始了规模宏大的《自然史》的写作。第二年，《自然史》的前三册出版。它用唯物主义的观点解释了地球的形成和世界的起源，被巴黎神学院斥责为"离经叛道"，险遭"宗教制裁"。身为贵族的布封不愿公开与普遍的信仰争吵，为了他的伟大计划不受干涉，他聪明地采取了妥协的态度，恭敬地写信给神学院，声明自己"无意'反驳'圣经"，并保证在第四卷出版时把这个申明刊在卷首。但是，布封在貌似妥协的微笑中仍在继续自己的异端学说，在以后的写作中从未放弃他的唯物主义观点。

1752 年，全心献身于学术研究的布封，以四十五岁的年纪步入婚姻殿堂，和一个叫玛丽的孤女结合。次年当选为法兰西学士院院士。他在进入法兰西学士院时发表了一篇后来称之为《论风格》的演说。在这篇著名的古典文论中，布封陈述了自己对于写作方法的主张，指出作品的风格与作家思想的关系，提出了"风格就是人的本身"的名言。他反对当时文坛上堆砌辞藻、无病呻吟的文风，强调写文章要言之有物，胸有成竹，讲究层次章法。这篇演说是法国文艺理论的著名经典著作之一，它奠定了布封在法国文艺理论界的权威地位。因此，布封同属于文学和科学。很少有科学家能以壮丽流畅的文体表达自己的思想。而布封却能把自己对自然壮观的感受赋予具有情感活力的思想，并使科学成为一首赞美诗。这一特点鲜明地体现在布封倾注一生心血写作的三十六卷本的《自然史》中。

《自然史》是一部博物志，它包括《自然史方法论》、《地球形成史》、《动物史》、《人类史》、《鸟类史》和《人种演变史》等几大部分，对整个自然界作了唯物主义的描述和解释，否定了上帝创造人和世界的谬论，清除了宗教迷信和无知妄说，提出了许多有科学价值的创见。例如，关于地球和人类的起源问题，他认为地球原来是个火团，它从太阳分离出来并围绕太阳旋转，以后逐渐冷却，先有矿物，又有植物，而后才有动物，最后出现了人类。而人类的发展并不是像《圣经》所说是因亚当、夏娃偷吃了智慧之果，而是在生产斗争中增长了才智。这种旗帜鲜明的立场观点，轰动了当时欧洲的学术界。

布封似乎是以一种优游的态度在从事写作。这使得他在斟词酌句时犹如处理植物标本般谨慎，由此而形成的深阔流动的文体风格受到了他同时代人的赞扬。身为文体大师的卢梭在提到布封时说："以作家而论，我知道没有一人是他的对手。他的文笔是他那一世纪的第一笔。"即使是反对卢梭的人也基本上同意他的这一观点。

布封的文体风格，就如同他本人一样。虽然他身披贵族的华丽外袍，但当他的心灵沉潜于科学研究时，就全然忘掉了一切，这使得他在耄耋之年能够获得众多荣衔：1771 年路易十五封他为布封伯爵，并邀请他到枫丹白露；欧美各著名学院都授予他荣誉会员资格；在他生前，人们在皇家花园为他竖起雕像以纪念他对科学的贡献，甚至他在孟巴尔的古塔也成为供人朝拜的地方；卢梭曾经前往那儿，跪在门槛边，俯吻着地面。普鲁士王子亨利也曾造访；叶卡捷琳娜大帝虽然无法成行，但也致函给他，赞扬他是仅次于牛顿的人物。

布封即使在年迈之年仍威武潇洒，直到七十二岁还身强体壮。伏尔泰称他具有"运动员的身体与圣者的灵魂"；休谟则称他不像文人而像法国的一位将军。1788 年他因结石症去世，享年八十一岁。据说参加他葬礼的人达二万之众。但遗憾的是，在大革命中曾为贵族的布封遭到了不公的对待：其尸体被挖出扬散，其纪念碑被夷为平地，连儿子也被送往断头台斩首。

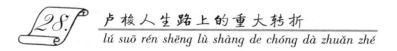

28. 卢梭人生路上的重大转折
lú suō rén shēng lù shàng de chóng dà zhuǎn zhé

1749 年 10 月的一天，骄阳似火，照射着大地。一个人拖着疲惫的身躯踯躅行进在通向温森堡监狱的路上，他气喘吁吁、满头大汗，此时，没有人能够预料得出，这个当时连马车都雇不起的人会在此后近三个世纪的时间里对人类的政治、宗教、哲学、文学、音乐等领域产生深远的影响，他就是法国杰出的启蒙思想家、文学家，启蒙运动中最富民主倾向的代表

——让·雅克·卢梭。

　　1712年6月28日，卢梭生于日内瓦一个钟表匠的家庭，他是受法国天主教迫害而逃到瑞士的新教徒的后裔。卢梭十岁那年，父亲跟一个名叫尚济埃的法国陆军上尉发生争吵而打伤对方，受到市政长官的传讯，为了免除牢狱之灾，他被迫逃离日内瓦，客居他乡。卢梭由舅父收养，他和表兄一起被送到邻近的博赛村由牧师管理的一家寄宿学校学习拉丁文。两年后，舅父将他接回日内瓦，把他安排在本城一个法院书记官家里学习"承揽诉讼人"业务，但没过多久，他便以"懒惰"、"蠢笨"的罪名被赶出这家事务所。一年后，父亲返回日内瓦，又把他送到一个钟表零件雕刻师的店铺里当学徒。这位十三岁的孩子不仅每天要做大量的家务杂役，而且经常因一点小过错受到店主人严厉的责罚。一次，卢梭雕刻了几枚骑士勋章，老板竟以制造伪币为由，把他狠狠鞭打了一顿。师傅的专横暴虐使卢梭对这项本来还有点兴趣的工作感到厌烦，他以广泛阅读附近图书馆借来的书籍和以礼拜天到乡下远足的方式寻找慰藉。有两次，他因为在田野闲逛太久，返回时发现城门已经关闭，只好在野外度过一夜，结果第二天受到重重的责罚。第三次发生这种情况的时候，卢梭决心不再回去。这个年龄未满十六周岁的少年囊空如洗，步行到六英里外的孔菲尼翁村，投奔到乡村教士德·彭维尔的门下。这位教士款待了卢梭一顿美好的晚餐后，打发他去投奔新近才皈依天主教的华伦夫人。出身贵族之家但在婚姻方面受挫的华伦夫人对卢梭的遭际深表同情，介绍他到意大利都灵的圣心会救济院。卢梭在那里接受洗礼，皈依了罗马天主教。四个月后，这位新的天主教徒带着二十六个法郎，怀着"不要辜负上帝恩典"的嘱咐，离开了救济院，从此开始了他的流浪生活。他曾像乞丐一样被送进宗教收容所，也曾当过店员、杂役、家庭教师、私人秘书……受到过许多不公正的待遇，早年生活的不幸使他有机会观察到社会上种种不平等的现象，也使他产生了对社会不平等的极大愤慨。1732年后，生活趋于稳定，他凭着惊人的天赋自学了哲学、历史、地理、天文、物理、化学和音乐，掌握了渊博的知识，增强了文化修养。伏尔泰的《哲学书简》引起了他对学术的极大兴趣。1741年，他来到巴黎，结识了狄德罗、达朗贝等年轻的启蒙思想家，并与他们建立了深厚的友谊。1747年10月，卢梭的好友狄德罗等人决定出一套全新的、意在传播新思想、总结人类知识和描述人类精神进步历程的《百科全书》。作为狄德罗的朋友，卢梭当然是在合作人之列，他负责《百科全书》中的音乐部分。但是，天有不测风云，1749年7月24日，狄德罗因持反对宗教的无神论思想而被逮捕并被送进温森堡监狱关押起来，一时间前途渺茫，事态的发展不得而知。作为忠诚的朋友，卢梭想尽办法营救狄德罗，但是没有结果，他惦念狱中好友，每隔一天就会同狄德罗的妻子或是独自一人去监狱探监一次。

也许是为了排解旅途中的孤独和疲惫，那一天，卢梭随身带了一份《法兰西信使报》，他放慢脚步，边走边看起来。突然，他停了下来，法兰西第戎学院1750年有奖征文的题目——《科学和艺术的复兴是否有助于淳化风俗?》——深深地吸引了他。事过十二年之后，他曾对马尔泽布尔先生说："在看到这个题目的一刹那间，我看到了另外的一个世界，我变成了另外一个人。"

对于卢梭个人来说，这是他在自己近四十年荒芜人生路上的一次重要的转折点。其实，他在十九岁时就曾经把自己写的东西拿去请教伊斯特尔·吉罗，在之后的岁月中，也许连他自己都没有意识到，他身上的某种东西在不知不觉地成熟，此刻的他终于认识到：长期以来，他一直追求世人眼中唯一适合智者从事的艺术和科学研究，虽然在这个过程中他的思想开阔了，学识也丰富了，但是在道德方面他却不可避免地堕落了。《信使报》上的问题使他面对面地反观自身，幡然觉悟。从那个时刻起，卢梭的特立独行不但不是他涉世的一大障碍，反而成了他前进的力量。那天，卢梭万分激动地到了温森堡监狱向狄德罗讲述了事情的经过，并把他记下的法布里乌斯发人深省的言论念给狄德罗听，狄德罗听后也对友人的天才论断备加赞赏，他鼓励卢梭完成论文并参加评奖。自此，一个天才睁开了蒙蔽已久的眼睛并开始了他的伟大旅程。

万事开头难，卢梭的头脑当中虽然有了最初的想法，但是却还没有用严密的逻辑和详尽的论据去支撑起这一庞大的体系。他常常习惯性地躺在床上思考，字斟句酌地反复推敲，可是当他起床时又全忘了，为此，他很苦恼。后来，他想起黛莱斯的母亲，他决定把她当成是自己的临时秘书，向她口授自己晚上想好的句子。这种方法非常有效，卢梭调动起自己全部的才智，马不停蹄地创作着，每当他写到他自认为严酷的真理时，便会大着嗓门说："我不在乎那些文人学士和上流社会的人爱不爱看我的文章。"

当卢梭写完这篇论文之后，他拿给狄德罗看，狄德罗很满意，只是指出了其中几处需要修改的地方，并建议在文章当中引用一段他最近在监狱中翻译的柏拉图的《苏格拉底赞》。

当卢梭把论文寄到第戎学院之后，他激动的心情得以平静，生活依然那样单调地过着，他安心地在朋友杜宾家里担任秘书。用他自己的话说："我已把它抛到九霄云外了。"卢梭一生的失败很多，因而他已经对任何可能的失败习以为常了。但是，上帝是公平的，幸运女神已经开始向他露出微笑了。1750年7月10日，第戎学院科学院的院士们都对那个从贺拉斯的《诗艺》中选用一句诗来作为篇首题词的参赛者投了赞成票，他们认为篇首"我们被财富的外表蒙骗了"那句诗非常精确地表达了作者论文的主旨。消息传来，卢梭小小的家庭欢腾了：黛莱斯快乐极了，格里姆和狄德罗都来拥抱他……他收到了一枚漂亮的金制奖章，价值三百利弗尔。卢梭终于等来了渴望已久的公正对待，他感激评选委员会们，称赞他们衡文十分公正，因为他本来以为委员会的委员们都是财富的维护者，没想到他们会把奖章授予一篇谴责财富的论文。

其实当时的第戎学院之所以把奖章授予卢梭的这篇论文，是为了奖励他说理的辩才和清新的笔调。实际上，院士们最初并没有故意出一个惊世骇俗的题目，他们出题的目的是意在纪念中世纪黑暗时代之后到来的文艺复兴。卢梭改变了院士们的原意，把文章的重点放在探讨科学和艺术是纯洁了风俗还是败坏了风俗。虽然卢梭的提法并不是他的首创，但是，他的雄辩，他的洋洋洒洒征服了所有的人。

为了公开发表这篇论文，卢梭又孜孜不倦地对它进行了几处小的修改。由于他当时正在病中，所以狄德罗就自愿承担起印刷事宜，并且还有一位名叫赫那尔的神甫也给予了多方协助。12月，《信使报》说它将报道"在各个科学院获奖的论文中写得最好的那篇论文"。接着，该报在1月份刊登了显然是由狄德罗提供校样而写的论文摘要。最后，在1751年1月初，卢梭的《论科学和艺术》终于正式出版了。在标题页上写的不是作者的姓名，而是"一个日内瓦公民作"，从此，"日内瓦公民"就成了卢梭著名的代名词。封面题词在显著的位置引用了奥维德的一句话："人们不了解我，所以把我看做野蛮人。"是的，一个野蛮人，他来了，从此将放开手去把那些所谓的文明人搞得日夜不宁。

书商并没有对卢梭的论文付给报酬，但是，他给卢梭带来的是更为重要的东西——名声，震耳欲聋的名声。当卢梭还在病床上时，狄德罗就派人给他送来了一个便笺，告诉他：论文"已经轰动九霄，像这样成功的例子，以前还没有过"。一夜之间，卢梭便得到了他多年以来矢志不渝所追求的东西——鲜花、掌声以及它们背后所站立的尊严、价值和荣誉。卢梭成功了，然而，在此后的一生当中他都永远无法忘怀自己曾满怀艰辛走过的那段荒芜的人生之路。

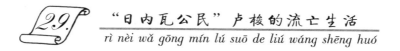

29. "日内瓦公民"卢梭的流亡生活
rì nèi wǎ gōng mín lú suō de liú wáng shēng huó

1762年5月，卢梭的教育小说《爱弥儿》在巴黎出版。在这部作品中，卢梭阐述了与其整个思想观点一脉相承的教育观，他设想出由"我"教育一个名叫爱弥儿的学生的全过程，并围绕教育问题楔入有关心理、哲学、宗教、道德、政治和婚姻等问题的许多长篇论述，所以它几乎是卢梭思想的百科全书。小说共五卷。前四卷叙述爱弥儿在婴儿、幼年、少年和青年四个时期的年龄特征、成长经过和对他应进行的教育；最后一卷叙述对爱弥儿未来的妻子苏菲亚的教育。他主张爱弥儿在十二岁之前不必读太多的书，不要理睬沙龙与哲学，不要受艺术的烦扰，绝不要当"音乐家，演员或作家"。假如一旦有所需要时，他将在某些行业中获得一技之长，以便依靠他的双手谋生。即使他拥有一定的财产，也必须以手工或智力为社会服务。卢梭认为，对于儿童，宁可迟缓其智力的教育，也要尽可能让他保持精神上的闲散；切勿以科学来干扰他，因为这是一项无止境的追求，在追求中我们所发现的每件事情，仅能增加我们的无知与愚笨的骄傲；要让儿童从生命的经验与自然界的产物学到东西，让他以天上的星星自娱而不必追寻他的历史。

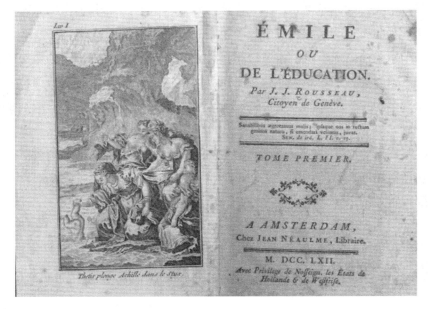

1762 年《爱弥儿》巴黎初版的内封

在教育方法上，卢梭认为身教应多于言教，避免过于严酷和过于宽大。不要对儿童实行责罚，而要让他明白其恶行的自然结果，使他在生活实践中获得知识。爱弥儿把窗户打破了，就让他夜晚睡在这屋子里，他被寒风吹醒，自然就会觉悟到自己的错误，所以"宁可让他着凉，不可让他任性"；当爱弥儿不愿学习地理知识的时候，就让他通过在森林里迷路的经验，明白地理知识的重要。在教育态度上，他对爱弥儿是引导而不是压制，并且师生之间结成平等相待的关系：凡事不加强迫，让他在学习中感到快乐和兴趣，能按照自己所想的去做而不拘泥于别人的意见。

　　只有这样，身心才能日渐发达强健。

　　但这本小说在允许出版之前，检查官马列雪伯促请作者删掉书内可能会招致教会激烈攻击的几段文字，并建议用假名发表，但卢梭拒绝删除并且勇敢地在书的封面上使用了自己的本名。结果，由这本书掀起的轩然大波将卢梭的后半生卷入了逃亡的旋涡中，为了逃避可能遭受的迫害，他辗转于欧洲各国，然而，到处都难以提供使他的身心得到短暂安宁的场所。

卢梭

　　《爱弥儿》首先被巴黎的哲学家指斥为背叛哲学，被巴黎大主教和议会谴责为叛离基督教，而贵族院则倡议逮捕卢梭。风闻这些消息的朋友都劝卢梭马上离开法国，甚至有人给他发出这样一封急电："一道逮捕你的命令已经颁下了，这是千真万确的事。看在上帝的份上，赶快走吧！……焚你的书，并未害及你，但是你确实不可等着入狱，请与你的邻居商量。"

　　当时，正隐居在巴黎近郊蒙莫朗西森林附近一所农舍中的卢梭坚信自己这部作品"既有益处，写得又好"，"各方面都合乎规定"，不怕迫害，甚至认为能有"为真理而受苦的光荣，也就太可幸了"。但是他的邻居卢森堡元帅与夫人及孔蒂王子担心因卢梭被捕而受牵连，都力劝他赶快逃

走。卢梭勉强地接受了他们的建议，于6月9日离开蒙莫朗西，开始了他的流亡生活。

就在卢梭出逃的当天，政府下达了逮捕令，同时巴黎议会也颁布命令：要在司法大厦正面楼梯下的广场撕毁焚烧《爱弥儿》；严禁出版商出版、贩卖、推销这本书；而卢梭应被逮捕送到王宫的康西耶热茜监狱。

6月11日，卢梭已抵达瑞士的伯尔尼。这时他吩咐马车停下，他走出马车卧倒在地上，狂吻着身下的土地，怀着一种强烈快乐的情绪大声喊道："上苍，品德的保护者，应受赞扬，我已触及自由之土！"

可是，踏入自由领土的卢梭对自身的自由并没有多大的把握，他先在伯尔尼邦伊佛敦的一个老朋友处停留了一个月，打算投向日内瓦，期望在故乡呼吸到自由的空气，在故乡的怀抱中得到慰藉。但这时他获悉日内瓦当局已下令禁止销售并焚毁他的书，并颁布卢梭一旦踏入共和国的领土立刻逮捕的命令。曾骄傲地自命为"日内瓦公民"的卢梭遭受自己祖国的遗弃，就连他多年的朋友雅克·维尼斯也背叛了他并要求他退却。接着，伯尔尼的参议院也通知卢梭，他们已无法容忍他出现在伯尔尼城，他必须于十五日内离开，否则将被逮捕入狱。

正当卢梭处在困境而不知欲向何方时，他接到了达朗贝尔善意的短笺，信中劝说他到普鲁士皇帝弗里德里希二世管辖之下的纽沙泰尔领地去居住。卢梭颇有些犹豫，因为他曾经将德国皇帝严厉斥责为披着哲学家外衣的暴君。但经过思量后，卢梭还是在一位老朋友的亲戚的邀请下，于1762年7月10日翻过山头，迁居到普鲁士领土纽沙泰尔邦的莫蒂埃村，并在给普鲁士国王的一封信中以谦虚与自豪的态度申请庇护："我曾好几次说过您的坏话，我将来可能说您更多的坏话；虽然我被驱逐而离开法国、日内瓦、伯尔尼，来到你的国土寻求庇护；但是我应向陛下宣称，我是在您的权力控制之下，而我也愿意如此做。陛下可随时处置我。"当时正忙于战争的弗里德希二世写信给基思伯爵说："我们必须拯救这个可怜的不幸者。他唯一的冒犯，就是具有许多他认为是好的奇异见解，……我相信可怜的卢梭已失业：很显然，他生来命中就注定过着著名隐士的生活。……"

在莫蒂埃，卢梭受到正直、慷慨的纽沙泰尔总督基思伯爵的保护，后者是苏格兰元帅，因开罪于英国王室被放逐于此。这时卢梭怀着能过几年安定日子的愿望，在泪水中与泰雷兹团聚；他穿上亚美尼亚人的长袍，到天主教堂参加礼拜；同村夫村妇交朋友，做他们灵魂与良心的导师，他还一边学做花边等女工活，一边与邻居闲聊消磨时间……卢梭本来想在这个群山环绕的翠谷中，让世界忘却自己，但是巴黎大主教博蒙却在 8 月 20 日对他教区的所有牧师发布教令，要他们在教堂聚会中宣读他公开指责《爱弥儿》一书的二十九页文告，而且这道教令是以"国王特权"的名义颁布的，很快就到达了纽沙泰尔。当地加尔文教派的牧师公开指责卢梭是个异教徒，地方当局也严禁《爱弥儿》一书的销售。在此之前已决心永不再写作的卢梭，不禁提笔写了一封致巴黎大主教博蒙的长达一百二十八页的信，抗议教会对他的迫害，公开为自己辩护。这就进一步得罪了法国和日内瓦的当权者和教会。卢梭在《山中书简》中发表的"异端学说"不仅使日内瓦牧师们感到惊恐，也引起了当地牧师们的不安，他们认为这件丑闻的出现玷污了瑞士，为此纽沙泰尔的宗教法庭指控卢梭，宣布他为上帝的敌人；他的牧师也背叛他并在公共聚会中斥责他是反教会分子。受宗教狂热蛊惑的村民也在卢梭散步时向他扔石头。一天深夜，他的住宅遭受袭击，他险些被一块砸碎玻璃的大石头砸伤。在这种情况下卢梭仓惶出逃。

他逃到伯尔尼邦的圣彼德小岛，那里四面环水，是酷爱安静者的理想场所。两年前逐他出境的伯尔尼邦曾给他非正式的保证，他可迁到该小岛而免受逮捕的恐惧。幻想着很快被人们遗忘的卢梭，在这几乎与世隔绝的小岛上待了还不到两个月，伯尔尼邦的参议院命令他于十五天内离开该岛与该州，尽管卢梭请求给他解释的机会并延缓期限，但伯尔尼邦的答复是：限令他二十四小时内离境。

当时隆冬严寒季节，他逃向何方？弗里德里希二世邀请他到波茨坦，鲍利邀请他到刚从热那亚管辖脱离出来的科西嘉，达朗贝尔邀请他到洛林，出版家雷伊邀请他到阿姆斯特丹，英国驻巴黎使馆秘书休谟邀请他到英国。最后，他决定接受休谟的邀请。1776 年 1 月 10 日，卢梭抵达丹佛

尔，他拥抱着休谟并感谢他把他带到自由之邦。

在英国，卢梭先住在伦敦，后来搬到离伦敦一百五十英里的伍顿，住在一座建于半山腰的不太大但很舒适的寂静房屋里，房前屋后的草坪、树木和农田使他感到比较满意。但是，由于多年被迫害和不断的逃亡生活，卢梭早就存在的病态敏感，现在恶化为被迫害妄想症发作起来。他怀疑英国朋友阴谋暗害他，怀疑休谟干涉他的通信，并把他们不和的秘密透露给早与之闹翻的"百科全书派"，这激化了二人的矛盾。被怀疑的狂怒所包围的卢梭，决定不惜任何代价回到法国。5月1日，他与泰雷兹在匆忙与恐惧的状态下逃离，结束了英国十六个月的生活。他改名易姓潜回法国，避居于泰雷堡。他在这里完成了《忏悔录》第一卷，并出版了《音乐词典》。1768年，为自己生命安全担忧的卢梭在惊慌中突然来到里昂附近的布古安，在一个客栈里，他与泰雷兹以平民仪式举行了婚礼，然后，返回多菲内省的蒙曲恩。1770年，法国政府宣布对他赦免，他才回到巴黎，住在一家寒伦的公寓里，仍以抄写乐谱赚取收入，并研究植物学，时常到巴黎郊外散步。1770年11月他完成了《忏悔录》的第二卷，并开始写作《论波兰政体》。从1772年起他花了四年时间写下了《金杰奎斯裁判卢梭》，1778年4月完成了被称为《忏悔录》补篇的《一个孤独的散步者的遐思》。

1778年春天，卢梭的崇拜者吉拉尔丹侯爵把他接到离巴黎约三十英里的埃尔蒙诺维尔的一所农庄。在卢梭重病期间，年方二十岁的罗伯斯庇尔慕名来访。1778年7月2日，卢梭因尿毒症引发中风而突然死亡。按照他生前的愿望，他被安葬在附近小湖边的杨树岛上。不久，这里就成了虔诚的朝圣者前来拜谒的地方。在不安的逃亡中度过后半生的卢梭最终在自然的怀抱中寻找到了自己永久的归宿。

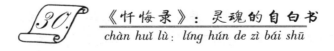

《忏悔录》：灵魂的自白书

chàn huǐ lù: líng hún de zì bái shū

1762年1月4日、12日、26日和28日，卢梭连续给马尔泽布尔写了四封长信，奏出了震惊世界的灵魂自白书——《忏悔录》的序曲。

卢梭对这本回忆录的创作酝酿已久了，他不断地思考着自己一生的遭遇和意义，并且为书中内容会涉及到有关的人而顾虑重重。但是，当1764年12月伏尔泰对他恶语中伤的书《公民们的看法》一问世，卢梭就更坚定了写《忏悔录》的决心，此刻的他决定抛开一切顾虑。

在他的心中，这部回忆录既不是对往事的一般回忆，也不是对事实的单纯记述，而是一部披肝沥胆暴露自己的书。当然，这部书难免写得像一篇辩护词，因为它要说出被敌人歪曲的真相，要把他自己水晶般的心灵掏出来给读者看，让受骗的观众了解他的本来面目。卢梭在《忏悔录》中对自己的童年进行了仔细回忆，他认为一个人一生的历史就开始于他的童年。卢梭在回忆的时候把一些事情给理想化了，把幻想与回忆混淆了起来，把原来没有关系的一些事情也搅在一起。他并不是故意要这样做的，因为他所写的东西都是他自己认为是真实的，这一点对于后人评判卢梭的为人和他的《忏悔录》有着很重要的意义。在别人看来，卢梭是一个谜，能揭开这个谜的就只有卢梭自己。

卢梭创作《忏悔录》的时候，正是他的敌人们对他迫害最猖獗的时候。他的敌人一刻也没有停止对他的迫害，他们骂他是疯子、是"忘恩负义的毒蛇"、是"反复无常的魔鬼"……在一片谩骂声中，卢梭仍然没有放弃回忆录的创作，他明白敌人害怕的就是这本回忆录，他不能放弃。

卢梭被四处驱逐，颠沛流离，忧愁焦虑。在莫蒂埃，他的处境非常危险，当地的居民在牧

忏悔的卢梭

师的唆使下用仇恨和暴力对待他，大骂他是不信教的魔鬼。更有甚者，有时，石头会像雨点一样落在他的窗户上。就是在这种情况下，卢梭写成了《忏悔录》第一卷的初稿。莫蒂埃不能再呆下去了，他辗转来到了圣皮埃尔岛上，在那里，他度过了生命当中少有的平静愉快的时光，他在《忏悔录》里提到：他想今生一辈子都这样生活。1765 年 10 月 1 日，他在给朋友的信中写道："如果人们不来打搅我，我决定在这个岛上定居，直到我的生命和苦难结束的那一天。"然而，他的敌人们能让他过好日子吗？10 月 10 日，伯尔尼保安委员会把驱逐令下达给尼多的大法官格拉方里德。卢梭的梦想又一次破灭了，他作了最后的、无望的努力，甚至让当地的官员们随便把他关在什么地方都行，只要允许他带上几本书。但是没有用，10 月 21 日，卢梭被限定在五天内离开当地。走投无路的卢梭请求迪佩鲁替他保管文稿，特别是他在莫蒂埃写的《忏悔录》第一卷的初稿。之后，他决定去柏林，在那儿同元帅先生（指大维·休谟）一起度过冬天，然后等天气暖和时就乘船去英国。几经周折，卢梭终于踏上了英国的国土并在 1766 年 3 月 22 日达到伍顿。伍顿的天气虽然很冷，但是环境却令卢梭喜欢，那里的山谷郁郁葱葱，草场四周围绕着树木和农作物，房子也很宽敞。在那年的夏天，卢梭结识了几位住在附近的贵族，其中还包括喜欢和文人交朋友的年轻的布鲁克·杜威斯。卢梭这时过得还算稳定，他一方面修改《音乐辞典》，另一方面在悄悄创作着令哲学家们个个担心的回忆录——《忏悔录》，他曾经向人透露说他将在这本书中讲述他的"最隐秘的感情"。

可是，好日子没过多久，卢梭的疑心病又发作了，他的精神高度紧张，身体已经非常虚弱，他决定把手稿放在一个可靠的人那里，迪佩鲁为他提出了一个人选——现住在林肯郡的瑞士人塞尔嘉。但是，卢梭的头脑已经错乱了，他坚信在伍顿有人监视和跟踪他，5 月 18 日，他给伟康写了一封充满绝望和恐惧的信："先生，我想离开英国，否则我就会死……"他说他如果死了，将使英国蒙受耻辱，因为他这么一个有名气的人竟冤死在这个国家。如果放他离开，他发誓将闭口不谈休谟的阴谋和人们对他的监禁和迫害。他说人们休想活捉他，"我的死期已近。我已决定，如果必要的话，我愿自寻一死。不让我死，就让我自由。"此时的他已分不清现实和幻觉，他胆战心惊，在他想象的监狱里东撞西碰，他仿佛看到身披伪装的敌人指责他有罪，全世界不明真相的人都说他有罪。在恐惧的心境中，卢梭终于在 5 月 21 日，乘船离开英国向加来驶去。5 月 22 日，他重又踏上了法国的土地。6 月 15 日，孔迪亲王为了保护他把他安排在吉索尔附近的特里庄园。特里有点儿像一个很舒适的软禁地。同以往一样，卢梭开始还是很愉快的，但时隔不久，天空又出现了乌云。卢梭认为有人"暗中唆使村里和庄园里的人来整他这个不去做弥撒的叛教者"，他想不出是谁在幕后指挥，但是，肯定有人在幕后操纵。他成天疑神疑鬼，当别人劝他不要胡思乱想时，他就会苦笑着说："自从人们认定我是疯子以来，事情很明显，我遭受的种种不幸就是我幻想出来的了。"不过，为了忘掉这一切，卢梭把注意力集中在搞植物标本上，尤其是集中在写他的《忏悔录》上。在 7 月和 8 月，他着手写了《忏悔录》的第六卷，津津有味地回忆了他在夏梅特和里昂度过的愉快时光。他本想写到这一卷就结束了，因为如果继续写下去就要写他在威尼斯和巴黎的往事，就要叙述他的写作生涯，写格里姆和狄德罗这些假朋友，写他昙花一现的光荣。所以，他很害怕，他知道如果与他势不两立的人知道他在书中涉及到他们，他们什么事情都干得出来。

不过，卢梭还是坚定了继续写《忏悔录》的决心，虽然他写《忏悔录》已经使他的敌人们感到不安，从而加剧了对他的迫害，不过，如果他自己停止了创作，那么就连唯一可以有朝一日真相大白于天下的机会也没有了。11 月，他偷偷地继续写，提心吊胆地怕被人发现，乞求上帝保佑他不被别人发现。他在书中仔细描述了在巴黎那几年发生的事情，他勇敢地追述阴谋的根源，揭露那些虚伪的朋友。他的心情极度紧张："我多么希望不必再讲这些事情，让它们湮没在悠悠的岁月中……我头上的天花板有眼睛，四边的墙上有耳朵，周围有心怀恶意的密探和盯梢的人，再加上我自己惶惶不安，精神难以集中，所以一想起什么事情，就匆匆忙忙地和断断续续地写在纸上……我知道敌人在我的周围筑起了层层堡垒，但他们仍

然害怕真理从某个缝隙中泄露出去。"

在这个时期里，卢梭还曾经一度打算把《忏悔录》重新写过，要淋漓尽致和锋芒毕露地写，不怕得罪任何一个人，只求上帝作出公正的判决。他还提出挑战，要大家也像他一样暴露自己："永恒的上帝啊！请你把我千千万万的同胞都叫到我跟前来，让他们听我的忏悔……让他们每一个人在你的宝座前，也像我这样真诚地敞开他的心扉，然后由你指定其中的任何一个人来告诉你，看他敢不敢说：我比这个人好。"他讲述他经历的苦难，遭受的妒忌和迫害。在第十二卷里，他告诉读者，这个大阴谋是从《爱弥儿》一书被判为禁书开始的，"从那时起，他们的阴谋就开始了，他们整整算计了我八年"。

尽管他怕写这些事，但是，此书的写作使他恢复了尊严，增添了他的勇气。现在，他不但不逃避危险，反而不把危险放在眼里。大约在 1770 年 1 月中旬，乐鲁先生（这是卢梭为了掩藏真实身份而用的假名）不存在了，他敢签自己的真名了，这个名字直到他死也没有改变。4 月 10 日，卢梭带着他的《忏悔录》上路了，他先去里昂，然后去巴黎，他准备以《忏悔录》为武器，把敌人围堵在老巢里。经过两个多月的奔波，6 月 24 日，卢梭和泰雷兹终于回到了他们曾经住过的普拉特里埃街的圣灵公寓，经历了八年的苦难之后，他们终于结束了流亡的生涯。

卢梭回到巴黎的消息不胫而走，整个巴黎轰动了。一时间，他的公寓门庭若市。大约在 12 月中旬，他从圣灵公寓搬到毗邻的一幢房子的五楼上，那里环境清幽，虽然家具比较简陋但是收拾得很整洁。卢梭暂时过上了平静的生活，但是，他没有忘记为什么回来，他向果梅尔封丹女修道院院长纳达亚克夫人要回了他离开特里时交给她保管的书稿。现在，他已写完《忏悔录》的第十二卷。在这一卷中，他记述了从《爱弥儿》被列为禁书和他被逐出圣皮埃尔岛这段痛苦的经历。他已决心公开事情的真相，他几次邀请公众来听他朗诵《忏悔录》，在场的每一个人都留下了动情的眼泪。一次在埃格蒙伯爵夫人家，卢梭读完后补充到："我讲的都是事实，如果有人能举出与我刚才讲的这些事情相反的证据，即使他说的证据是经过千百次印证的，他心里也明白，他说的都是谎言和污蔑之词……"说完之后，他静静地等着，看听众中有没有人发言或流露出某种表情，有没有人敢揭露阴谋的策划者。但是，令卢梭大失所望的是听众对他用心血酿成的自白书报之以死一般的沉寂，没有人敢替他说上一句公道话。1771 年 5 月 10 日，埃皮奈夫人去警察局请求禁止卢梭肆无忌惮地朗读他的《忏悔录》，随后，法官召见了卢梭并告诫他谨慎对待自己的言行，不要导致当局对他旧案重提。卢梭被封住了嘴，看来，他想面对面地与敌人进行针锋相对的斗争是不可能的了。狡猾的敌人隐藏了起来，他已落入了一口漆黑的井中，看不到一丝光明。

虽然由于各种各样的原因，卢梭的《忏悔录》在当时并没有起到预期的效果，但是，后世越来越多的人通过这部用血泪写成的灵魂自白书看到了世间罕见的真诚，了解了卢梭真实的心路历程，读过之人莫不为卢梭所遭受的不公正迫害而愤怒不已。卢梭的《忏悔录》最终是成功的，他以天才的智慧为自己讨回了公道，人们将永远铭记住这位终生恐惧与痛苦的文学精灵，世界文学史将永远记录下一部震惊寰宇的奇书——《忏悔录》。

31. 为消遣而写戏的博马舍
wèi xiāo qiǎn ér xiě xì de bó mǎ shě

博马舍（1732—1799 年）是 18 世纪法国启蒙后期最重要的戏剧作家。

但"博马舍"并非作家的真实姓名，而是一个贵族姓氏，其含意为"得胜的情郎"，它是二十四岁的作家在与一位年长他六岁的寡妇结婚时，为将她的一个小领地收为已有而参考领地采用的谐名。他的原名为奥古斯特·卡龙，1732 年出生于巴黎的一个钟表匠家庭，在十兄妹中排行第三。他的父亲由原来信奉新教，改信天主教，而且由于在钟表匠业务方面技艺高超，善于创造发明，对音乐和绘画颇为热爱，使自幼聪明伶俐的博马舍受到很大影响。但博马舍从小没有受过系统的教育，跟随父亲学习钟表技术，业余读了一些书，特别是文艺复兴时期人文主义著作中反对恶势力的

博马舍

斗争精神以及伏尔泰、狄德罗作品中的启蒙思想对他产生了重大影响，这在他以后与权贵的斗争和戏剧创作中都有明显的表现。

1753年，二十一岁的博马舍在钟表技艺方面成为一个熟练和有创造发明才能的钟表师，他发明了一种沿用至今的能保证钟表走时更准确的新机械，但这个重要发明曾被国王的钟表师勒波特所盗窃，这迫使博马舍决定借助舆论为自己讨回发明权。他写信给当时的科学院，最终获得公正裁决。从此，这位年轻的钟表师在同行中崭露头角。为与宫廷拉关系，他为国王路易十五的情妇蓬巴杜夫人特制了能够戴在手指上的一只小巧玲珑的精致手表，开始收到贵族和皇宫的定货单，又因自己出色的音乐才能得到宫廷赏识，成为国王的几个女儿的竖琴教师，因此，他在宫廷立下了脚跟，并同宫廷御膳尝菜师弗朗盖成为亲密朋友，他经常代替朋友行使职务，在其去世后，又帮助其遗孀处理遗产继承权，不久便娶弗朗盖夫人为妻，自己改名为贵族姓氏"博马舍"。对于这样追求贵族称号，他曾说："由于不能改变偏见，就得服从这个偏见。"后来，他又通过蓬巴杜夫人结交了她的丈夫德托瓦尔，并应后者的要求开始写一些滑稽小戏，为其私人剧场作入场前的娱乐演出。

大约在1760年，博马舍结交了当时有名的银行家杜威尔奈，两人很快成了合伙人。银行家支付给他六万法郎作为资本，他利用与宫廷贵族熟悉的有利条件，为前者提供业务帮助。博马舍尽管忙于社会及经营活动，但并未忘记文学创作。1761 年左右，他写出第一部市民剧《欧也妮》，稍后，还写了一部配有歌唱的喜剧《洛蕾特》。

1767 年初，博马舍的市民剧《欧也妮》在法兰西剧院首演，但未获得成功；1770 年初他的第二个剧本《两个朋友》在法兰西剧院首演时又遭到失败。尽管如此，他的戏剧创作热情并没有因此而降低，他在《论严肃的戏剧体裁》这部重要的戏剧论著中提出了自己的戏剧主张。同年 7 月，合伙人杜威尔奈去世，他在遗书中承认欠博马舍十五万法郎，可是其遗产的法定继承人拉布朗施伯爵拒不承认对博马舍的债务，并控告他伪造证件。1772 年虽然法庭判定博马舍胜诉，但伯爵又向高等法院重新上诉，使博马舍陷入了一场旷日持久的诉讼案件之中。

1773 年 1 月，博马舍的《塞维勒的理发师》被法兰西喜剧院列入演出计划，但由于王家审查机构的反对而未能获准演出。2 月他与一个公爵因私事纠纷发生殴斗，以"竟动手打了一个公爵和大臣"的罪名被关进了监狱，拉布朗施趁机没收了博马舍的全部财产。博马舍继续上诉，并向法官哥士曼的太太行贿，这个女人把财物还给了博马舍，却扣留了金钱。哥士曼不仅判他败诉，还对他反咬一口，攻击他行贿造谣。博马舍为了替自己辩护，写了四篇《备忘录》，对司法当局的黑暗腐败作了彻底的揭露，博得了社会舆论的同情。这在一定程度上导致了博马舍获得胜诉，但同时又被判定"剥夺民权"的严厉处分，《备忘录》四篇也被烧毁。博马舍被逼暂时避居到英国伦敦。

路易十五死后，博马舍设法取得新国王路易十六的信任。作为王室书记官，他被秘密派往国外执行使命，为法国宫廷收买有损王公贵族名誉的稿件。他在执行任务的过程中曾险遭不测：在德国曾遭强盗袭击，在去维也纳的路上被密探逮住，在狱中被关了一个月。由于博马舍的机智勇敢，他终于化险为夷，顺利地完成了各项任务。他虽然受到国王的多次嘉奖，但却未被撤销"剥夺民权"的政治处分。

1775 年 2 月，《塞维勒的理发师》终于获准在法兰西剧院首演，但却遭到观众的冷遇。他立即中止演出，经过三天的紧张修改，再度演出时获得很大成功，博马舍成为知名的喜剧作家。他于夏天受国王秘密派遣到英国，由于财政困难，路易十六默许他向正在进行独立战争的美国贩卖军火。

1776 年，博马舍的"剥夺民权"的处分被撤销了，他精力充沛，在繁忙的政治、社会和企业活动的同时，仍很关心戏剧界的生活。为了保障剧作家和演员的合法权益，他发起组织了法国第一个"剧作家协会"。1778年 7 月，杜威尔奈遗产继承案终于结束，博马舍胜诉，居民们奔走相告，把此案结果看成是对贵族阶级斗争的胜利。博马舍为了答谢民众的真诚支持，宣布给该城十五名贫苦少女提供嫁资。

1780 年，博马舍出于对启蒙思想家的崇敬，不顾反动政府的禁令，秘密出版了七十卷的《伏尔泰全集》，还印行了卢梭等人的著作。在这项事业上，博马舍虽然经济上受到很大损失，但却为启蒙思想和作品在法国及欧洲的传播发挥了巨大作用。

1784 年，博马舍在几年前完成的喜剧《费加罗的婚礼》，经过他的多次申诉和不懈努力，终于在法兰西剧院首演并获得极大成功。但成功给作者带来的却是灾难，他因在剧本发表时写了一篇论战式的长篇序言和一段简短献辞而惹恼了路易十六，被关进专门囚禁放荡之徒而设立的圣·拉扎尔监狱，五天后被释。博马舍不服，要求对这种受辱性的囚禁赔罪道歉，由于申诉合情合理，他获得在凡尔赛宫内演出《塞维勒的理发师》的权力，以补偿他的受辱及错误监禁。

1787 年博马舍的歌剧《达拉尔》首演未引起很大反响，同年，他在巴士底广场附近花了一百六十多万法郎建了一座豪华的宅第，但这一举措对作家的声誉产生了不利的影响，以至于在 1789 年法国大革命爆发时，在思想上支持革命的他却没有获得初期的国民公会和公众的信任。

1792 年博马舍的市民剧《有罪的母亲》首演又遭失败。虽然此剧是"费加罗三部曲"的一部，但无论是从剧作的题材或是观众的欣赏习惯，还是剧作的思想艺术方面，都比前两部喜剧大为逊色。大革命以后的博马舍仍致力于企业的经营活动，他曾因为法国军队购买武器事件受到审判，除财产全部被没收外，他本人也在国外度过了三年的流浪生活，1796年才获准返回法国。三年后，他在巴黎与世长辞。按照博马舍生前的遗愿，他的家人和亲友免除了宗教治丧礼仪，把他埋葬在家中的花园里。

博马舍自称是"企业家"，他对自己的写照是："我是出于消遣才当上戏剧作家的"。的确，博马舍一生的主要经历是从事政治、社会和经济事业，他才智过人，精力充沛，具有社会活动家和企业家的机敏灵活的个性，虽然他从事文学活动的时间有限，但他的作品决不单纯是消遣读物。他在戏剧创作上的成就，特别是《塞维勒的理发师》和《费加罗的婚礼》两部喜剧，被公认为古典主义过渡到近代戏剧的桥梁，由此也奠定了博马舍作为重要戏剧家的历史地位。

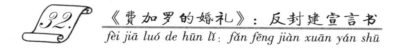

32. 《费加罗的婚礼》：反封建宣言书
fèi jiā luó de hūn lǐ：fǎn fēng jiàn xuān yán shū

博马舍生活在法国历史的启蒙时代，其思想和行动深受启蒙思想家的影响，具有明显的反封建、反教会的倾向。他一生创作不多，却给法国文学宝库留下了几部颇有价值的作品。其中，《塞维勒的理发师》给博马舍带来了剧作家的声誉，《费加罗的婚礼》是他的主要代表作，并成为西方戏剧史上的一部不朽名作。

《塞维勒的理发师》是博马舍在他的两部市民剧未获成功的情况下构思创作的，他想通过喜剧方式来实现他提出的市民剧主张。这是一出五幕喜剧，主要内容是：老医生霸尔多洛企图将养女罗丝娜据为己有，为了达到目的，将她禁闭在深宅之中，避免与外界接触。但罗丝娜却暗中与阿勒玛维华伯爵相恋。他们在仆人费加罗的帮助下，施展计谋，骗过医生，终于结为夫妻。剧中人物费加罗出生于第三等级，当过仆人，写过剧本和流行小调，还做过江湖郎中和理发师，为了挣一口饭吃而被迫四处流浪奔波，但他生性乐观，充满活力，为人精明能干，对政治、社会、文艺等都有自己的见解。他自认在道德上远比贵族优越，始终坚持维护自己的人格尊严。作者通过费加罗这一含义深刻的艺术形象，明确表示第三等级在道德和精神上都优越于贵族阶级，这种思想在当时具有重大的现实意义。

其实，博马舍对平民精神的高扬，在早年的创作中就已初露端倪。在《欧也妮》中，他把贵族人物置于比平民还低的地位，从道德上对他们予以否定；而《两个朋友》则明确地表示"是为了向第三等级的人物表示敬意"。博马舍公开为第三等级利益张目的精神在《费加罗的婚礼》中达到了高峰。

阿勒玛维华伯爵与罗丝娜结婚已经三年了，他很快就厌倦了这种相敬如宾的夫妻关系，渐渐露出了轻浮好色的本相。他经常追逐庄园附近的村姑，还觊觎着夫人的贴身使女苏珊娜。他乘苏珊娜即将结婚之际，送给她一份嫁妆，背地里对她威逼利诱，企图从她身上秘密地赎回他曾经当众宣布放弃的封建贵族特权——初夜权。

苏珊娜的未婚夫费加罗正在为婚礼兴高采烈地忙碌着，他从苏珊娜口中得知了伯爵大人的诡计。三年前，正是费加罗促成了伯爵与罗丝娜的婚姻，可是现在伯爵却反过来要破坏他的幸福了。面对伯爵大人的挑战，费加罗毫无怯懦之意。

这时，医生霸尔多洛来到伯爵府。这个封建老顽固曾因阻挡罗丝娜与伯爵的恋爱被费加罗捉弄过，至今仍怀恨在心。府上管杂务的女仆马尔斯琳很早以前和他有过一个私生子，但现在却热恋着费加罗，于是他们二人串通一气，打算利用伯爵的卑鄙企图来破坏费加罗的婚礼。

费加罗带领一大批仆人和佃农来到伯爵面前，一本正经地颂扬他自动放弃初夜权的"美德"，伯爵窘迫不堪，硬着头皮重复了他的诺言，心中却大为懊恼。

费加罗并不为伯爵的华美言辞所惑，他先叫人把一封假匿名信转给出发打猎去的伯爵，警告他说今晚将有一个情人与伯爵夫人幽会，又让苏珊娜假意应允伯爵之约，实际上却派小侍从穿上她的衣服到花园去会伯爵，使伯爵当众出丑。伯爵夫人为了自己的幸福，也站在费加罗一边。

伯爵感到人人都在和他作对，却又奈何不得。他看出费加罗不上钩，

《费加罗的婚礼》剧照

只好把希望寄托在马尔斯琳身上。

婚礼即将举行的时刻，马尔斯琳控告费加罗欠她的债并与她有婚约在先，要求身为本省首席法官的伯爵主持公道。伯爵以法官身份宣判费加罗必须依据签约立即把欠款偿清，否则就在今天娶马尔斯琳为妻。

不料，费加罗对自己身世的详尽描述使在一旁的马尔斯琳惊呼起来，认出费加罗正是她的亲生儿子。

费加罗喜出望外，然而，伯爵夫人却一心想教训她的丈夫，她授意苏珊娜给伯爵写了一封信，约他在典礼后到大栗树下会面。

夜幕笼罩的花园里，伯爵正在向身穿新娘礼服的"苏珊娜"大献殷勤，心绪不宁的费加罗巧遇"伯爵夫人"，发现这一个才是真正的苏珊娜，立刻转忧为喜。这时，参加婚礼的人们举着火把闻声而至，在众目睽睽之下，荒唐淫逸的伯爵当众出丑，费加罗终于战胜了这个不可一世的大人物，圆满地实现了自己的婚姻。

自此剧演出以来，评论大都强调它是一部法国资产阶级大革命的预言式的作品。资产阶级革命家丹东在大革命胜利后不久就指出："费加罗消

灭了贵族。"法国文学史家费迪南·布吕纳蒂埃尔在 1892 年说:"《费加罗的婚礼》加快了法国大革命……"拿破仑曾这样评价:"《费加罗的婚礼》就是进入行动的革命。"19 世纪法国现实主义剧作家小仲马也认为,博马舍写的《费加罗的婚礼》就是为了帮助当时的"思想运动和戏剧以外的事情"。在此种意义上,可以将《费加罗的婚礼》称作第三等级的宣言书。二百多年来,它始终是法国和世界各国剧院舞台上保留的经典节目。

《费加罗的婚礼》是博马舍戏剧创作的顶点,它不仅表达了先进的启蒙思想,富有时代气息,而且使古典主义喜剧形式与启蒙思想内容达到了有机的统一;它既克服了古典主义戏剧中人物性格类型化的弱点,又克服了启蒙文学作品中将人物当作传达作者思想的单纯传声筒的弊病,标志着古典主义戏剧向近代戏剧的转变,对以后欧洲现实主义戏剧的发展作出了贡献。

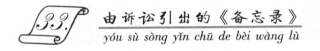

33. 由诉讼引出的《备忘录》
yóu sù sòng yǐn chū de bèi wàng lù

1770 年前后,因发明手表新机械而得以进入宫廷并成为国王女儿音乐教师的博马舍结交了著名银行家杜威尔奈,后者答应每年支付给博马舍一笔六千路易的年金,但要求他利用与宫廷贵族熟悉的有利条件为其提供业务帮助。长于此道的博马舍在出色完成银行家交给的任务的同时,也成为其合作人,并从他那里得到了六万法郎的资本。博马舍非常感激这位将他引向致富之路的银行家:"他教给我财政上的秘密。……在他的指导之下,我开始创造了我的未来;由于他的指教,我承担几种投机事业,有些是用他的金钱或他的名义来援助我。"然而,博马舍大概做梦也没有想到,这位将他引向富裕的银行家,也将他引入一桩旷日持久的诉讼案件之中。

1770 年 7 月,银行家杜威尔奈去世。由于死者在 4 月写过的一份遗嘱中承认他曾答应给博马舍一笔赠款和一笔借款,加在一起计十五万法郎左右。可是杜威尔奈遗产的法定继承人拉布朗施伯爵却对这份"遗书"表示异议，并以伪造遗书的罪名向法庭起诉博马舍，博马舍写了篇《反驳拉布朗施的备忘录》，把原告描写成一个向靠年金收入为生的平民博马舍肆意滥用特权的贵族代表的典型。1772 年博马舍被法庭判定胜诉，但拉布朗施又向高等法院重新上诉，使博马舍陷入了一桩为时日久的诉讼案件之中。1773 年 2 月，即将开庭裁决杜威尔奈遗产继承案时，博马舍却因与一个贵族斗殴而被关进监狱，这使他处于十分不利的境地。他为了获准每天能离开监狱几小时处理与案件有关的事务，不得不承认在殴斗中冒犯了对手。博马舍深谙法国法院的风气，1773 年 4 月，在此案开庭审判前两天，暂时获释的他便以一百路易金币的代价，得到了经办此案的法院法官哥士曼的夫人的接见。第二天，博马舍带着一块钻石手表又求见法官夫人，她要求追加十五路易金币给秘书，博马舍也请她转交并希望哥士曼在审理中能为他秉公执法。但据说哥士曼已从原告那里获得更多的贿赂，因而由其夫人出面把一百路易金币和钻石手表还给了博马舍，但未还由她转交的十五路易金币。4 月 6 日，此案正式开庭审理，法官哥士曼宣读判决报告，宣布死者的遗书无效。博马舍不仅败诉，还必须交付五万多路易的罚金并支付全部诉讼费用，这意味着博马舍将陷于破产的境地，而且哥士曼还无理地责备他行贿。

博马舍并未就此甘心失败，他经过调查，得知他让法官夫人转交的十五个路易并未到秘书手中，显然，它是被贪心的哥士曼夫人私自匿下了。手中握有证据的博马舍决定诉诸资产阶级先进人物常常就此案利用的武器——报刊舆论向社会公布哥士曼贪赃枉法的事件。从 1773 年 9 月到 1774 年 2 月，他先后发了四篇《反驳哥士曼的备忘录》，并大量印行了这些文章。论战文章的发表不仅引起整个法国的注意，而且也传播到欧洲各国。博马舍在舆论上占了优势，尤其是得到了文人的支持和同情。他的第四篇《备忘录》印了四千份，被公众一抢而空。伏尔泰赞赏说："我从未看过他的反对者中，有任何强壮的、勇敢的、有趣的与更幽默的人。他在同一时候与十二个人决斗，而且将其打倒。"

在《备忘录》中的著名抨击性文章中，博马舍不仅叙述了自己不幸的遭遇，而且极其鲜明地讽刺了法国法院的风尚。他从哥士曼的受贿枉法说起，将批判矛头直指司法当局的腐败黑暗以及官官相护，为自己所受的造谣中伤作了有说服力的辩驳和阐述，将司法官僚机构的全部内幕披露出来。《备忘录》虽然有讼诉论辩的特点，却涉及到人物肖像，事件内幕和社会背景等多方面的描述，其形式生动活泼，文笔幽默机智，显示出作者出色的讽刺才能，因此评论界认为博马舍的《备忘录》大大超过了一般案件申辩的惯有体裁，实际上成了有较高欣赏价值的文学作品。伏尔泰说它"比任何一部喜剧都更有趣，比任何一部悲剧都更动人"。

博马舍争取到大多数人的同情，在社会舆论的压力下，法官哥士曼被迫辞职，不久，法院的整个班子也宣告解散。1774 年 2 月 26 日，高等法院在判决解除哥士曼的法官职务的同时，又判决博马舍被"剥夺民权"的严厉处分，还作出"烧毁"他四篇《备忘录》的判决。在这场诉讼中，博马舍虽然取得了道义上的胜利，却并没出法律不公正的阴影。

1776 年，博马舍"剥夺民权"的政治处分被撤销，1778 年 7 月，杜威尔奈的遗产继承权案件终于结束：艾克斯省法院裁决博马舍胜诉，只是因言辞过激被处以小笔罚金。艾克斯省的居民听到判决后欢欣鼓舞，大家奔走相告，把此案结果看成是平民阶级对贵族阶级斗争的胜利。博马舍为了答谢该城民众的真诚支持，宣布为该城十五名贫苦少女提供嫁资。

34. 悲喜交错充满传奇的笛福
bēi xǐ jiāo cuò chōng mǎn chuán qí de dí fú

丹尼尔·福笛是他四十年后自己才加上去的和以往的英国作家不同，他是地道的贫民出身，一点都不了解贵族阶级的生活理想和风习。他的一生有着不同寻常的经历，他当过军人，投身过工商业，参与政治甚至间谍活动，还写文章，办刊物。他曾周游欧洲各国，增加阅历。他屡战屡败，屡败屡战，事业大起大落，忽而发财，忽而破产，一时受国王赏识，一时被捕入狱。他后来谈到年轻时的选择时说："商业是我真正喜爱并准备从事的行业。"

1660 年正值斯图亚特王朝在英国复辟的时候，笛福在伦敦降生了。他是家中的长子，他的父亲是一个精明的蜡烛商人（一说为屠夫）。在童年，笛福经历了遍布全城的大瘟疫和伦敦大火，但他们全家居然安然无恙，这真是奇迹，也许正应了那句俗话：大难不死，必有后福。笛福除了在家里比较幸运外，在社会上还接受了良好的教育。他就读的学校是新教教

笛福

徒开办的最优秀的学院之一。他的父亲希望笛福长大后能当个牧师，但笛福自己愿意从事商业，他在二十一岁时思虑再三决定下海经商。笛福离开学校之时，正是伦敦商业飞速发展之际。从此，笛福便一头扎进商海，这一选择使他的一生充满了惊险和刺激，但他从来没有退缩过，而是不知疲倦地体味冒险的乐趣。1680 年，他当起了袜子代理商，同时兼做酒、烟草、毛织品以及他感兴趣的其他商品的批发商。几年内，他还到过西班牙、法国、荷兰和意大利等地进行过商业旅行，并骑马在英格兰各地做生意。到 1684 年，他已经在商业界确立了自己的地位，就在这一年，由于他的成功，他娶了一位比自己还有势力的富商的女儿为妻。在非常顺利的四年中，他也有过两次失败的威胁：一次是 1686 年参加拥护新教徒蒙默思公爵登基没有成功；一次是参加迫使詹姆士退位，迎立奥林奇的威廉为英格兰国王。此后，笛福对自己顺利的商业活动感到厌烦，他到其他领域去寻求更富有冒险性的投机买卖。1692 年，他的雄心遭到打击，因无法支付巨款而被迫宣告破产。两年后，有人请笛福到外地填一个肥缺，他没有答

应，因为他不愿意离开他所熟悉的英格兰。以后，他又做过一些事务性的工作，但均未能使他改变主张，1697年，笛福建立了一个波形砖瓦厂，生产砖头。砖厂成功了，笛福仍然同过去一样，干一个行业一旦成功，他便失去兴趣。他一面管理砖厂，一面又寻找更有刺激性、也更危险的事情来干。而生活也的确富有戏剧性，每一次笛福都能如愿以偿。1698年，笛福出版了第一本属于他自己的书《计划论》，书中的某些思想在两个世纪以后都被采纳了，但在当时却惹恼了托利党人。从1698到1700年，笛福写了两本儿小册子为国王的贸易政策进行辩护，这无疑加深了托利党人对他的仇恨。

国王威廉是笛福一生中最尊敬的人，笛福的所作所为，使他与国王的关系也非同一般，1701年春天，笛福完成了一项非凡的业绩，那就是为肯特的五名绅士写了一份请愿书送到托利党人当政的下议院，迫使下议院释放绅士代表。在宴会上，笛福成了主宾。而此时的笛福已经危机四伏了。虽然他工厂盈利状况良好，外债就要还清，妻子和孩子们也过着十分舒适的生活，但是他的政敌太多了，对他以后的生活构成了极大的威胁。

生活往往容易对热爱她的人开玩笑。1702年，国王威廉偶然从马背上摔下来，中风而死。笛福失去了一个支持者和一个朋友。假如笛福从此以后放弃参与政治，专心致志地做他的生意，也许他会平静而富贵一生。但笛福毕竟是笛福，丰富的生活经历使他成了一个见多识广的人，不甘寂寞的个性又显现出来了。他发表了一个匿名小册子《惩治新教教徒的捷径》，在党派之间引起不同的反响，有的兴奋，有的恐慌。当真相大白后，新教徒知道了真正的作者，他们暴跳如雷，各党派都没人为笛福说话，他们获得逮捕他的许可证，准备将他送进监狱。笛福觉得，无限期地在监牢里度过还不如逃亡，于是笛福开始了逃亡生涯。不过笛福还是没有躲过此劫，他终于被捕，并被处以空前的刑罚——巨额罚款、连续三天在伦敦三个不同的地点带枷示众。笛福通过妻子把音信传给朋友，成功地印出了《枷刑颂》。笛福的勇敢和幽默赢得了许多人的同情，他被示众时，群众向他投来的不是石头，而是鲜花。当笛福被送回监狱以后，他的商行正在走向灭亡，他无力挽救，也无法帮助他的家人渡过难关。如果笛福就这样，直到他生命结束不能从监狱里出来的话，世界上就永远不会有《鲁滨逊飘流记》了，可是命运是变化多端的，在走投无路的情况下，笛福托关系、走后门，终于在第二年他的无期徒刑得到了女王的赦免。

当笛福走出监狱时，他已经破产了。此时他已过了不惑之年——他是一个四十三岁的中年人了。他的家庭也是一个大家庭，除了他与妻子之外，还有七个孩子，张嘴要吃的，伸手要穿的，还要上学读书，笛福遇到了大难题。不过笛福没有被击倒，他认为，只要还有采取行动的可能性，他就不会灰心丧气，他无穷的生命力仍然不减当年。积极进取的人生态度使他一如既往地投入到无限的创造之中。他创办了《法兰西市政事半功倍评论周刊，不带新闻报道记者和各方面小政治家的错误与偏见》，刊物很快被读者称为《评论报》。一年以后，该刊改为每周出版三次，一直持续了九年。笛福在办报期间，撰写了大量文章，内容涉及到宗教、政治和经济问题的方方面面。1713 年，《评论报》停刊。后来因为他写了一些极端反政府的文章而结束了政治雇员生涯。他在六十岁时告老还乡与妻女生活

笛福与《鲁滨逊漂流记》

在一起，开始动笔写虚构作品《鲁滨逊飘流记》（1719），不想大获成功，这促使他数月后便推出了该书的续集，从此便一发不可收。并在短短的五年内一鼓作气写出《辛格尔顿船长》（1720）、《摩尔·弗兰德斯》（1722）、《罗克萨娜》（1724）等好几部小说，他的作品使英国诞生了一位伟大的现实主义小说家。

笛福的一生亦喜亦悲，大起大落，充满了传奇色彩，难怪他将鲁滨逊的经历看做是自己一生的写照。但笛福生命中的最后一年对读者来说至今仍是一个难解的谜。1729 年，笛福写信给出版商，此后便消失得无影无踪。1733 年，他孤零零地客死伦敦。

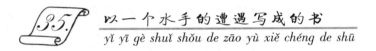

35. 以一个水手的遭遇写成的书
yǐ yī gè shuǐ shǒu de zāo yù xiě chéng de shū

笛福是 18 世纪英国现实主义文学家，他的长篇小说《鲁滨逊飘流记》一问世就深深地打动了读者，牵动着每一个读者的心弦。书中主人公鲁滨逊独自在荒岛上过了二十八年野人穴居的生活。他的种种遭遇常让读者们提出这样一个问题：作家是怎样创作出如此离奇的故事的？一个人在荒岛上能生存吗？其实大多数读者并不知道，《鲁滨逊飘流记》摆在我们面前的虽然是文学作品，但鲁滨逊的艺术形象并不是笛福凭空捏造的，而是现实生活存在的一个真实人物，主人公居住的那个荒岛也确有其岛。

1704 年的一个上午，一艘名为"五港号"的英国船在一个大岛屿边靠岸，一件令人奇怪的事情发生了：一个水手被人从船上扔了下来，随即又扔下一支马枪和一部《圣经》，此后，船上的人再也没有任何表示，就驾船鼓风扬帆而去。船只靠岸的岛位于智利第二大城市瓦尔帕莱索以西五百多海里的浩瀚海洋中，是于安—菲南德斯群岛中一个最大的岛，岛内无人居住，只有来往南美的船只到这里补充淡水或作修理。岛上林木茂盛，山谷幽深，怪石耸立，动物频出，淡水资源十分丰富。被抛到荒岛上的水手名亚历山大·赛尔柯克，因为在海上航行期间，与船长发生冲突，船长无法忍受赛尔克柯对他的冒犯，就让人将他丢弃在大荒岛上。从此以后，水手塞尔柯克就在这荒无人烟的孤岛上开始了长达四年的与世隔绝的生活。他孤身一人，凄凉无助，抬眼看见的是绿树与苍天，远望瞧见的是漫无边际的大海；饿了找一些聊以填饱肚子的野菜和熟透了的野果，渴了捧一把河里的清水，困了到山洞内睡一觉。由于寂寞，白天他与海为伴，与小鸟说话；由于害怕，晚上他躲进山洞，在黑暗中盼望天明。为了能活下

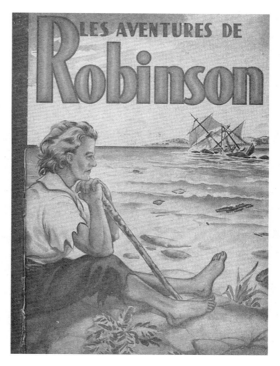

《鲁滨逊漂流记》封面

去，重新回到他生活过的地方，他用马枪追猎山羊，烤熟后进食。就这样日复一日，他由一个文明人变成了一个茹毛饮血的野人。他经常站在岛上的最高点，手捧《圣经》，望着辽阔无际的大海，心里暗暗祈祷，希冀有人或者有船来救他于危难，把他带回故国，带回家园。经过了漫长的等待，这一天终于到来了。1709 年 2 月的某一天，英国著名的航海家罗杰斯率领的船队航行途经此岛，把他救上船。他参加了罗杰斯的航海船队，后来又在英国海军工作，还当上了一名海军中尉。但由于他非常思念离开长达七年之久的家乡和亲人，所以最终放弃了现有的生活，于 1711 年回到英格兰。

回到英格兰后，他将自己的不幸遭遇和历险故事告诉亲戚朋友。他的故事很快就广为流传，引起了人们极大的兴趣。1718 年，塞尔柯克结识了年过六旬的丹尼尔·笛福，把自己的经历讲给他听。从未创作过什么文学

作品的笛福对故事很感兴趣，认为这是一个很好的创作题材。于是，他将自己的生活经历和追求与赛尔克柯这个原型完美地结合起来，伏案疾书，仅用了一年的时间，就创作出《鲁滨逊飘流记》这部闻名遐迩的文学杰作。

总的来看，笛福的《鲁滨逊飘流记》虽然以一个水手的真实经历和不幸遭遇写成，但小说中人物形象却高于生活本身，其思想内涵是时代精神的体现。作者通过对生活原型的挖掘，将时代精神浓缩于作品中，寄托在人物的行动上，这就是笛福的伟大之处，也是小说的精妙之处。由于《鲁滨逊飘流记》的诞生，现在，塞尔克柯生活过的荒岛被命名为"鲁滨逊飘流岛"；他住过的山洞称为"鲁滨逊山洞"；塞尔克柯远眺的山头上立了一个牌子，上面刻着他到此的过程和在此生活的经历。

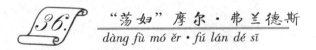

36. "荡妇"摩尔·弗兰德斯

dàng fù mó ěr · fú lán dé sī

在笛福的重要作品中，有一本曾对英国小说的发展做出过重大贡献，它就是出版于 1722 年的《摩尔·弗兰德斯》。

摩尔·弗兰德斯的母亲是一个盗窃犯，在将要被处以死刑时，她被发现已怀有身孕，于是暂缓执行。后来有了摩尔·弗兰德斯在新门监狱的出生。摩尔半岁时，她的妈妈被流放到殖民地维基尼亚去。她被富有同情心的科尔切斯特市长送到一个很穷的阿妈那里抚养。到她十四岁三个月的时候，慈爱的阿妈死了，摩尔被一个富有的人家领去。

在这个家庭中，摩尔的地位很特殊。她虽不是主子，却与两个小姐住在一起，陪同小姐学习各种各样的知识，因此她受到了良好的教育，跳舞、说法文、写文章、唱歌、弹乐器等，无所不能。到了十七岁时，她出落得亭亭玉立，美丽动人，周围的人常常夸她漂亮，温柔。这不仅满足了她的虚荣心，还使她有些骄傲。家里的两位公子同时爱上了她。哥哥用金钱引诱摩尔，并发誓将来要娶她。她禁不住诱惑，委身于他。他们经常在没人时偷情。暗中的交往被弟弟的求婚打乱。哥哥为了不影响自己的社会地位动摇财产继承权，决定中断他们的关系，并授意摩尔嫁给弟弟。摩尔别无选择，只好嫁给了蒙在鼓里的弟弟。婚后，丈夫对摩尔很好，他们共同生活了五年。丈夫死后，两个孩子被丈夫家领走，她成了富有的寡妇。

没多久，摩尔又嫁给了一个有绅士风度的商人，仅两年多的时间，她的钱就被挥霍一空，丈夫也破产了，还欠了许多外债，被执行吏抓走。她带着一些财产逃往外地（她的丈夫也逃到异地他乡），到一个偏僻的地方，穿上孀妇的衣服，改称弗兰德斯夫人。由于她没有很多财产，所以不能引起追求嫁妆的男人的注意。一个船长的太太想了一个办法：认摩尔作表姐，宣传她有一千五百镑的家资，并还要继承一大笔财产。果然有许多男人上钩，她选中了一个比较富足的男人做她第三任丈夫。结婚以后，摩尔拿出一些钱给丈夫，丈夫有些不满，不过没有表现出来。后来她决定与丈夫一起到维基尼亚去——她丈夫在那里有田产。她与婆婆住在一起，摩尔感到她是世界上最快乐的人。但偶然间她发现婆婆竟然是她的亲生母亲，她的丈夫竟然是自己的亲兄弟，她为此深感痛苦。思虑良久，摩尔将实情告诉了丈夫，然后一个人带些钱财返回英国，此时她已在维基尼亚生活了八年。

回到英国以后，她住在巴斯，结识了一个有家的男人。两年后他们同居，生了三个孩子，却有两个夭折。六年以后，她被这个男人无情地抛弃了。已经四十二岁的她，在没有多少资产的情况下，决定与一个寡妇（这个寡妇认为她有很多财产）到北方去，临行前，她决定将她的资产交给一个男人保管，然后同那个寡妇上路了。到了利物浦，寡妇的弟弟——一个吹嘘有大片田产的男人向她求婚，她同意了，这个男人成了她第四任丈夫。婚后，丈夫提出到爱尔兰居住，并让她到伦敦去处理她的资产。摩尔告诉丈夫她只有一百金镑的家资，她的丈夫大怒，痛骂那个寡妇，并告诉摩尔其实他也是个穷光蛋。一天早上，当摩尔起床时，发现丈夫留下了一张字条后溜走了。可到了晚上丈夫又回来了。他们在一起生活了一个多月分手了，最终她也没有将自己的真实姓名和资产情况告诉这个男人。过了

不久，摩尔与为她保管资产的男人结婚了，这是他一生当中的第五次婚姻。他们共同生活了五年，一个意外打击破坏了她宁静的生活：丈夫投资失败，整天忧郁悲伤，重病而死。四十八岁的摩尔处在悲惨的境地，青春已逝，美貌不再，没有朋友，她只好终日以泪洗面。苦熬两年后，在贫穷逼迫下，她开始了偷窃生活。五年间她次次得手，胆子越来越大。以后，她一边卖淫，一边偷窃，成为一个非常高明的小偷。但是，她还是没有逃脱，终于被抓了起来，并像她母亲一样被投入新门监狱。在那里，她再遇她的第四任丈夫，他也是因为盗窃而被逮捕入狱的。他们被双双流放到了维基尼亚。他们设法带去他们的不义之财，到了维基尼亚之后，她打听到她的母亲已经死了，她的兄弟还活着。母亲留给了她财产——一个种植园。从此，她与她的丈夫在发家致富和痛改前非中度过余生。

笛福的小说《摩尔·弗兰德斯》把我们带进 18 世纪初期英国的社会生活。从摩尔的一生遭遇中我们可以看出当时有产阶级欺压女性、荒淫无耻、凶恶欺诈和胡作非为的丑恶行径。展现在我们面前的是一幅可怕的图画：盗贼流氓遍布于城，司法严酷黑暗，英国资本主义社会的阴暗面在这部作品中暴露无遗。笛福在小说的前言中强调了他创作本书的道德意图："总的来说，本书任何部分所写的邪恶行为，没有一个不是痛苦与不幸的。"作家笔下的摩尔是令人同情的，这种同情是摩尔的不幸遭遇所唤起的一种纯粹的怜悯。虽然她时时忏悔，可生活逼迫她不断堕落，最终还是成为罪恶法典的受害者。

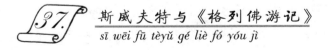

37. 斯威夫特与《格列佛游记》
sī wēi fū tèyǔ gé liè fó yóu jì

1745 年，当英国作家斯威夫特悄悄地去世并被秘密地安葬之后，他生前为自己所写下的墓志铭被深深地镌刻在他的黑石纪念碑上，并涂上了鲜艳的金色：

此地安卧的

约拿旦·斯威夫特

生前曾任本教堂教长

如今，狂怒

再也不能折磨他的心

去吧，过路人，

如有可能，请你学习他的榜样

为保卫人类的自由而奋斗。

斯威夫特的出生地是都柏林，他的父母都是定居在爱尔兰的英格兰人。斯威夫特于1688年从三一学院毕业，成绩一般，没有过人之处。他通过各种社会关系，于1689年前往英格兰，在他的远亲、前英国重要的政治家和外交家威廉·谭博尔爵士处任私人秘书。对于刚刚走出校门、年仅二十一岁的新手来说，这个职位给了他认识各阶层人物，了解大量幕后活动的机会。谭博尔爵士一度把斯威夫特推荐给国王，国王也答应给他一个教

斯威夫特

会职位。但斯威夫特认为没有必要这样做，他继续留在谭博尔爵士身边，虽然越来越感到不满，他还是坚持待到三十二岁。从毕业到离开，斯威夫特在穆尔庄园供职九年。九年间他除了做必须做的工作之外，常常利用空余时间来辅导、教育管家的小女儿——斯特拉，随着斯特拉的长大成人，她成为斯威夫特的亲密朋友和终身伴侣。此外他还写了两篇真正的作品

——一篇为讽刺对话，一篇为仿宗教争论，作品题名为《书籍之战》和《一个桶子的故事》。

由于种种原因，斯威夫特被"放逐"到都柏林任职，虽然他很不情愿，但很快爱尔兰反对英格兰压迫者的斗争使他投身其中，忘掉了自身的不快。1719年，英格兰通过一项法令，剥夺了爱尔兰议会和法院的最后一点独立自主权，斯威夫特采取公开行动。1720年他写了一个有力的小册子，提出爱尔兰独立宣言，并号召人民除煤以外，把来自英格兰的东西都烧掉。斯威夫特因此成了都柏林的英雄。两年以后，国王的情妇打算制造爱尔兰辅币以牟取私利，斯威夫特看到可以通过宣传这项"非法买卖"对爱尔兰民众的危害来发动和团结一切阶级，于是他连续发出三封信，号召人民觉醒。为此爱尔兰险些爆发全面起义，英格兰被迫换了总督，也取消了制造硬币的行动。

在1720年到1725年政局动荡的岁月里，斯威夫特完成了他的文学名著《格列佛游记》。这部小说的写作是斯威夫特在伦敦的一个俱乐部会见蒲伯、盖伊及其他才子时于开玩笑中开始的，小说最初匿名发表于1726年，后经重新审定出版。

小说讲述的是，外科医生格列佛在航海时遇到了风暴，他被大风带到了利立浦特——一个他从未到过的国家。当他在岸边醒来时，他发现全身已经被绑缚，睁开眼睛环视四周，奇怪的景象出现在眼前：成千上万个不到六英寸（相当于12—15厘米左右）的小人在他身边忙来忙去，很费力地将他运到城内，去见国家的统治者国王，格列佛成了小人国的俘虏。为了能够从小人国逃脱，格列佛忍受了各种生活上的不便和屈辱，使国王逐渐信任他。在利立浦特对不来夫斯古的战争中，为了讨好国王，格列佛涉过海峡将敌国舰队的大部分舰只俘虏过来，迫使敌国派使者前来求和。但是，利立浦特国王还不满足，他要求格列佛把剩余的残舰都俘获，这样就可以将敌国变成利立浦特王国属下的一个省，格列佛拒绝了，他告诉国王：他永远都不愿做人家的工具，使一个自由、勇敢的民族沦为奴隶。从此以后，格列佛失去了国王的宠爱，并派人对他的行为进行监视。一次，皇后寝宫失火，情急之下，格列佛用小便浇灭了大火，这种行为激怒了皇后，使皇后引以为耻辱，怀恨在心；由于在海峡大战中格列佛立下了战功，海军大臣妒忌他的能力，一直嫉恨在心；财政大臣也怀疑他与自己的老婆有染，时刻寻找机会报复。种种原因导致皇帝和大臣们秘密研究，准备将格列佛处死，经讨论后决定：先刺瞎他的双眼，再把他饿死。由于格列佛

《格列佛游记》中译本封面

事先得到消息，在行刑之前，逃往不来夫斯古。不来夫斯古的国王也想利用格列佛，对他表示了友好，格列佛吸取了在利立浦特的教训，再也不敢与他们推心置腹了。后来，格列佛侥幸离开了不来夫斯古。

第二次航海遇险，格列佛被丢在了布罗卜丁奈格，这是一个大人国。在巨人的眼里，格列佛显得很渺小，就像小人国里的小人在人类的眼里一样。在大人国，他被一个农民带回家里。开始的一段日子过得很平稳，后来，这个农民听从了别人的挑唆，带着格列佛在全国各地展览、表演，他们一路走到了首都。在首都，格列佛奉召入宫，他将自己的身世和经历告

诉了国王，国王决定将格列佛留在王宫，他得到了王后的宠爱。布罗卜丁奈格的国王是一个博学多才的人，每星期三的内宫聚餐，国王都问格列佛关于欧洲的风俗、法律、宗教和学术等问题，但听过之后，国王表现出很瞧不起的样子。在首都，他看见了国家的巨大建筑物，罪犯被执行死刑的情形；给王后讲航海中发生的事情；险些让一只猴子给噎死等。格列佛为了讨好国王和王后，弹奏键琴，并提出一项对国王极为有利的建议，但遭到了国王的拒绝。在国王看来，格列佛斯所在的国家充满了卑劣与罪恶，他们的法律及政治手段均为卑鄙小人服务，因此他只能报之以蔑视。他在大人国待了两年以后，奇迹发生了：一次在与国王巡行边境时，他被一只老鹰叼走，扔在海上，他遇到了一艘英国船，这才回到了他的国家。

不过，格列佛天生就不是一个甘于寂寞的人，他不顾家人的反对，又出海航行了，这一次，他的所见所闻更加奇异。他到了勒皮他、巴尔尼巴比、拉格奈格、格勒大锥、日本等地。后来他当上船长，船员们反抗他的领导，先是将他关起来，然后又把他抛弃在一个不知名的陆地，就这样他来到了慧骃国。他发现这儿的主人——慧骃是一些充满理性的善良的马；而那些暴戾无耻的野蛮动物竟是跟他模样相同的耶胡。格列佛被一只慧骃领到家里，学习他们的语言，同时，他也将个人身世和旅途经历告诉慧骃。两年多来，慧骃经常命令格列佛报告英国的各种情况和欧洲君主之间发生战争的原因等；格列佛还向慧骃介绍英国宪法的一些内容。对于宪法、政治、艺术等许多事情，格列佛和慧骃有过辩论，格列佛都失败了，他看到了慧骃国的民主、青年的教育和运动以及全国代表大会。他在慧骃国生活的非常快乐，并在道德方面有了很大进步，后来慧骃国的主人告诉他必须离开这个国家，原因是他虽有理性，但他们担心他与耶胡形貌酷似，会不会有朝一日变得跟那些可恶的家伙一样。他感到十分伤心。无奈，他只得在一个仆人的帮助下，制造了一艘小船，冒险出海航行，经历了重重困难，终于回到了英国。

内容的离奇和思想的深刻使《格列佛游记》深受人们的喜爱，小说在艺术上也取得了很高的成就。其艺术上最大的特点是作家把幻想的情节与真实的细节描写巧妙地结合起来，在丰富多彩、离奇童话般的世界里，揭露出英国社会风尚中诸多方面的丑恶，它的幻想与现实是统一和谐的，情节安排合情合理，细节描写具体、真实，使作品具有巨大的艺术感染力。《格列佛游记》的讽刺艺术之所以能达到登峰造极的程度，是与作家运用多种讽刺手法分不开的，作家或对比、或夸张、或象征，大小由之，比例适度，从而使这部小说成为世界名著中的讽刺力作。

小说自 1726 年问世以来，深受英国人民的热烈欢迎，二百多年来它被译成几十种文字，在世界各国广为传诵。小说中的故事不仅被大人们喜爱，也被小孩们喜爱，并受到全世界同行们的赞美，成为一部真正享誉世界的名著。

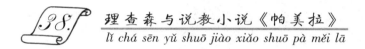

38. 理查森与说教小说《帕美拉》

lǐ chá sēn yǔ shuō jiào xiǎo shuō pà měi lā

在英国，塞缪尔·理查森是与菲尔丁齐名的作家，同时也被誉为开创感伤小说的先锋。他是德比邵一位木匠的儿子，从小梦想成为一名教士，却因贫困无法接受良好的教育，故愿望难成。生长的环境使他保留了清教徒的道德，以至于读书期间，别人送给他一个绰号，叫做"一本正经"。从他后来的生活和创作看，这"一本正经"的绰号倒也名副其实。

理查森十七岁时到伦敦的一家印刷厂当学徒，由于擅长书写，所以便通过为一些不识字、患相思病的女子写情书来增加收入；这件事决定了他后来写小说的书信体风格，以及特别关注女性的心理和感情。他的勤勉与节俭得到了报酬，他成立了自己的印刷所，后来他成为下院的印刷商和文具分公司老板。他首次出书，已年届五十岁了。

1739 年，理查森利用两位伦敦印刷商委托他编纂书信集的机会，受到了启发，开始动笔写小说，并于 1740 年发表了《帕美拉》的头两卷，翌年又发表了后两卷。《帕美拉》一举成功，不到六年的时间就名扬欧洲，成为欧洲小说史上最有影响的作品之一，它的模仿者甚至远及俄罗斯。这

理查森

位一本正经、谨小慎微的五十一岁老板实际上已出版了世界上第一部货真价实的畅销小说。

接着，理查森又在1747—1748 年间写出了一部同样成功、卷帙更加浩繁，多达七卷的小说《克拉丽莎》，它同样在 18 世纪的英国成为人们街谈巷议的话题。此后，他还写了一部小说《查尔斯·格兰迪森爵士的历史》。

理查森对自己的成功抱着谦虚的态度。他继续兢兢业业地操劳印刷所的工作，并撰写劝勉广大妇女的长信，对她们进行所谓的"情操教育"。在余年时，他为精炼的思想与冗长的技巧付出了神经敏感与失眠的代价。1761 年 7 月 4 日，理查森死于中风症。

《帕美拉》的诞生源于理查森编辑书信集时的一个灵感，书信集中有一部旨在"教导那些不得不外出谋生的漂亮女孩，如何避开可能存在的陷阱，不使自己的贞洁受损"。理查森由此想起了一则他以前听到的真实故事：一个乡下鳏夫绅士一再企图诱奸他的美丽的女仆，但始终未能得手，最后只好正式娶她为妻。于是，在此基础之上，理查森写出了《帕美拉》。

《帕美拉》的故事以帕美拉·安德鲁斯写给她父母的书信形式展开，小说开场时，雇佣她作女仆的那位女主人刚刚去世。女主人的儿子 B 先生利用帕美拉的处境，一心想诱奸她。虽然她心中对他有爱慕之意，但是她仍旧义正辞严地把他挡了回去，帕美拉是个善良，温顺，谦虚的姑娘，她

《帕美拉》插图

把做仆人挣的钱汇寄给父母，谨慎的双亲拒绝花用这笔钱，直至他们获得保证那不是她的单身雇主为讨她的欢心而给的预支款。B 先生想尽各种办法迫使帕美拉就范。把她骗到他在乡下的一所别墅；在那里，她实际上被两个凶神恶煞般的仆人——朱克斯太太和科尔布兰德先生——看管起来了。B 先生在朱克斯太太协助下，企图使她落入假结婚的圈套，可是没有成功。有一次，B 先生趁帕美拉毫无准备时就闯进了她的房间，他紧抱着她，企图占有她。帕美拉吓得昏了过去，B 先生未敢轻举妄动。最后 B 先生把她打发走，可是他这时候已经真诚地爱上了她，所以又把她劝了回来。他接着又想叫帕美拉做他的情妇，又遭到帕美拉巧妙的拒绝。当一切努力都失败之后，B 先生不顾门第的差别，努力想挽回帕美拉的贞洁和自己的灵魂，于是他们正式结婚了。

　　1741 年，理查森又发表了《帕美拉》的后两卷，其中有一段关于 B 先生在一次舞会上与一位伯爵遗孀发生瓜葛的小插曲，除此之外，都是展

示帕美拉如何与 B 先生理想地结了婚，帕美拉如何在书信中对各种主题发表长篇大论的说教。

可以说，《帕美拉》是一部道德说教的小说。理查森生活的时代，是许许多多人如饥似渴地阅读一卷卷布道文的时代。《帕美拉》之所以非常流行，原因之一无疑就是它把祈祷文学的迷人之处和小说的迷人之处结合起来。当时一位最主要的牧师曾在布道坛上公开推荐这部小说，这绝不是偶然的事，说明这部小说与当时英国的社会风气和道德观念密切相关。另外，就文学而言，《帕美拉》之后，道德说教目的成为以后许多年里英国小说的特色。

应该说，理查森的立场是很鲜明地站在帕美拉一边的，他不仅充当了保卫女性的斗士，而且把帕美拉看做仍是强大而残暴的贵族统治的典型的受害者。正如沃尔特·艾伦的评价："他让贞洁的孤立无援者去与几乎是至高无上的权威抗争——而且尽管有各种艰难险阻，具有贞洁的孤立无援者仍旧胜利了，这纯粹是由于贞洁的缘故。不仅如此，贞洁还迫使权威接受了它的条件。这正是世人齐声同赞的：'理查森是正义的代言人'。"难怪英国的老百姓在读到帕美拉不仅保住了自己的贞洁，而且迫使 B 先生和她结婚的章节时，高兴得敲响了教堂的大钟。

理查森的《帕美拉》对英国小说的发展起过重大的作用。小说所采用的书信体格式成为 18 世纪文学的一个特征，小说中还有大量古老的灰姑娘式的主题，与神话、童话也有酷肖之处。同时，理查森特别重视心理描写，在许多方面预示了"意识流"手法的降生。由此可见，理查森的确是开创新小说的先锋。

39. 小说家菲尔丁的人生历程
xiǎo shuō jiā fēi ěr dīng de rén shēng lì chéng

英国文豪萧伯纳曾赞赏"菲尔丁是除莎士比亚外从中世纪起至 19 世纪，英国所有职业戏剧作家中最伟大的一位。"菲尔丁是英国文坛上的奇才，被司各特称做"英国小说之父"。

亨利·菲尔丁于 1707 年 4 月 22 日生于英国西南部萨默塞特郡距格拉斯顿伯利两英里外的夏普海姆园林的外婆家。

1719 年，菲尔丁被父亲送到伊顿公学读书，虽然学校里的规矩和责罚使他难以忍受，但凭着自己的灵气聪慧，他取得了优异的成绩并结交了许多朋友。当 1724 年菲尔丁离开伊顿公学的时候，他已经出落成一个健壮俊秀的青年，有着棕色的卷发和东方

菲尔丁

人才会有的黑色眼睛，可谓堂堂美男子。不仅如此，他还具有欢悦的谈吐和开朗的性情。他在经历了一些具有浪漫激情的风流韵事之后，便对写作发生了兴趣。1728 年 1 月份他的处女诗作《假面舞会》出版，同年 2 月 16 日，他的第一个剧本《戴着各种面具的爱情》在伦敦德鲁里巷皇家剧院上演了。这使菲尔丁搞戏剧的自信心大增。其后一个月，他进入荷兰的雷顿大学认真学习文学专业，然而由于经济的原因，菲尔丁在第二年在八月就辍学了，于是他面临着"当一名雇佣文人，还是当一名雇佣马车夫"的抉择。回到英国后，他便以职业剧作家的身份为剧院写作。

菲尔丁以惊人的速度在 1730 年到 1737 年间创作了二十五部剧本，用滑稽剧、"小歌剧"、政治讽刺剧等形式揭露英国政治生活中的黑暗，表达了在英国舞台上恢复古希腊阿里斯托芬的传统的打算。这些著名的剧本有《堂吉诃德在英国》（1734）、《巴斯昆》（1736）、《1736 年历史日历》（1737）《悲剧的悲剧，或称伟大的汤姆大帝的生与死》等，其讽刺之锐利，令对手惊呼："宗教、政府、牧师、法官和大臣——全在这个讽刺巨

人的脚下陷于毁灭!"不久,国会通过了戏剧检查的法令,迫使菲尔丁停止戏剧创作。

1737 年,菲尔丁改学法律,1740 年成为律师,1748 年担任伦敦首任警察厅长,训练了最早一批侦察犯罪活动的侦探警察。与此同时,他继续从事文学创作。1739 年至 1747 年间,他主编了《战士,又名不列颠信使》杂志,并写第一部小说《大伟人江奈生·魏尔德传》,1743 年在他的《杂集》中发表。本书主人公在生活中确有其人。江奈生·魏尔德是伦敦的匪首和赃物收买主,同时又做了政府的眼线,常将同伙出卖给政府以取得赏钱。由于他恶贯满盈,终于在 1721 年被绞死。菲尔丁为其立传寓有深意,照他的话说,他所暴露的不是"骗子",而是"诈骗行为",是最广义的诈骗行为——从扒手直到议员、大臣和保皇党的诈骗行为。难怪俄国女皇卡捷琳娜二世后来把这部中篇小说与博马舍的剧本《费加罗的婚礼》相比较道:"倘使我有一天动手写喜剧的话,我决不会拿《费加罗的婚礼》作榜样,自从《大伟人魏尔德传》以来,我一直没有读过这样恶劣的东西。"菲尔丁小说的批判力量可见一斑。

1740 年,英国另一小说名家理查森出版了他的书信体劝世小说《帕美拉,或贞洁得报》,菲尔丁模仿他的笔法创作小说嘲讽这类作品,先后写下了《夏美勒·安德鲁斯夫人生平的辩护》(1741)和《约瑟夫·安德鲁斯》(1742,全称为《约瑟夫·安德鲁斯及其朋友亚伯拉罕·亚当斯先生的冒险故事,仿塞万提斯的风格而写》),其讽刺矛头直指理查森小说的虚假、伤感和伪善。这两部小说开辟了英国文学史上"路上小说"、也称流浪汉传奇小说的先河,给菲尔丁赢得了很大的声誉,而菲尔丁称它们是"喜剧性的散文史诗"。

1748 年,菲尔丁终于登上了他文学创作的最高峰。《弃儿汤姆·琼斯的历史》在这一年发表了。这是一部真正的"散文的史诗",被司汤达称为"小说中的《伊利昂记》",此后无数作家争相模仿、借鉴,成为用现实主义手法表现的古典文学中的典范。

汤姆·琼斯是一个弃儿,富有而忠厚的乡绅奥尔华绥收养了他。奥尔华绥经过一番调查，怀疑女仆珍妮·琼斯是汤姆的母亲。珍妮虽然知道真相，但由于她收了孩子母亲的一笔钱，只好含羞忍辱地离开了村子。乡村教师巴特里奇因被诬与珍妮有染也被撵出了村子。汤姆在奥尔华绥家逐渐长大了，他秉性诚实、善良，同他一起长大的还有布力非和苏菲娅。布力非是奥尔华绥的外甥，被奥尔华绥立为子嗣，他在品性上和汤姆完全相反，外表恭顺、严谨，实际却自私虚伪。苏菲娅是邻近庄园主魏斯顿的女儿，她活泼美丽，悄悄爱上了汤姆。

汤姆此时正与猎户的女儿毛丽堕入了情网，并发生了关系。后来汤姆发现毛丽是个轻浮虚荣的姑娘，遂与之断绝来往。在和苏菲娅的相处中，汤姆慢慢地被她吸引，两人的爱情与日俱增。布力非同时也在追求苏菲娅，但他不是为了爱情，而是贪图钱财。布力非嫉妒汤姆，不断地在奥尔华绥面前挑拨是非，搬弄唇舌。汤姆终于被逐出了家门，而这时苏菲娅的父亲因为布力非继承人的身份而强迫苏菲娅嫁给布力非，无奈之下，苏菲娅携女仆逃走。

被逐的汤姆在路上巧遇巴特里奇，二人一路同行。在旅馆内，汤姆被其搭救的女子引诱而与之发生关系。此事被苏菲娅得知，她伤心离去。汤姆尾随而去。

奥尔华绥从珍妮处知道了汤姆的身世，原来汤姆竟然也是他的外甥，是他妹妹的私生子，是布力非同母异父的哥哥。真相大白，汤姆也洗清了不白之冤。奥尔华绥发现了布力非的伪善和卑鄙，决定取消布力非继承人的资格，而指定汤姆为自己的继承人。唯利是图的魏斯顿痛快地答应了汤姆和苏菲娅的婚事。历尽千辛万苦的汤姆和苏菲娅终成眷属。

这真是一幅波澜壮阔的社会图景，全书共十八卷，有四十九个人物，还有乞丐、政客、流氓、牧师、强盗、土兵、村妇、旅馆老板等各类人物，涉及各种阶层。虽然人物众多，规模宏大，但是机智的菲尔丁却巧妙地安排了一个严整缜密的艺术结构。因此柯尔律治认为它是结构最完美的三大世界名著之一。

1751 年年底，菲尔丁把他当治安法官的经验，他对上流社会的观察，

《弃儿汤姆·琼斯的历史》电影海报

和他对第一次幸福婚姻的记忆，以一种不同于《弃儿汤姆·琼斯的历史》幽默喜剧的形式应用到他最后一部小说《阿米丽亚》中去。结果小说第一版的五千册在十二小时之内便销售一空。然而，读者读了之后觉得书的调子太低沉，这种看法影响了他们对本书优点之处的认识，它在具有感染力方面其实不输于《弃儿汤姆·琼斯的历史》的幽默。由于读者的冷淡结果，小说第二次印刷的三千册，直到菲尔丁去世的时候还没有全部卖出。但是菲尔丁却说，《阿米丽亚》是他的得意之作，它所受到的冷遇使他厌恶。

《阿米丽亚》是菲尔丁的最后一部小说。这是菲尔丁对他法官经历的真实再现。菲尔丁在这部小说的"献词"里说："这部小说是诚心诚意地设计来发扬美德和揭露现今毒害社会的公私两方面最昭彰的罪恶。"阿米丽亚是个温顺贞洁的姑娘，出身于富裕家庭，却宁愿嫁给穷军官布斯上尉，后布斯因轻率而入狱，阿米丽亚生活日趋艰难。这时，贵族们出现了，他们想用金钱来打动阿米丽亚，但阿米丽亚最终抵制了那金色的诱惑。直到布斯出狱又获得了一笔意外的财产，二人终于过上了美满的生活。

在这部小说中，菲尔丁以悲愤、阴郁的笔调对于黑暗的司法机构进行了深沉的控诉，他因对下层人物痛苦生活的描写，而被同时代的作家理查森斥之为"异乎寻常的粗俗"和"下流"。但这部小说却受到了热烈的欢迎，据说初版五千册在当天即告售罄。

菲尔丁以他的四部巨著构筑了他的"现实主义小说的创始者"的地位。虽然他不断地受到诽谤、打击，但正如同他自己所言："我目前住着这样一间小屋子，往后可能还要潦倒萧条，可是我的作品，将来一定有幸被多少与我素不相识的人所传诵。"是的，菲尔丁的小说，无论是过去、现在、还是将来都会被所有追求美好的人所珍藏。

1754年，由于过度的工作、操劳和贫困，不满四十七岁的菲尔丁已被风湿、水肿、哮喘等病折磨得异常衰弱，但他并不绝望，遵医嘱动身去里斯本养病，在船上开始写《里斯本航海日记》，但在到达目的地两个月之后的10月8日，菲尔丁就离开了人世，遗体没有运回祖国。

菲尔丁为英国文学赢得了声誉，他对文学的最大贡献是他创作的现实主义小说，他构建了结构完善的小说体裁，他的《约瑟夫·安德鲁斯》序言和《弃儿汤姆·琼斯的历史》各章的结论是英国文学中现实主义美学的最早宣言，他是现实主义小说理论的始祖。"他的小说在英国人的一切作品中是最英国化的"，他和笛福、理查森并称为英国现代小说的三大奠基人，影响波及狄更斯、萨克雷、艾略特等，无愧于"英国小说之父"的美誉。

《拉塞勒斯传》：写给母亲的名著
lā sāi lè sī chuán：xiě gěi mǔ qīn de míng zhù

在18世纪的英国文学史上，塞缪尔·约翰逊应该是最奇怪的一个人。他不是这一时期最伟大的作家，但却是文坛上最具有支配力的人物，是不折不扣的文坛领袖。同时代人称约翰逊为"大熊"，指的并不是"大的熊"，而是说他属于"天才与博学的星座"——大熊座。

约翰逊出生于1709年，他的父亲是个书商。他是个多病的孩子，刚出生就非常虚弱，于是立刻受洗，以免在还没有成为基督徒之前就夭折。童年的瘰疬病使约翰逊变成了单眼独耳，但他的筋肉和骨架却长得很硬朗。童年的生活和病魔的打击，形成了约翰逊忧郁、孤独、倔强和专横的个性。

约翰逊从小就喜欢读书，他在父亲的书店里如饥似渴地研读，以至于后来他对波斯韦尔说："我十八岁时所懂的几乎就和现在一样多了。"他七岁进文法学校学习拉丁文，受到严格的教育。十九岁进牛津大学，求学期间用拉丁文翻译了当时著名诗人蒲伯的一首长诗，受到称赞。一年以后，因为贫穷和疾病辍学，回到家乡与一个拥有七百英镑和三个孩子的寡妇结婚，并用妻子的钱创办了一所寄宿学校。1737 年 3 月 2 日，他便带着得意门生加里克，两人合骑一匹马到伦敦去卖他写的悲剧剧本，从此开始了文学生涯。

塞缪尔·约翰逊在 1755 年出版了《英语辞典》，并因此而成为英国文坛上的领袖。但他依然是个穷人，还因负债而被拘留。1756 年 3 月 16 日那天，他写信给作家理查森："先生，我不得已而求您的惠助。现在我因五镑十八先令而被拘留……如蒙善心借我这笔数目，我将会很感激地连以前的一起奉还。"于是理查森寄给他六个金币，以解燃眉之急。贫困的生活，使写作变成了许多作家赚钱的途径。但即使像约翰逊这样的名作家，其稿酬也是极其微薄的。

1759 年 1 月，约翰逊获悉二十二年没见过面的九十岁的老母生命垂危，便从一位印刷商那儿借到一笔钱，然后连同一封深情的信一同寄给母亲。母亲死于 1 月 23 日。为了支付她葬礼的费用和为她还债，约翰逊写了自己一生中唯一的一部小说。这部利用一星期所有晚上快速写成的小说名叫《阿比西尼亚王子拉塞勒斯传》。约翰逊将全书分成几个部分陆续交给印书商。总共获得一百英镑。约翰逊用这笔钱安葬老母，了结了心愿。他绝没有想到，小说在 4 月份发行时，被评论家们推崇备至，成为古典名著，堪与伏尔泰的《老实人》相媲美。也许小说成为名著，才是约翰逊对母亲的最好纪念。

《阿比西尼亚王子拉塞勒斯传》不是一般样式的小说，而是介于长篇随笔、寓言和东方故事之间的一种作品。约翰逊想通过小说来表达一个主题：人生不可能有真的幸福，人类的一切欲望根本上都是虚幻的。因此，小说的开头就已定下了作品的基调："凡是清新幻想的低语并热切地追求希望的鬼影的人，凡是期望年老时能实现年轻时的允诺，明天能补充今天的不足的人，都来读一读阿比西尼亚王子拉塞勒斯的历史吧！"

《拉塞勒斯传》本质上是一则寓言故事，因此它不像 18 世纪大多数小说那样是"现实主义"的。小说中的情节和人物都退到了次要的位置，而压倒一切的是道德主题，说教成为最根本的目的。例如：人物与其说具有个性，不如说是各种思想的体现；故事实际成了展示他们作用的图解；语言和形象既简单又笼统，背景则被压缩到最低限度。

故事从一个颇具有东方神秘色彩的古老风俗讲起。阿比西尼亚的历代国王都奉行一个古老风俗：在王子即位登基之前，要把他禁闭在快活而富饶的山谷里，让他与世隔绝，那里除了人世间的苦难以外，应有尽有：皇宫、美食、珍禽宠兽，以及美丽、聪颖的伴侣，简直就是人间天堂。

但是，二十六岁的王子拉塞勒斯厌倦了山谷中的快乐生活，觉得自己不但失去了自由，还丧失了奋斗的勇气。于是他开始寻找另外一种生存方式，渴望逃离山谷，去追求人世间的幸福。"如果我有了可追求的东西，我必会快乐。"于是王子把想法告诉给老师听，老师的劝阻更刺激起他出逃的欲望。老师对王子说："如果你见过世上的苦难，你就会知道如何珍惜你今天的生活了。"王子说："你使我心中产生了某种渴望；我就是想看看世上的苦难，因为不知道苦难也就体会不到幸福。"

王子最初得到一位技艺精湛的工匠的帮助，工匠建议造一对翅膀，让王子飞出群山，奔向自由。但是试飞时，他们掉进了湖里，还是王子救出了工匠。

在山谷里，拉塞勒斯王子最喜欢与诗人和哲学家伊姆拉克交谈。伊姆拉克见多识广，也不满囚禁的生活，于是，王子恳请他和自己一起逃走，充当"选择生活"的导师。原来，约翰逊曾想用"选择生活"来作为书

名，因此每隔一段时间就会重复出现这个短语（而且总是斜体字），循环往复地暗示着主题。

后来，他们发现了一个山洞，有一条小路通往外面的世界。于是，他们带着公主尼卡娅和她的女侍逃离了山谷的乐园。他们来到了新奇而热闹的开罗，发现人们幸福愉快和无忧无虑的生活不过是"粗鄙的声色之乐"。他们听说一位哲学家谈论幸福来源于理性战胜激情，就去拜访，却发现哲人因女儿的去世而哀痛得发疯。由于读过田园诗，他们设想牧羊人必定快乐，但是他们发现那些人的内心"受到了不满的侵袭"，而且"对于位居他们之上的人怀抱恶意"。他们遇到了一位隐士，获悉他暗地里也向往城市的逸乐。他们探讨家庭生活的乐趣，但他们所进入的家庭"无不吵吵闹闹，鸡犬不宁"，他们所见到的婚嫁"无不充满痛苦，而独身生活又毫无乐趣"。他们羡慕科学家的学识和生活，但一位天文学家却说："我把时间都消磨在书斋里，毫无阅历；我所精通的科学大部分于人类并无多大用处。"他们出游的结论是：世间没有任何一种生活方式可导致幸福快乐。伊姆拉克以一篇灵魂不朽论来安慰他们，尼卡娅也感悟地说："在我看来……选择生活已变得不那么重要了，我希望今后只去考虑死亡。"于是，他们决定返回阿比西尼亚山谷，怀着对死后永生的期待，宁静地接受人生的兴衰。

约翰逊曾经说过："写作的唯一目的是使读者更好地享受生活或更好地忍受生活。"《拉塞勒斯传》的结论是阴暗的，这种悲观主义的情绪来自约翰逊写作时的心境，此时他正体验着无钱葬母的苦痛和辛酸。这种悲观的情绪之所以能够打动人心，取决于它并非是病态的无病呻吟，而是生活的悲苦和无望在作家内心的投影。

小说虽然是一则说教性的寓言故事，但并不显得枯燥乏味。人物之间的情感真挚动人，细节描写真实并充满生气。最重要的是约翰逊的语言本身使故事显得生动活泼，高雅庄重的散文式语句常常闪现出讽刺与机智的火花，大量的比喻鲜明生动，美不胜收，叙述语调时而深沉洪亮，时而高亢激越。这一切都使一个古老的故事得到了精美的再现。

在约翰逊人生的最后几年，他经历了失友的痛苦和病痛的折磨。当他身上的水肿越来越重时，他留下了遗嘱，文艺圈中的朋友也向他作最后的道别。临终前，他留下两千英镑，其中一千五百英镑赠给了他的黑人奴仆。他于1784年12月13日去世，一周之后，葬在威斯敏斯特。

约翰逊去世后，他的朋友博斯韦尔花了七年的时间写出了一本大传记《塞缪尔·约翰逊的一生》。能让别人为自己写这样一部传记的人，定有他令人倾倒之处。谁都不能否认，约翰逊的一生是一个时代的缩影，他的去世也宣告了一个时代的结束。

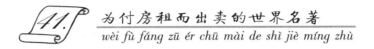

41. 为付房租而出卖的世界名著
wèi fù fáng zū ér chū mài de shì jiè míng zhù

他的样子矮小丑陋，在画家雷诺的笔下，他的形象是：厚唇、微缩的前额，前伸的鼻子和忧郁的双眼，然而他的朋友知道他的丑只是表面，隐藏其内的是一个具有美意、和善、慷慨的灵魂。这个人就是哥尔斯密——英格兰18世纪中叶的小说家、剧作家和诗人。

奥利弗·哥尔斯密于1728年出生于爱尔兰的一个小村庄，他的父亲是英国新教卑微的助理牧师。哥尔斯密念了一大堆小学，他印象最深的是一个从军队转业的校长，这位校长除了会讲战场往事外，还会讲十分精彩的神仙、妖精、鬼怪的故事，这一切对儿童简直太有吸引力了。哥尔斯密九岁时几乎死于天花，虽然大难不死，但病却把他脸蛋毁了。十五岁以后，他曾在都柏林的三一学院马马虎虎地混了几年，倒也勉强得了个文学学士学位。他试着做过各种职业，可是均以失败告终。接着家里人筹集钱让他去爱丁堡和莱顿学医，他还是三天打鱼两天晒网，结果也告失败，可是他后来居然也混到了一个医生资格。由于一直找不到固定的工作，哥尔斯密就徒步周游荷兰、法国、德国和意大利，一路上他身无分文，全凭一根笛子吹出的美妙歌声混饭吃，偶尔也到修道院门口去领周济。1756年，他来到伦敦，谋求各种医务工作，可是人们认为他无一能够胜任。最后他当了

雇佣文人，为报纸撰稿，也为理查森校过稿子，生活虽很贫困，但希望却慢慢地向他靠近了。

一年之后，哥尔斯密在杂志上写了一些"中国书简"，假想一个来自东方的旅客以愉快和惊讶之情来报道欧洲的风情。这一百多封书简在1762年出版了，取名为《世界公民》。哥尔斯密虽然以匿名的方式出版了此书，但他文笔的清新优美，淳朴生动却早已受人注意。在"中国书简"受到大作家约翰逊一顿夸奖之后，哥尔斯密就放胆去邀请这位编纂辞典的大师（当时就住在他家斜对面）共进晚餐。1761年5月3日，约翰逊应邀前往，从此两人间长期的友谊便开始了。

1762年10月的一天，约翰逊接到哥尔斯密的一个紧急留言条，声称有事相求。他马上赶到哥尔斯密家，这才晓得哥尔斯密因付不起房租要被逮捕。于是约翰逊便问他可有值钱的东西可以典当或出售，哥尔斯密便交给他一份题名为《威克菲牧师》的稿子。约翰逊要女房东稍候片刻，自己拿着这部小说找到一位书商换来六十英镑，他拿着这笔钱交给了哥尔斯密。哥尔斯密为朋友能解燃眉之急而非常高兴，他付了房租之后，还特意买了一瓶酒来庆祝。得到书稿的书商连看都没看，就不屑地把它扔在了一边，于是这份未来的世界名著一躺就是四年。

1763年哥尔斯密成为塞缪尔·约翰逊领导的文人俱乐部的九名创始者之一。1764年底，哥尔斯密以自己周游各国的感受写了长诗《游历者，或社会景象》。这首诗是他以自己名字发表的第一个作品，除了出名以外，更关键是得到了一点钱。于是哥尔斯密换了一个较舒适的住房，并买了一套"庄严的衣服：有紫色的裤子，猩红色的大衣，一顶假发，还有一根手杖。"他想再度行医，但此次转业成绩并非理想，倒是那部被遗忘的稿子重新把他带回了文学界。

哥尔斯密的诗人声望使当初买下书稿的书商有了些微指望，他觉得人们可能会接受这本怪小说。于是，《威克菲牧师传》在1766年3月27日试探着被出版了，不出书商所料，一直到1774年为止，卖出去的书钱才足够出版商的投资。但是，就是这本书，早在1770年就被伟大的歌德评价为

"有史以来最佳小说之一"。

接着，哥尔斯密出版了长诗《荒林》（1770 年）和获得成功的剧作《屈身求爱》（1773 年），并因此而名利双收。他用这些钱来周济身边的穷人，同时饮酒赌博，终于又弄得债台高筑。

1774 年哥尔斯密遭受热病侵袭，由于过分依赖自己不高明的医术，延误了治疗，于 4 月 4 日去世，年仅四十六岁。他被安葬在坦普尔教堂墓地，许多曾受他接济的穷人前来悼念，约翰逊亲自用拉丁文给他写了墓志铭。

《威克菲牧师传》至今被称为"家庭小说的第一部杰作"，因此一向被看做是一本特别理智的健康书籍。

小说里讲故事的人是威克菲的牧师普里姆罗斯博士。他是一位心地仁慈、乐善好施的人，头脑里充满各种奇想，全然不谙世事。他有一笔小小的家私，因此他把薪俸全用来做好事。他与妻子和六个子女过着节俭的小康生活，乐天知命，与世无争。小说再现了这个家庭生活的各个侧面，尤其是子女们在爱情、婚姻上的追求、挫折和斗争。小说的结尾是经历磨难后的大团圆结局，牧师用如下的话语结束他的故事："今世里我已心满意足，我的忧虑已经过去，我的欢乐难以形容。过去我处在逆境里听天由命，而今我交了好运更应该感恩戴德。"

应该说，《威克菲牧师传》有些明显的缺陷：篇幅太短，容纳不了如此复杂稠密的情节；人物的刻画也缺乏深度，一看便知是仓促之作。然而，只要你一拿这本小说，你就不能不被吸引，尤其是那位牧师，他是那么令人喜爱，这种魅力的秘密在哪里呢？

魅力就来自于小说的叙述风格，如果说文如其人的话，那么魅力就来自于哥尔斯密本人。哥尔斯密虽然有许多缺点，可是从来没有人怀疑他的根本德性，任何不幸都扑灭不了他天生的乐观主义精神。哥尔斯密作品的惊人之处就在于：在那无情的辛辣的讽刺十分流行的时代里，《威克菲牧师传》却充满了德性和乐观的品质。正如 19 世纪美国作家华盛顿·欧文所说，小说中的情景和人物"都是通过他的善良头脑、美好良心反映出来的。"哥尔斯密说他的牧师"羡慕愉快的面孔"，这也是对他自己的写照。

人们读过许多描写家庭丑恶和悲剧的作品，于是人们便渴望得到家庭的温情和忠诚，因此，哥尔斯密满足了我们。

《威克菲牧师传》今天仍然具有魅力，诚如司各特所说："我们在年轻时代读《威克菲牧师传》，上了年纪之后也读它。我们把它读了一遍又一遍，并且深切怀念这位卓有成效地使我们的所作所为合乎人性的作家。"

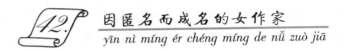

42. 因匿名而成名的女作家
yīn nì míng ér chéng míng de nǚ zuò jiā

音乐史家伯尼的女儿范尼·伯尼（1752—1840）从未想到自己会成为一个作家，因为她小时候所接触的不是文字而是音符，她甚至到八岁时还不识字，因为整天包围她的几乎都是在伦敦登台表演的音乐家，所以范尼就全凭她的耳朵来接受教育。范尼成熟得很晚，再加上性格内向及相貌平平，结果到四十岁时才结婚成家。然而这位女子却在二十五岁的时候做出了一件震惊伦敦的大事——她居然写出了一本著名的小说《埃维莉娜》，这使她在短暂的时间内竟能和大名鼎鼎的斯特恩相抗衡。

实际上范尼并不是一夜之间成为天才的，她小时候就很崇拜塞缪尔·约翰逊和演员加里克。她曾经在十几岁的时候就写了许多短篇小说，后来又模仿流行的感伤文学写了一部长篇小说，题为《卡罗林·伊夫林的历史》，只是由于她的继母认为写小说是一种很轻薄的行为，便劝她将手稿付之一炬。

小说《埃维莉娜》的发表颇具有戏剧性。范尼担心这本小说会使父亲生气，便经过一番周详的秘密准备之后，匿名将它发表。书出版后，马上引起了骚动。这本没有作者署名的小说激起了人们的好奇心，有谣传说该书出自一个十七岁少女，在此书序言里曾被夸奖了的约翰逊也撰文大加赞许。当范尼听约翰逊博士评论说"书中有些章节可为理查森争光"（当时有读者认为小说的作者是理查森），她"惊喜得几乎发疯"。当关于小说作者的猜疑真相大白之后，范尼一夜之间成为社会上的女名流。人人读她的书，而"我那位既仁慈又虔诚的父亲更因为我快乐而极快乐了"。范尼因此还被任命为卡罗琳女王陛下的王袍保管人之一，直到一场重病迫使她辞职为止。

范尼对英国文学的贡献还应包括她所写的日记（1768—1840），因为日记里从乔治三世起到拿破仑时期为止的重要活动都有极为真实而自然的描写。1793 年，范尼青春已逝时，她嫁给了没落的法国大革命的亡命将军达布莱，并随他在法国隐居了十年，用自己的稿费来供养他。1814 年，她回到英国，看望临终的父亲。拿破仑失败以后，她与丈夫返回英国定居，一直活了八十八岁。范尼生活在一个封闭的天地里，这使她自己从不晓得大名鼎鼎的作家奥斯汀（逝于 1817）竟从她这位一直活到 1840 年、却被社会和文学界遗忘的妇女所写的小说中获得了写作灵感，成为英国最伟大的社会风俗小说家，这也正是范尼能被今天的读者所记起的原因。

《埃维莉娜》采用了理查森惯用的书信体写作技巧，小说从霍华德太太和她的老朋友威勒斯牧师先生的书信往来开始，为全书提供了必要的背景知识——它其实就是被范尼烧掉的小说《卡罗琳·伊夫林的历史》的故事梗概。小说以埃维莉娜的身世和她的爱情为中心线索，讲述了一个错综复杂的故事，节奏缓急多变，副线层出不穷。埃维莉娜的外祖父伊夫林在年轻时娶了一个酒吧女为妻，生了埃维莉娜的母亲卡罗琳，不久他就死掉了，于是曾在伊夫林家里当过家庭教师的威斯勒牧师就担当了卡罗琳的监护人。卡罗琳十八岁时，为反对母亲的包办婚姻，秘密地与心上人约翰·贝尔蒙特爵士结了婚，并生下埃维莉娜，不幸的是埃维莉娜一落地，她的母亲卡罗琳就死去了。威勒斯牧师又开始抚养埃维莉娜长大成人。埃维莉娜的外祖母向威斯勒牧师打听她的下落，威斯勒牧师嫌其为酒吧女出身而不愿告诉她。后来他勉强同意让霍华德太太带着埃维莉娜到伦敦去度过繁忙的社交季节。到了伦敦之后，埃维莉娜被伦敦的花花世界搞得晕头转向，而她的外祖母也到伦敦找到了她，并想带她回法国去，还企图将埃维莉娜嫁给她的侄子布兰顿。但是埃维莉娜不喜欢非常俗气的布兰顿，爱上了奥威尔勋爵。在经历了一番挫折之后，埃维莉娜与亲生父亲团聚了，奥

威尔勋爵也终于与埃维莉娜结婚了，小说在大团圆的热烈气氛中结束。

整部小说是通过年轻的主人公所闻所见所思描写出来的，在叙述风格、心理描写和性格塑造上与埃维莉娜这样的年轻女子的特点非常吻合。《埃维莉娜》一书证明了范尼·伯尼具备将同时代伟大作家的不同方法融于一炉的非凡本领。威勒斯先生在某些方面能使我们联想起哥尔斯密笔下仁慈的威克菲尔牧师；男主人公奥威尔勋爵很显然是从理查森笔下的浮夸而自负的查尔斯爵士脱胎出来的；埃维莉娜在社会生活中的性格发展——她的疑虑、犹豫、痛苦的处境以及感情的起伏、变化都与理查森笔下的清纯女子十分相似；在表现社会生活和风俗画面时，范尼展现出的幽默、喜剧、嘲讽的才华又很显然使我们看到菲尔丁的影子。

《埃维莉娜》是第一部纯粹的社会风俗小说。很少有哪个作家能具备比范尼·伯尼更敏锐的眼睛和耳朵，去观察和倾听社会上男男女女的举止言谈中那些微妙的做作、虚伪、真情和残忍。另外，通过对布兰顿一家的描写，范尼·伯尼攻击了当时中产阶级的生活方式，并且攻击了暴发户的装腔作势与粗陋、鄙俗。的确，《埃维莉娜》是英国小说中涉及阶级歧视和势力行为的第一部作品，厌倦了伦敦城罪恶的人们从小说中富有朝气的文字里感受到一股清新的春风，洗净了曾被污染的心灵，这就是他们热爱这部小说并为之动情的原因。

43. 卓尔不群的斯莫利特
zhuō ěr bù qún de sī mò lì tè

他很喜欢迎接挑战，也不放过与人争吵的机会，他曾经肆无忌惮地诋毁辉煌灿烂的法国及意大利艺术，随便咒骂天主教义，对傲慢的法国人不屑一顾。他曾经将一位高贵的爵士形容为"一个品行不端的将军，一个不学无术的工程师，一个没有决断力的军官，一个虚伪造作的人。"他因此被人控为毁谤，被判入狱。然而，他又非常慷慨和有人情味，他的家就是那些无名小作家的俱乐部。这个人就是 17 世纪中叶的英国小说家斯莫利特。

1721 年，托拜厄斯·乔治·斯莫利特诞生于丹巴顿郡，他的祖父是苏格兰的地主。斯莫利特两岁时就失去了父亲，家人在经济上支持他在丹巴顿文法学校和格拉斯哥大学受教育。在大学里，他主修医学课程。还没等修完学位，他便开始热衷于写作，并变得非常投入。后来，他带着一本毫无价值的悲剧剧本，匆匆跑到伦敦去求人发表，结果遭到拒绝。从此他对伦敦的文学团体一直耿耿于怀。挨饿一阵子之后，他毛遂自荐在英国战舰坎伯兰号上谋得军医助手的工作，从此，他随着这艘军舰参加了加勒比海域的一些战役，有大量机会亲自观察当时英国海军，特别是伤病员的可怕处境。1744 年，斯莫利特在牙买加退役，并在那儿遇见了他后来的妻子，回到英国后，他结了婚，并在唐宁街一间房子住下来开始学习外科手术；但是他对创作的欲望越来越强烈，并且再度为他的剧本四处奔走，但仍毫无结果。这更加激起他好斗的脾气，于是他写了大量的讽刺诗攻击当时的文学与政治。二十六岁时，他便开始用笔再现他的海上生涯，并于 1748 年匿名发表了他最著名的小说《罗德里克·兰顿历险记》。此小说出版后，曾被当成亨利·菲尔丁的作品译成法文，可是斯莫利特赶往巴黎去纠正了这一误会，同时他借此机会，以"《罗德里克·兰顿历险记》的作者"的名义，发表了他那个一再遭人白眼的剧本《弑君记》，总算出了一口恶气。

《兰顿历险记》是一部自传体式的小说，它是那些发生在水手、士兵和各色各样的都市恶棍中间的一系列互不相关的冒险经历，不折不扣地借鉴了古老的歹徒流浪汉小说的传统。斯莫利特承认他从塞万提斯的《堂·吉诃德》和勒萨日的《吉尔·布拉斯》两本书中受到了很大启发。

《兰顿历险记》描写了一个生性喜欢恶作剧的流浪汉的冒险经历，但是作家似乎不太重视人物，而是集中精力讲故事。他把他的故事填满了各样巧合事件，其中充满了垃圾的腐臭及血渍的色泽。这部小说是斯莫利特本人海军经历的真实写照。在小说中，读者可以借罗德里克·兰顿的眼睛看到 18 世纪英国社会和海军的各个方面，作者以写实主义的风格再现了18 世纪生活中最可怕、最狂暴的方面，读了兰顿以军医助手身分到甲板上面去视察挂满吊床、污秽不堪的病区的那几段描写，的确会使人作呕。毫无疑问，斯莫利特也和他的同时代人乔纳森·斯威夫特一样，热衷于描写污秽和腐朽到了病态地步的社会景象。斯莫利特创作此书的目的具有道德教育性质，是为了揭露"好人受气而坏人神气"的现实，从而激发"无限的义愤，唤起读者，一致去对付当今世界的卑鄙和邪恶。"正因此，斯莫利特以锐利的笔锋撕去了18世纪社会的漂亮外衣，以便暴露里面的肮脏、卑鄙和残忍，他的写实的彻底性使之成为19世纪"自然主义"作家的榜样。

《兰顿历险记》销路很好，《弑君记》也报了仇，在剧本序言中，斯莫利特无一遗漏地数落曾经拒绝过该剧的人，他尽情地宣泄不满，因而树敌很多。1750年他北上阿伯丁得到医药学位，但他的个性阻碍了他从事悬壶济世的行业，反而使他更沉湎于文学中。1751年他出版了《佩里格林·皮克尔历险记》，这本书讲的是一个机智勇敢又虚张声势的怪异绅士的漫游历险故事，其结构和情节还是老套路。

"文如其人"，斯莫利特的尖刻和幽默在书中体现得非常充分。生活中的斯莫利特是"外观出众、潇洒不群的人物，而且经由他仅存的朋友与他接触后证明他言谈诙谐，并且有启发性。"从各方面看，斯莫利特是个火暴性子谈吐生动的人物。他曾因得罪权贵而入狱并被罚款。但另一方面，他又是个"模范父亲及体贴的丈夫。"

1763年，斯莫利特四十二岁，由于过分热心于冒险生活，工作动荡不安，与人争吵，及拼命写书，健康状况越来越差，他的气喘、咳嗽无一不显示出肺结核的症状，他只好听医生的劝阻回到湿润葱绿的英格兰。而在欧洲大陆续留的两年，他写了《法兰西及意大利游记》，既补偿了日常开支，又表明了自己独特的观察力，他的目光仍旧那么敏锐，语言依然那么尖刻。

斯莫利特回到英国后，健康状况有所改进，但到了1768年，他旧病复发，便到巴斯去寻求治疗。但他发现当地的水对他无效，而潮湿的空气反而有害。这样在1769年他又去了意大利，并在靠近勒格角的一间别墅里，他写出了最后也是最好的一本书《汉弗莱探险记》。这是以书信体格式写成的书，绝对地具有幽默和讽刺的味道。英国小说家萨克雷认为本书是"自小说艺术起始以来，所写的最具笑料的一个故事"。斯莫利特的不拘一格、别出心裁的风格再一次淋漓尽致地得到表现。例如：小说开始时我们就遇到了 L 博士，他完全用主观的偏见来论述"好的"或者"坏的"味道，"因为每个人在闻到他人的排泄物时，总会作出恶心的样子，可是闻到自己的时，却异乎寻常地深呼吸；他以这项事实向所有在场的每位绅士和淑女展示了排泄物；"接下去一两页有更为精彩的说明。接着斯莫利特就以这种方式掀起了一项全面性的娱乐高潮，用令人意想不到的轻快手法，借着各种人物的信件展开叙述。

但是，斯莫利特并没有看到这本书的印行，1771 年 9 月 17 日他逝世于他的意大利别墅中，享年五十岁。

半个世纪之后，狄更斯成为英国的大文豪，不过，我们在他的小说里明显可以看到斯莫利特笔下的人物，这说明了斯莫利特在英国小说史上的价值。

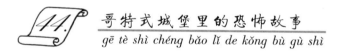

44. 哥特式城堡里的恐怖故事
gē tè shì chéng bǎo lǐ de kǒng bù gù shì

阴森的哥特式城堡，寂静而漆黑的夜晚，突然显现的庞大的铜盔和宝剑，还有一只穿着甲胄的巨手搭在栏杆上，一副披着袈裟的骷髅，血从雕像的鼻孔中滴下来，画像上的人突然发出"一声清晰的长叹"活了过来……这些使人汗毛直竖、夜难入睡的恐怖情节，多年来由于在小说和影视作品中经常反复使用，现在已不觉得新鲜，但在两百多年前，人们首次在小说中读到这些情节时却仿佛经历了一场噩梦。让人们有如此体验的小说，就是出自于霍勒斯·沃波尔的《奥特朗托堡》。

霍勒斯·沃波尔是一位英国作家。他生于 1717 年，其父就是有名的罗伯特·沃波尔爵士——1721 至 1742 年间的英国首相，辉格党政治家。首相对儿子无暇顾及，但母亲对沃波尔却极娇惯。沃波尔小时候长得极为俊

俏，衣着也俨然是个王子，不过身体却极孱弱，个性羞怯，和女孩子一般敏感。他母亲去世时有很多人都担心这个二十岁的年轻人会忧郁而死。由于父亲享有高薪，他从小就穿昂贵的服装，享受豪华的生活，并花费许多金钱收藏艺术品。

十岁时，小沃波尔被送往伊顿中学学习拉丁文和法文，并与大诗人托马斯·格雷交上朋友。十七岁时进入剑桥大学国王学院。二十二岁时，他未获学位就和格雷携手同游意大利和法国，在旅途中，由于沃波尔过于显示贵族派头而令格雷不满，从而导致两人分手，沃波尔为此险些因懊恼导致扁桃腺发炎致死。

沃波尔是一名议员，后来也被册封为伯爵，但他与父亲不同，他不仅是一个活跃的政治家，更是一个艺术家、收藏家、作家和学者，他的著述极多，涉及的领域非常广泛，是一个百科全书式的人物。他曾出版过一本著名的英文书信集，以优美的散文笔调为读者提供了 18 世纪英国的画面。他的《英国绘画轶事》、《雕刻师目录》、悲剧《神秘的母亲》和论文《对理查三世生平和统治的历史质疑》等在艺术史、文学史和历史方面都产生过一定的影响。当然，沃波尔对文学史的最大贡献，在于他写出了第一部"哥特式小说"《奥特朗托堡》。沃波尔一生未婚，虽然一辈子默默忍受痛风之苦，寿命却相当长，活了八十岁。

《奥特朗托堡》的诞生与沃波尔的人生态度和情趣有关。1747 年，他在特威克南郡附近租到五英亩土地和一栋小房子。两年后他把这块地买了下来，并且把房子改建成他所描写的"小哥特式城堡"，四周由小树林环抱，里面还有一个小小的隐士教堂。当时哥特式尖顶拱形建筑风格非常流行，成为一种建筑时尚，这是人们对中世纪越来越感兴趣的征兆之一。沃波尔在这个中古化了的城堡里，收集各式各样的艺术作品或历史上有名的杰作，不久他家就成了需要有目录的博物馆。在其中一个房子里，他装上一部印刷机，印刷出三十四本极为华丽的书，其中也有他自己的。几乎每天都有知名人士前来参观他那闻名遐迩的住地与珍藏。而在家中住腻了的沃波尔，为了在累人的学术性工作中得到放松，就写出了吓人的《奥特朗托堡》（1764 年）。"我所能记忆的是，我认为自己置身于一个古堡里（像我这样一个满脑子哥特式故事的人，做这样的梦是极自然的事），在一个大楼梯的最高栏杆上，我看见一只穿着甲胄的巨手。晚上我就坐下来写作……"于是，哥特式城堡给小说提供了特殊的气氛，以梦作为起因使叙事增添了许多魅力。

《奥特朗托堡》写 12 或 13 世纪篡夺了奥特朗托领地的曼弗列德的故事。曼弗列德的儿子在举行婚礼时，突然被一只掉进院子的庞大钢盔砸死，曼弗列德害怕没有男性继承人就无法保住领地，于是决定休妻再娶，然而他要娶的新娘伊莎贝拉却从暗道里逃进了教堂。接着，曼弗列德为得到伊莎贝拉采取了各种手段，引发了各种矛盾，并误杀了自己的亲生女儿。最后，奥特朗托原领主阿朗索的冤魂显灵了，并越长越高，穿透了城堡的屋顶，新的合法继承人也找到了，曼弗列德吓得魂不附体，只好供认出自己的篡位行为。整个故事的发展都应验了存在于古堡中的一个古老预言，那预言说："等到真正的主人长大到城堡容纳不下他的时候，现在这家人就做不成奥特朗托堡和领地的主人了。"

这部小说指出贪婪、野心是罪恶的根源，但冤有头，债有主，无论怎样，罪人也逃不过最终的惩罚。小说最吸引人的地方还是故事情节的曲折多变，尤以恐怖气氛的渲染为特点，如城堡中的地下通道，幽暗的走廊，暗门、关门声、脚步声、叹息声，以及巨盔、巨剑等超自然现象，给人以神秘感。特别是当画像上的阿朗索发出"一声清晰的长叹"从镜框中跑出来，吓得曼弗列德惊叫起来的时候，这情节同哈姆雷特遇见父亲的鬼魂时的紧张非常相似。这种风格预示了浪漫主义的复兴，人们喜爱超自然的恐怖，这在某种程度上表明他摆脱了笛福、理查森、菲尔丁和斯莫利特的现实主义给想象和感情带来的约束。

《奥特朗托堡》开创了哥特式小说的先河，后来这种小说也被称做"恐怖小说"，从此之后，描写"哥特式城堡里的恐怖故事"的小说成百上千，数不胜数。其中流行的哥特式小说有安娜·拉德克利夫的《尤道弗的神秘事迹》（1794）和马修·格雷戈里·刘易斯的《僧人》（1796）。前一部是典型的哥特式小说，它的背景就是意大利亚平宁山脉一个阴暗的古堡，情节恐怖、离奇，富于神秘气氛。《僧人》流行时，人们还给它的作者送上了一个雅号，叫"僧人刘易斯"，它的特点是恐怖与心理分析相结合。这种小说也对后来的美国文学，尤其是霍桑和爱伦·坡的创作发生了影响，同时还间接影响了20世纪的超现实主义文学运动，更不用说还包括当代恐怖影片的制作者。

《奥特朗托堡》的重要性还在于：它是一部起桥梁作用的小说，它发表于理性时代，却与下一个时期的浪漫小说的发展有着密切的联系。

45. 文官谢立丹和《造谣学校》
wén guān xiè lì dān hé zào yáo xué xiào

理查·布林斯莱·谢立丹（1751—1816）是18世纪后期英国最有成就的喜剧家，他的创作是英国18世纪戏剧发展的高峰，他本人则是菲尔丁和斯莫利特启蒙主义和现实主义精神在18世纪70年代最优秀的继承者。

谢立丹出生于爱尔兰，他的父亲是演员、作家，母亲也写过成功的小说和剧本，这使谢立丹具有了一定的文学天赋，并从童年起就同剧院保持着密切的联系。二十五岁时谢立丹成了著名的朱瑞巷剧院的合伙人，并充当经理。70年代，谢立丹进入戏剧创作的高峰期，并加入了约翰逊主持的"文学俱乐部"（1777），写出了六部喜剧。它们是：《情敌》（1775）、《伴娘》（1775）、《圣帕特里克的节日》（1775）、《斯卡巴勒之游》（1777）、《造谣学校》（1777）、《批评家》（1779）。此后谢立丹把主要精力放在政务上，到晚年时才重新执笔写出了一生中唯一的悲剧——《皮萨罗》（1799）。

从80年代起，谢立丹开始积极参加国家的政治生活。他当了三十二年的（1780—1812）国会议员，接近辉格党，但是他的观点是较为民主的。此外他还在外交部、财政部和海军部担任过重要的职务。在谢立丹的政治生涯中，他的演讲才华使他的批判精神得到了最充分的表现。由于政治立场的相近以及对各自才华的互相倾慕，谢立丹与年轻的拜伦成了莫逆之交。谢立丹去世时，拜伦写了一首诗《吊唁谢立丹的挽歌》，表达了对谢立丹戏剧和演说的赞美之意。

谢立丹创作的第一部喜剧是《情敌》，一改以往一般喜剧只追求造作的感情和夸张的戏剧性的做法，对英国现实中盛行的感伤主义风气进行了嘲讽。喜剧的女主人公丽蒂亚·兰古希沉醉于多情善感的小说里，对于斯特恩的《感伤的旅行》和斯莫利特的小说手不释卷。钟情于她的阿布索鲁特上尉，冒充成贫穷的贝弗里中尉，获得了丽蒂亚的爱情。就在他们陷于情网中、准备私奔之时，丽蒂亚的婶婶玛拉普洛发现了他们的秘密往来，于是阻止他们的进一步接触。阿布索鲁特只好暴露了自己的贵族身份，他的父亲也亲自出场为儿子求亲。然而这一切却让充满浪漫情趣的姑娘大为失望，她叫到："这竟是说偷偷摸摸绝对行不通啦！"喜剧的结果仍然以男女主人公的平常的无刺激的结婚宣告结束。在这部戏里，尤其值得一提的是玛拉普洛太太，她是一个喜欢搬弄响亮美丽的字眼儿而又经常用错字的喜剧人物，从此以后，那些用词不当的笑柄无论在英国，还是在国外都被称为"玛拉普洛风格"。从第一部喜剧我们就可以看出谢立丹反对装模作样、故作多情和假装善感，同时肯定明智和自然的原则，表现出现实主义和启蒙主义的强烈色彩。

《造谣学校》被公认为是莎士比亚之后英国喜剧最优秀最典范的作品。在这部作品里，年轻的谢立丹勇敢地批判英国资产阶级贵族社会，创造了英国社会喜剧的卓越范例。谢立丹将处于"自然状态"中淳朴的乡村宗法道德与"文明"的上流社会的道德败坏相对比，揭露了普遍存在于贵族社会的造谣中伤、伪善、淫逸、放荡的风习。

出身贫穷、嫁给年老爵士的提兹尔夫人，一心梦想进入上流社会，体验贵妇人的生活。她来到伦敦之后，马上沾染了贵族女子的恶习，挥霍财产、搬弄是非、制造色情事件，并险些失身给伪君子约瑟·萨尔菲斯。最后在丈夫的感化下，她才觉悟到自身行为的不道德，认清了约瑟的丑恶嘴脸，并与丈夫重归于好。作品的另一条线索也有特殊的意义。作者将约瑟和他的弟弟查理进行了对比，实际上是把自然率直同从虚伪文明中产生出来的道德堕落加以对比，兄弟二人的形象非常类似于菲尔丁小说《弃儿汤姆·琼斯的历史》中的布来菲尔和汤姆·琼斯。初看两人，约瑟是一个有道德的青年，而查理却是一个荒淫的浪子，但是事实上约瑟的全部道德不过是一个假面具，骨子里他却是一个极端自私自利、荒淫无耻之徒；而查理表面上虽依然放荡不羁，喜欢作乐，实质上则是一个善良而富于同情心的青年。揭开两兄弟灵魂面纱的是他们的叔叔和监护人奥立弗爵士。奥立弗在印度生活了许多年，发了大财以后回到英国。叔叔为了检验两兄弟的品格，便首先冒充一个财主与查理相会，他要求这个年轻的浪荡公子把祖辈的画像卖给自己，但是无论他出多高的价钱，查丽都不肯把叔叔的画像出售；于是叔叔又去考验约瑟，他装作一个穷人去请求约瑟给予帮助，但却遭到了"善良"青年的拒绝。约瑟是伪君子的典型形象，人们通常把他说成是英国的答尔丢夫。谢立丹通过约瑟这个人物痛斥了英国资产阶级贵族社会的虚伪道德，这个人物堪与莎士比亚的玛尔弗里奥和狄更斯的伯克斯聂夫等典型形象相媲美。谢立丹在《造谣学校》里还对资产阶级贵族社会的附庸风雅、表里不一、矫揉造作进行了强烈的讽刺。他在剧中描写了斯尼威尔夫人的沙龙，她的姓名就是讥讽者的意思，她沙龙里的常客都是些背后造谣中伤，表面虚情假意的人，这在当时的英国贵族中是普遍存在的现象。《造谣学校》正是凭着戏剧性的情节，典型的形象和对现实的批判力赢得了观众的普遍赞赏，并为 18 世纪末的英国喜剧赢得了声誉。

谢立丹是英国小说现实主义精神在喜剧创作中发扬光大的继承者，他创造了来自于生活同时又真实地反映生活的典型，再现了英国社会生活和风俗的真实图画。他的喜剧情节曲折有趣，场面滑稽可笑，对话漂亮俏皮，在世界的喜剧舞台上具有永恒的生命力。

刻在铜板上售卖的诗
kè zài tóng bǎn shàng shòu mài de shī

威廉·布莱克是位浪漫主义的天才诗人。1757 年，他出生于伦敦，从小就生活在神秘而美丽的幻想中，当他还是四岁的幼童时，有一天他似乎看见上帝透过窗户凝视着他，布莱克害怕极了，也可能是由于这个原因，他一直怀疑人们所崇尚的上帝。过了不久，他又看见天使们在树上震动着翅膀，与先知在田野上漫游。儿时的布莱克经常把这种幻想当做真实的存在去告诉别人，因此很多人认为他有点不同寻常。为幻想他所付出的代价就是直到十岁他才被送到学校读书，接着他又进了斯特兰地方的一所制图学校。十五岁那年，布莱克跟随雕刻师詹姆士·巴西尔开始了七年的学徒生活。学徒期间，布莱克大量阅读《古英诗遗篇》、《奥锡恩》等极富浪漫色彩的作品。他自己也开始写诗，并且对他所写的诗加以注释。1779 年，二十二岁的布莱克成为皇家学院一名学习雕刻的学生。在学院，他不满于雷诺的创作风格，反对雷诺的一味仿古，并且"悲叹他在约书亚爵士和他所雇的那帮狡猾的歹徒的梦魇般统治下浪费了"他的"青春活力和天赋"。他继续他的幻想，使他的素描也体现出一种幻想的风格。也许是缘于此，他终生都以水彩画和雕刻来维持生活。

布莱克二十五岁时，娶凯撒琳·鲍彻为妻。由于他对两性生活比较讨厌，所以时常折磨她，有时还因为一些幻想而讨厌她。但是他的妻子却非常了解和崇拜他的天赋，在他们没有孩子的情况下，一直维系着两人的关系，忠诚地陪伴和照顾布莱克，直到他生命的终结。

同任何一位有同情心的人一样，布莱克对贫富不均和财富集中极为憎恨。他经常与托马斯·佩因、戈德温等一些激进派人士在一起喝酒，畅谈正义和平等。从布莱克的外貌上就可以看出他具有诗人的气质。他身材短粗，有着"充满表情和朝气的高贵气质"。"他的头发是浅棕色的，卷曲而浓密，一缕缕头发，不是垂下来的，而像一条条火舌般竖起着，从一段距离外看过去，活像是放射出去的一般，配上他炯炯有神的眼睛和突出的前额，他的高贵和愉快的相貌，一定使他的神情表现出真正令人产生好感的印象。"1784 年，布莱克在布瑞特街办了一间印刷所，他的弟弟给他当助手。布莱克与他的弟弟感情很好，不幸的是弟弟于 1787 年离开人世，这使得本就沉浸在美丽幻想中的布莱克神情更忧郁，思想也更神秘。他坚信他见过弟弟的灵魂，并将弟弟的灵魂以文字和图案的形式雕刻在一张铜板上。布莱克无钱出版自己创作的诗歌，也找不到出版商，于是，他索性按照自己的方式出版：把诗和插图雕刻在铜板上，每个雕有诗和图案的铜板可以卖到几个先令至十个金币的价钱。因为这种出版方式过于独特，所以在布莱克活着的时候，能读到他诗的人非常少。

1789 年，布莱克出版了他的第一本杰作《无邪之歌》，诗集中共有十九首诗歌。这些诗从表面上看似乎很简单、很单纯，但是在简易的表现形式后隐藏着他深刻的人生见解。在诗中，他歌唱生活的欢乐和生命的美好，表达了人对自然无比依恋的情感。他反对宗教的禁欲观点，反对专制和种族歧视，同情民主革命。

接着而来的是法国大革命的五年，布莱克受到很大震动，他居然能戴着表示革命的红帽子，参加佩因攻击英国教会的行动。不仅如此，布莱克还把法国革命和美国独立战争给他带来的冲动化作诗句，以民谣的体裁写出预言诗《法国革命》（1791）和《亚美利加》（1793）。在诗中，他歌颂了资产阶级民主革命，强烈抨击了封建专制，要求人人平等。1794 年，布莱克在他创作的诗集《经验之歌》中，更为深刻地揭露了英国政府和教会对童工和青少年的摧残，描绘了贫困的画面，并指出了不幸的人们的痛苦。有的诗写了无奈作战的士兵的叹息；有的诗道出了被卖而沦为娼妓的女子对社会的诅咒。

经过精神的和行动的反抗之后，布莱克有些失望，然而失望不仅没有使他放弃创作，更使他到信仰中去寻找安慰。1804 年，他创作长诗《四天神》，暴露了英国工商业的繁荣是通过剥削和奴役下层人民获得的，他对砖窑工人的疾苦作了真实的描写。1818 年以后，布莱克很少进行诗歌创作了，他靠雕刻维持着生活。在生命的最后几年，有时十分贫困，不得已到一个陶器厂去刻广告。1819年，布莱克请求约翰·林内尔在经济上救助他，林内尔请他为《约伯书》和《神曲》作插图，他一直干到死神的降临才停下来。1827年，布莱克离开了人世，他死的时候非常清冷，也非常悲凉，人们只为他造了一座坟墓，上面没有树立纪念石碑，也没有纪念他的任何东西。直到19世纪，由于布莱克的诗在世界范围内获得了承认，他的坟墓上才竖起了一块石碑以示人们对他的怀念；1857年，他的半身铜像方进入威斯敏斯特的修道院。

在18世纪的众多诗人中，布莱克的创作风格独树一帜，他成为拜伦尤其是雪莱最接近的先驱者。

47. 彭斯："穿粗布衣"的土才子
péng sī: chuān cū bù yī de tǔ cái zǐ

罗伯特·彭斯（1759—1796）是18世纪后半期最杰出的苏格兰诗人。他一生的大部分时间是在农村度过的。相应地，他辉煌的诗篇也来源于他的农村生活，洋溢着大地的气息。他曾自称是"穿粗布衣"的"土才子"。

彭斯从小时候起就跟着父亲下地干活，不到十四岁就做成年人的重活。繁重的劳动压弯了他的肩膀，也影响了他的健康——十五岁时，他的风湿性心脏病症就已经很明显了。他就是这样在贫病交迫中度过了他的一生。用他自己的话来形容他当时的生活是："苦行僧的郁郁寡欢和摇船奴的永无休止的奴役。"

彭斯没有受过多少学校教育，他的渊博的知识主要得自于刻苦的自学。他的弟弟格林勃说："没有一本很厚的书能使他松劲儿，也没有一本很古的书能使他泄气。"他如饥似渴地搜罗和阅读他能得到的书籍，因此，他的知识面很宽。在十八岁以前，他读完了莎士比亚的戏剧、荷马的史诗、弥尔顿的诗剧和洛克的《人类理性论》等许多著名作家的作品，还读了不少启蒙时期的英国文学和苏格兰文学作品。启蒙运动的精神——反封建、反迷信、反不合理的制度，崇尚理性，提倡民主、平等——在他的作品中有明显的体现。

彭斯青少年时期所受到的另一个重要方面的教育来自苏格兰丰富的民间文学。他的母亲是埃尔郡最漂亮的美女，熟悉农民中流行的歌谣和传说，并且天生一副好歌喉，常常引吭高歌。同时，守寡的姑姑白第·台维生对当地流行的歌谣和神话更为熟悉，常常唱歌给他们听。后来诗人在谈到这位对他颇有影响的姑姑时说："她算是拥有最大量有关古代神话、迷信、鬼怪故事的歌手了。"正是在她们的影响下，彭斯爱上了民歌，在心灵中培育了诗歌种子，并且为苏格兰民歌的复活做出了巨大的贡献。

农村的生活为他的创作积累了大量的素材。他用自己的诗鞭挞地主豪绅的贪得无厌、醉生梦死，反映农民的贫苦生活、悲惨遭遇，歌颂美丽淳朴的农家少女，描写农民天真淳朴的生活。在这类诗中，《有人因为正直而受穷》、《两只狗》、《贫雇农的周末之夜》在民间广为传诵。

著名的讽刺诗《两只狗》是根据诗人的亲身遭遇而写。诗中记录了富家的狗恺撒和贫家的狗罗斯相见后的交谈。诗人通过两只狗的对话揭露了地主豪绅对广大农民的残酷压迫。

作为一位受广大下层人民爱戴的农民诗人，罗伯特·彭斯是以他的讽刺诗在乡间建立他的声誉的。彭斯的讽刺诗以辛辣的笔调揭露了当时苏格兰社会里种种不合理的制度和风俗习惯，抨击了高高在上的统治阶级和教会势力，表达了对民主、自由的向往和憧憬。

对民间歌谣艺术精髓的吸收，大大丰富了彭斯的诗歌创作。他在一生最后九年中编写了将近三百七十首抒情诗，其中有根据流行的歌谣部分或全部改写的（如《麦克孚生的告别辞》），有根据一支歌谣的几种歌词综合改编的（如《我的爱人像朵红红的玫瑰》），也有依据民间曲子创作的（如《苏格兰人》）。无论在哪一种情况下，彭斯都依靠了苏格兰北部山地的曲子、各地的旧歌谣和苏格兰方言，出色地抒写了人民的生活、思想和感情。这些歌谣深为群众所喜爱，在群众中广泛流传。

《往昔的时光》是英语国家里最流行的一支歌，它的流传至今与彭斯的改写有着密切的关系。

《我的爱人像朵红红的玫瑰》更是脍炙人口的著名诗篇，它杰出地表现了劳动人民真挚强烈的爱情。全诗共四节，诗人不仅吸收了旧歌谣的精华，而且加入了自己创造性的改造，形成了一首精致完美的抒情诗，成为全世界人民喜爱的艺术瑰宝。

这首诗，描写诗人和爱人暂时别离之时，对爱人倾诉出的深爱。诗人把自己的爱人比作红艳艳的玫瑰，在六月里迎风初开，婀娜多姿；诗人把自己的爱人比作曼妙动人的歌曲，音韵和谐。这是作者真实的主观感受，真挚感情的外化。诗人用极其朴素的语言道出了自己忠贞不渝的爱情誓言。这爱是深沉的，足以令整个宇宙陶醉；这爱是细腻的，足以让整个世界动情。

两个多世纪过去了，人们依然深情地诵读着这些千年的古老歌谣。彭斯的爱情诗充满着蓬勃旺盛的生命力、无可比拟的艺术魅力。

彭斯的最大特点在于他始终用劳动人民的眼光去观察一切。他一生生活的环境主要是在苏格兰的农村，接触的人也都是勤劳、朴实的农民，所以，他的诗歌赞美和描绘的是劳动人民真诚、纯洁、健康、强烈的爱情，而不是贵族阶级、上流社会矫揉造作的爱情。

作为一位农民诗人，他的生活是困窘的，生命是短暂的。然而，他留给后人和世界的是无比辉煌的诗篇、永远散发着泥土气息的清新诗篇。人类将永远不会忘记这样一位伟大的"粗布衣"诗人。

48. 格里美尔斯豪森与《痴儿奇遇记》
gé lǐ měi ěr sī háo sēn yǔ chī ér qí yù jì

直到 20 世纪，文学批评界才开始重视一部创作于 17 世纪的作品，这就是格里美尔斯豪森的《痴儿奇遇记》。值得庆幸的是二百年以后的今天，文学界对这部作品终于达成了共识，那就是：《痴儿奇遇记》是一部典型的巴洛克小说，它是莱辛与赫尔德之前德国文学中最负盛名的作品。

　　1622 年，格里美尔斯豪森出生于德国黑森地区的小城盖尔恩豪森。他的祖父是一个没落贵族，曾经依靠经营面包业和饭店来维持全家的生计。格里美尔斯豪森十二岁时被克罗地亚骑兵掠去充当马童，从此开始进入军队，经历了德国三十年战争。当过龙骑兵、步兵、军队文书，到过德国许多地方。

　　战争在格里美尔斯豪森的脑海中打下了深深的烙印，再加上长期的军队生活和对德国的游历，使他积累了很多创作素材，产生了很强的创作欲望，他要通过小说的形式，将他的所见、所闻、所想告诉每一位读者。他的一生中，虽然创作时间不长，但著作颇丰。1668 年他开始创作长篇流浪汉小说《痴儿奇遇记》的前五卷，故事内容有很多来自他本人的有关经历，使读者难于分辨真假；1669 年写的小说第六卷，分别用编者和作者的假面掩盖起来，但小说还是获得了极大成功。随后，他又创作了一些作品：1770 年发表《女骗子和流浪者大胆妈妈》，主要写波希米亚伯爵的私生女莱波希卡在战争年代的经历，莱波希卡夸耀自己的放荡生活，表现了在战争年代人的堕落和人性的丑恶。同年出版《少见的轻浮兄弟》。1672 至 1675 年出版《神奇的鸟窝》（2 卷）。作者把这几部作品编辑成完整的《痴儿故事》小说集，共十卷。在《痴儿奇遇记》的前后，格里美尔斯豪森还创作了几部小说，包括 1666 年创作的《黑与白，或讽刺的香客》，取材于圣经故事，其中已出现流浪汉形象的雏形。1667 年出版的《洁白的约瑟》，也取材于圣经故事，但带有幽默讽刺的传奇色彩。1670 年的《永存的历本》，包括了许多痴儿的故事，是一部民间轶事性作品。1669 年创作的《迪特瓦尔茨和阿梅林黛的优雅情史》和 1672 年创作的《帕罗希穆斯和吕姆皮达》有共同之处，即都描写宫廷生活、英雄美人，对封建制度进行了讽喻。他的代表作《痴儿奇遇记》是德国早期长篇小说中的杰作，通过痴儿的所见揭露士兵的种种暴行，并把这些行为与基督教义进行对比，用以说明中世纪以来基督教的思想统治已经破产。

　　故事开始向我们介绍了痴儿的出身和社会地位。他出身于农民家庭，在乡村接受了相应的教育。第一到第三卷主要描述了痴儿通过犯罪和玩弄阴谋诡计而由卑微的、默默无闻的普通人发展到声名显赫的地位。下降情节发生在第四卷里，描写了痴儿在现代文明的中心城市——巴黎的遭遇，并很快把痴儿带回到社会底层，他精神绝望，面临人生的选择，最后皈依宗教。第五卷写痴儿朝圣和对自己真实出身、职业的发现，与第一卷中他离家出走的情节相对应。格里美尔斯豪森不是开始就将痴儿描写得那么阴险，而是让他沿着这条路一步一步走下去，因此痴儿的故事才那么吸引读者，让读者进入到故事中去。第一卷中，痴儿还是一个极为淳朴的农村青年，但他经历的一些事件教育了他，使他的思想意识和对社会的认识愈来愈深刻。同时作者交代了城市贫困所带来的犯罪，为后来描写军队和城市里的暴发户以及他们的各种遭际埋下了伏笔。第二卷里的痴儿，则由一个淳朴的傻瓜逐渐成长为一个聪明的傻瓜，他尝到了当一个聪明人的甜头。第三卷，痴儿这个白手起家的勇猛骑士已经非常了不起了，他具有两重身份：一个是有著作问世的小说家，一个是绿衣猎人的蒙面大盗。他平步青云，获得了男爵头衔。发了财，娶了妻子，过起了贵族生活。第四卷开始的时候，痴儿依然是春风得意，他以监护人的身份前往巴黎，并在巴黎这个大舞台上一举成名。当作者写到第五卷的时候，痴儿已经与从前大不相同，经过多次变化以后，他以白面书生阿尔曼即漂亮的德国人面目出现时，已是一个炼金术士。第六卷是小说的续篇，格里美尔斯豪森采用一种新的形式来描述一个极乐岛沉船的故事。这座岛屿坐落在危险的、遥远的海洋深处。在那里，痴儿——这个窃贼、骗子和自封的小说家在他所居住岛屿上的一个山洞深处留下了一份写在棕榈叶上的精神传记和忏悔录，后来一位荷兰船长从洞中将它们拿了出来，带回欧洲。

格里美尔斯豪森发现，在他生活的时代里，小说中的讽刺和揭露作为一种技巧不仅早已形成，而且纯熟地运用到了一些优秀作品中。他继承了当时文学的先进创作手法，并对此有所发展和创新。他用浪漫主义手法反映了人民向往美好生活和理想社会的愿望，描绘了一幅乌托邦式的强大而统一的德国图景，主张由一位英雄来彻底改造德国，废除农奴制度，减免税收，消除宗教纷争，创建合理的社会制度。

　　《痴儿奇遇记》脱胎于德国民间话本，情节曲折生动，语言通俗幽默，采用了大量的比喻和双关语，并带有浓厚的宗教色彩和宿命论观点。人生充满了艰难险阻，社会到处是罪恶、邪恶，生活好像是天堂与地狱的交替。格里美尔斯豪森的小说在形式上继承了拉伯雷《巨人传》的滑稽学说，也尝试使用了斯泰恩小说那种不断发展、永不结束的叙述形式；内容上借鉴了德国民间永远都不会被遗忘的话本故事，因此他的作品深受广大读者喜爱。虽然他沉默了近三百年，但他在德国文学史上的作用和地位是毋庸置疑的，他的小说通常被认为是 17 世纪德国文学最杰出的成就。

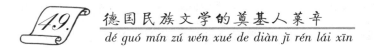

49. 德国民族文学的奠基人莱辛
dé guó mín zú wén xué de diàn jī rén lái xīn

　　莱辛生于 1729 年 1 月 22 日，老西茨地方的卡门茨。莱辛在 18 世纪德国文学史上的作用就是：他对文学进行的深刻评论，为后来独具风格的民族文学作品开辟了一条光明之路，德国文学才达到顶峰。

　　少年莱辛毕业于拉丁文学校，后又进入迈森的文法学校求学，接受的是德国式的教育，精通希腊文、拉丁文、英文和法文，涉猎了宗教、哲学、数学等，尤其爱好希腊、罗马古典文学和德国文学。恰如莱辛自己所言："特奥夫拉斯图斯、浦劳塔斯和特伦斯就是我的世界，我很愉快地研究他们。"青年莱辛表现出了与众不同的文学天赋。十七岁，他得到奖学金，前往莱比锡去读书。莱辛发现他所在的城市比他就读的大学要有趣得多，于是在外面世界的吸引下，加之青春的冲动，他爱上了一个女演员，并喜欢到剧院去，这使他熟悉了舞台和舞台机械操作。十九岁，他创作出剧本《年轻的学者》，并想尽办法出版，由诺伊贝尔夫人剧团演出成功，莱辛立志要做"德国莫里哀"。母亲知道儿子有如此成就竟激动得哭了；但父亲盛怒之下把他叫回家去；妹妹看见他所写的诗句，点一把火给烧了；而莱辛却将雪扔进妹妹的怀里。双亲又把他送到莱比锡学习哲学。1748 年，诺伊贝尔夫人剧团解散，莱辛作为担保人无力偿还债务，于同年

11月，逃到柏林。他的父母认为他不务正业，停止对他的资助。他不愿乞求统治者或贵族的庇护，决心自己赚钱养活自己。他当文艺职工，写评论，作翻译，编杂志，写剧本，先后创作《自由精神》和《犹太人》，成为德国文学史上第一个依靠写作维持生计的职业作家。

莱辛敌视法国作家伏尔泰的作品和思想。1751年，伏尔泰的秘书允许莱辛借阅伏尔泰的《路易十四的世纪》的部分手稿，但伏尔泰害怕手稿被盗印，很有礼貌地请求莱辛将手

莱辛

稿归还。莱辛把手稿按伏尔泰所言送回，不过却对伏尔泰的急切表示不满，以至于牢记在心，并排斥伏尔泰。1752年，莱辛获得维滕柏格大学的硕士学位。回到柏林后，主持出版《戏剧文库》，给报刊撰写一些思想积极的文章。他的六卷本文集出版于1753年，当时莱辛只有二十四岁。在著作集中收入的剧本《萨拉·桑普森小姐》意义重大，它是德国第一部市民悲剧。到此德国才产生了本国的悲剧。1755年该剧上演，获得极大成功。莱辛以为他可以靠戏剧谋生了，但七年战争爆发，书店生意萧条，打碎了他的梦想，他只好写文章，搞文学批评。从1759年到1760年秋，他一共写了五十五篇关于当代文学的评论，还翻译了《狄德罗先生的戏剧》等。1760年，奥、俄联军入侵柏林，莱辛逃到布雷斯劳任普鲁士将军陶恩钦德

的秘书。在那里的五年中，他熟悉了贵族生活和军队生活，也研究古希腊的文化与艺术、斯宾诺莎和宗教史。1766年受温克尔曼的影响，撰写著名美学著作《拉奥孔，或论画与诗的界限》。1767年，莱辛到汉堡，以每年八百塔勒的薪俸担任汉堡"民族剧院"的艺术顾问。同年完成喜剧《明娜·冯·巴尔赫姆，或军人之福》。针对剧院演出的情况，莱辛写了一百零四篇评论，1769年编辑成《汉堡剧评》出版。"汉堡剧院"倒闭后，莱辛的戏剧实验也宣告结束。事业虽然"惨败"，但莱辛却赢得了两个女人的珍贵友谊，一个是赖马鲁斯，一个是日后成为他妻子的夏娃·科尼须。为了能有一份固定的收入，1770年莱辛接受了不伦瑞克的斐迪南公爵的邀请，到沃尔芬比特尔图书馆当管理员，他的生活开始安定下来。也正由于此，莱辛失去了在汉堡与柏林的激情和斗志，他的身体也逐渐变坏。1772年，莱辛创作悲剧《爱米丽亚·迦绿蒂》。

莱辛生命的唯一支柱就是不休的争论。他因帮助朋友付印《理性论者的宽容》一书而与汉堡牧师葛茨等进行争论，遭到公爵的干预争论才得被迫停止，莱辛为此受到警告：在没有得到不伦瑞克允许的情况下，他不得出版任何东西。第二年，莱辛以无韵诗体写成剧本《智者纳旦》。

莱辛不仅在美学理论和文学实践上开创了德国近代民族文化，而且还亲自为德国民族剧院的建立去实验，虽然他的实验是以惨败而告终，但他却为我们留下了一部重要的理论著作《汉堡剧评》。

在《汉堡剧评》中，莱辛勇敢地选择了法国古典主义戏剧及其代表人物为目标，特别是伏尔泰作为论争对象，对他们戏剧文风的矫揉造作和戏剧语言的雍容华丽进行了深刻的分析和尖锐的批判。莱辛说："王宫和英雄人物的名字可以为戏剧带来华丽和威严，却不能令人感动。我们周围人的不幸自然会深深侵入我们的灵魂；倘若我们对国王们产生同情，那就是因为我们把他们当做人，并非当做国王之故。"莱辛还通过对一些戏剧家如高乃依和狄德罗、高乃依和莎士比亚的比较得出结论，认为莎士比亚是戏剧天才，而法国的古典主义则只学到了《诗学》的皮毛。可以说，莱辛的思想代表了当时正在兴起的德国市民阶级的审美倾向和审美趣味，并向贵族美学思想进行挑战和进攻，其攻势之猛烈令世人钦佩。

晚年的莱辛是在孤独中度过的。他的身体患有多种疾病：气喘、肺病和动脉硬化。1781 年 2 月 15 日，莱辛在见到几个朋友并向他们打着招呼时，突然倒在地上抽搐而死。

莱辛一生著作颇丰：寓言九十多篇、箴言诗二百首左右、戏剧多部、文艺理论和美学著作三部、还有三种论战文集及重要的哲学著作《论人类的教育》等。他的作品针砭时弊，批评社会的某些现实，表达了他的美学思想和主张。他无愧于德国最伟大文学时代的先驱的称号。他的思想和创作实践影响了许多文学家，车尔尼雪夫斯基认为歌德、席勒"思想中一切健康的东西都是莱辛提示给他们的"。就在他离开人世的那一年，德国文学史上的奇迹出现了：康德出版了《纯粹理性的批判》；席勒的第一部剧本也诞生了。歌德尊莱辛为德国启蒙运动之父，对他的赞美和评价是无人可以企及的。歌德说："生时，我们尊你为诸神之一；死后，你的精神统治所有的灵魂。"

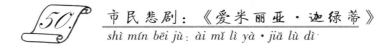

市民悲剧：《爱米丽亚·迦绿蒂》
shì mín bēi jù: ài mǐ lì yà · jiā lù dì

从 1757 年起，莱辛就开始构思悲剧《爱米丽亚·迦绿蒂》，其间经过十五年的反复酝酿和修改，终于在 1772 年将他一生中最成功的悲剧奉献给观众。

《爱米丽亚·迦绿蒂》叙述了发生在文艺复兴时期意大利北部瓜斯塔拉公国的一个既美丽又悲壮的爱情故事。瓜斯塔拉公国的统治者赫托勒亲王荒淫成性。他置婚礼在即的未婚妻子于不顾，又将情人奥尔娜扔在一旁不管，一心要占有美貌的爱米丽亚。就在爱米丽亚与其未婚夫去举行婚礼的路上，他采用朝臣马奈蒂利的计谋，雇用一批强盗把爱米丽亚的未婚夫杀死，然后将爱米丽亚骗进行宫。爱米丽亚的父亲赶到行宫，恰好遇见被亲王抛弃的情人奥尔娜伯爵夫人。爱米丽亚的父亲从奥尔娜嘴里得知了赫托勒亲王杀死奥尔娜的丈夫，然后霸占她的经过。奥尔娜伯爵夫人还告诉他：赫托勒亲王故伎重演，又以同样的手段来加害爱米丽亚。爱米丽亚的父亲在伯爵夫人的鼓动下，非常气愤，抢过伯爵夫人准备用来复仇的匕首，闯进行宫。爱米丽亚与父亲相见时悲愤交集，他们清醒地意识到赫托勒亲王的牢笼已无法冲破，父亲又不能眼见女儿被凌辱。为了保持自己的贞洁，爱米丽亚要求父亲赐她一死。就在亲王逼向他们的刹那间，为了保全女儿的贞操，万般无奈、痛苦万分的父亲举刀亲手杀死了自己的女儿——爱米丽亚。然后父亲去自首，被亲王处死。赫托勒亲王依然过着腐败、淫乱的生活，爱米丽亚事件对他而言只是受到一些骚扰，稍后，生活又恢复了原样。

这是一出具有鲜明反抗倾向的"市民悲剧"，自从它出现在德国戏剧舞台上，便显示出市民悲剧的永恒价值。剧中描写的瓜斯塔拉宫廷是典型的 18 世纪德国封建宫廷的缩影，莱辛用假托手法表现了他对封建专制主义的抗议，也表现了他对封建贵族特权与道德的愤慨。这出戏的题材并不是莱辛杜撰的，而是受罗马历史学家里维乌斯的启发创作出来的。里维乌斯曾写过一个父亲为了维护女儿维吉尼亚的自由而将她杀死的故事，但是莱辛只使用了故事中对他所表现的主题有价值的部分，而原作中由于维吉尼亚之死而引起贫民起义的结局被莱辛省略了。通过对题材的剪裁，我们可以发现莱辛的良苦用心。歌德称这出戏为"激起对暴虐专制统治道德反抗的决定性一步"。

莱辛笔下的《爱米丽亚·迦绿蒂》，并不是把维吉尼亚的故事作为题材，原封不动地搬到当时德国的特定条件下来。莱辛以尖刻犀利的笔触，刻画了一个自愿帮助主人侮辱无辜少女的奴才，这个人就是朝臣马奈蒂利。把马奈蒂利描写成卑劣到令人难以置信的程度的人物，这是莱辛的成功所在。但他的卑劣却缺少突出的个性：从马奈蒂利的形象上我们可以感到莱辛的目的是为了讽刺敌对势力，但对一个虚构的故事而言，这个形象对一个在舞台上获得极大成功的戏剧的完美造成了特别大的损害。莱辛对瓜斯塔拉公爵这个人物的处理则比较细腻：内心强烈的情欲与天生轻佻的性格在他的行为中暴露无遗，两种人性的缺陷在一个有实力的人物身上结合起来了，给一些人造成了不堪设想的后果。剧中有一个细节刻画得极为细腻，也从侧面描绘了公爵的草率。一位老臣给公爵送来一些文件，其中有一份死刑判决书，由于急着去看一看心上人，公爵已准备不看文件就签字。大臣找了个借口没有把这份判决书呈上，他担心公爵会如此鲁莽地使用手中的大权，不问青红皂白就将一个人草草送到死神那里。还有一个人物的刻画显示了戏剧家的非凡才华——奥尔娜伯爵夫人。她本是公爵的情妇，而公爵为了爱米丽亚要将她抛弃。伯爵夫人痛恨公爵的薄情寡义，痛恨公爵谋害亲夫，霸占自己，最后始乱终弃。社会给这个女人造成了可怕的后果，她家破人亡，为了能够生存，或者说是为了更好的生存，她委身公爵，与公爵一起享受花天酒地的生活，但她却没有能够毁坏什么。虽然莱辛在《爱米丽亚·迦绿蒂》中写得最为壮美的一场，是伯爵夫人想毁坏一个人、一个家庭，但她也是为了自己的利益，为了发泄胸中的愤恨才出此下策，所以不仅没有引起人们的憎恨，反而令人同情。奥尔娜伯爵夫人引诱爱米丽亚的父亲到行宫去谋杀公爵，爱米丽亚的父亲为了使女儿免遭迫在眉睫的侮辱，听从了伯爵夫人的"奉劝"，到了行宫。在这场戏里，罪恶武装着道德，好意掩盖着情欲，伯爵夫人用最冷酷严峻的人才会说的话，去煽动一个老人为保全家庭的荣誉和女儿的贞节而产生的妒恨。这是在独特的场景中表现人的心灵、人的品德和人的私欲的巧妙构思，而莱辛真正的戏剧天才就在于此。当老人举起匕首时，观众的心也随着激烈地跳动起来；但爱米丽亚的父亲不能谋杀公爵，他唯一能做的便是用匕首牺牲了亲生女儿，然后自杀。无意中奥尔娜成了这一可怕结局的主谋者：她将自己的愤怒烙进了别人深沉的心灵，为了达到自己复仇的目的，她牺牲了他人的生命；她疯狂的爱情本来就是罪恶的，她发泄的形式又使无辜者的鲜血流淌，岂不是罪上加罪？

人们都说莱辛是美学家，他的《拉奥孔》是他才能的表现。事实并不如此。尽管我们不能说莱辛是第一流的戏剧家，但他的戏剧才能是不容忽略的，他更敏感、更奇特、更忧郁、更善于出奇制胜，更具有超前的思想

性，这是美学理论所无法涉猎、无法体现的。

51. 维兰特与《阿伽通的故事》
wéi lán tè yǔ ā gā tōng de gù shì

在 18 世纪的德国，有一大批作家仿照法国文学的样式写作，他们紧跟法国文学，以模仿为荣。众多作家中有一位却与众不同，他的散文作品颇似伏尔泰，但又与伏尔泰存在着某些差异；他的诗歌看上去接近阿里奥斯托，但本质上又完全是德国式的。在他的作品中表现出了一个德国文学家的天才，他对德国文化做出了不可磨灭的贡献。虽然他的名气不如同时代的歌德、席勒、赫尔德，不过他却是最受爱戴的一位作家，他就是维兰特。

1733 年 12 月 5 日，维兰特出生于比贝腊赫的一个牧师家庭，他从小在神学氛围特别浓厚的家庭中养成了虔诚、好学的品质。他喜欢文学艺术，1747 到 1749 年期间，他在马格德堡附近的一个修道院学校学习时，经常阅读诗歌、小说等。当时他最高的理想是做一个像克洛普施托克那样善良的诗人。1754 年到 1759 年，他先在苏黎世后又到伯尔尼当家庭教师。1760 年回比贝腊赫任市政官员。1769 年任埃尔富特大学哲学教授，1772 年被聘到魏玛，做奥古斯特公爵的教师，从此以后他一直在魏玛，直到逝世。在魏玛期间，他创办《日耳曼前锋报》（1773—1789），这是当时德国最具影响力的文学评论杂志。虽然维兰特丑得可怕，满脸麻子，鼻子特长；可他禀赋极高，有较好的教养，天性与人为善。对德国文学界的新人，他总是报以热诚，所以当风靡欧洲的《少年维特之烦恼》的作者歌德来到魏玛之时，他不仅没有排挤，还敞开胸怀欢迎这位年轻作家，并且与歌德成为长达三十六年之久的朋友。他与席勒也有着很深的友谊，席勒说："他对我的友谊，显示了他的信任、爱与尊重。""维兰特于我的友谊，久而弥坚，……他总给人以适时的激励。"正由于很多人都仰慕他，所以在文化名人聚集的魏玛，他仍然享有很高的威望。

维兰特一生著述涉猎多个领域。早期作品具有强烈的宗教情感，他的第一部作品、教诲诗《事物的性质》深受《救世主》的影响。《被考验的亚伯拉罕》，是在博德默的指导下完成的，宗教色彩十分浓厚。1753年，女友莎菲与他人结婚，他情绪极为沮丧，写下了诗作《一个基督徒的感受》。在诗中，他主张禁欲，激烈反对一切爱情诗。随着年龄的增长和对社会现实的了解，特别是到达伯尔尼之后，他逐渐脱离博德默的影响，世界观有所改变，开始转向现实生活，他更喜爱对社会认识和剖析较为深刻的伏尔泰和舍夫茨伯的唯物主义思想，文学方面更喜欢莎士比亚，并将莎士比亚的剧作全部译成德文。1758年的悲剧《约翰娜·格莱夫人》标志着这一转变的开始。回到家乡之后，维兰特的创作进入成熟期。他创作的第一部成功的小说是《阿伽通的故事》（1766—1767），这是一部教育小说，它的出现使这种形式的小说开始在德国文学中盛行起来。小说描写了主人阿伽通（意思就是好人）从脱离现实的理想世界转回到现实社会，并决心为社会公益事业献身。从小说的内容来看，有维兰特自身的影子。在小说中，维兰特提出一种思想，即只有感情和理智、心灵和头脑达到和谐的人才是好人，有好人才会有好的时代。这一思想是维兰特该时期作品的基本主题，也是他一生的主导思想。莱辛称此部作品为"唯一为自由思想者而写的小说"。

在维兰特担任哲学教授以后，他研究了历史和卢梭的学说。1772年，他写了小说《金镜》，抨击和揭露了德国的社会现实，主张改革。他的最后一部作品是1780年发表的、取材于《一千零一夜》及其他传说的《奥伯龙》。这部作品描述一名武士如何被一个王子解救的故事。歌德非常喜欢这部作品，当有人给他画像时，他总是让维兰特读这部作品给他听。拿破仑占领德国时，在魏玛与爱尔福特两个地方会见维兰特，并与他谈论希腊、罗马的历史与文学。到了晚年，维兰特主要致力于翻译贺拉斯、卢奇安、西塞罗等人的作品，并编定自己的全集，定名为《手订全集》，共三十九卷，还有六卷补遗。

维兰特是德国启蒙运动后期的重要代表，他的文学活动主要是在狂飙运动时期。但他的思想意识与狂飙运动并不一致，他在文学作品中还或多或少地表现出对狂飙运动的讽刺与揶揄。他一生仰仗的是宫廷生活，作品自觉不自觉地迎合了宫廷贵族的趣味，反映市民的作品则显得不够生动。

1813 年 1 月 20 日，维兰特与世长辞。歌德在 1813 年 1 月 25 日的日记中写到，"维兰特于近日下葬"。他还把维兰特的死告诉一位朋友："老友维兰特已离开我们长逝。……记得 9 月 3 日我们还为他的八十大寿大大庆祝了一番。在他的一生中，宁静与活跃获得一种美妙的均衡。以一种鲜有的慎思，不带一点热情的抗争或呐喊，他对德国文化做出了无限的贡献。"维兰特死了，他留给德国文学的是他一生勤奋写作的结晶，他留给朋友们的是对他无限的思念和回忆。

52. 狂飙突进理论家赫尔德
kuáng biāo tū jìn lǐ lùn jiā hè ěr dé

18 世纪最后的二十年到 19 世纪初，德国魏玛公国有四个文化名人，他们就是歌德、席勒、维兰德和赫尔德。从对世界文学的贡献来看，赫尔德远不如歌德和席勒，但他影响了包括歌德和席勒在内的一大批作家。在德国一个特殊的历史时期——狂飙突进运动的年代，赫尔德无可争议地是那个时代的精神领袖，他接受并净化了康德的思想，为德国哲学的发展做出了贡献；他继承并发展了莱辛的思想，引导德国文学向着新的阶段迈进；他是从康德和莱辛通向黑格尔和歌德的一座桥梁。正如斯达尔夫人所说："由于他的灵魂、天才与道德，他的一生称得上光辉灿烂。"

1744 年 8 月 25 日，赫尔德出生在东普鲁士的莫龙根，他与德国伟大的哲学家康德是同族。因家境不好，幼年的赫尔德就饱尝了人间的多种不幸，再加上五岁起得的瘘管病一直折磨着他，使他倍感生活之艰辛。长大后，为了提高家里的收入，他去给一个有钱的书商当秘书兼仆役，在此期间，赫尔德学到了多方面的知识，为以后的写作打下基础。青年时期的赫尔德非常好学，他的好朋友哈曼用莎士比亚的《哈姆雷特》作为教材教他英文；他又跟康德学习地理学和天文学；还听沃尔夫的哲学课。二十二岁那年，赫尔德出版了《革新的日耳曼文学》一书，震动了德国文化界。一年以后，他又陆续出版了该书第二卷、第三卷。康德、莱辛、尼古拉和拉瓦特等都很钦佩他，并称赞他使德国文学摆脱了模仿外国文学的样式，为建设德国民族文学做出了贡献。后来他爱上了一位有夫之妇，感情遭受到沉重的打击，不得不于1769年逃离家乡，此后，再也没有回来过。

赫尔德乘船途经南特，在那里他停留了四个月，然后前往巴黎。在巴黎，他结识了狄德罗和阿朗贝尔，但他对法国的启蒙思想并没有浓厚的兴趣，他却喜欢古诗作，并对之进行搜集。

1769年，赫尔德开始撰写美学及文艺批评方面的散文，后来以《批判之林》为书名，出版了三卷。1770年2月，他在汉堡与莱辛聚会十四天，双方都有很大的收获。离开莱辛之后，他去给赫斯特尼王子当家教，读到了两本书，一本是《明希豪森男爵的俄国历险记》，另一本是《古英诗遗作》，对他的思想和心灵震动很大，赫尔德更深刻地认识到：诗人应该珍惜本国的诗歌传统和诗歌源流。同王子分手之后，赫尔德来到达木土塔，在这里，他认识了梅尔克，喜欢上了凯瑞琳。在他向凯瑞琳求婚时，她说：没有什么嫁妆可以带给他，他回答道：我的处境也不是很好，欠了许多外债，也不知前途怎么样。于是他们达成默契：不正式订婚，鸿雁传书以表达爱意。同年4月，赫尔德到达斯特拉斯堡，他听从医生的劝告做瘘管手术，结果感染。赫尔德被困在旅馆长达六个月。就在赫尔德极其痛苦、非常悲观的情况下，他认识了歌德。赫尔德治疗眼病期间，歌德每天都去看望他，倾听他对文学的意见和高论。歌德十分佩服他有渊博的知识和敏锐的洞察力。通过与赫尔德的谈话，歌德了解了文坛的发展动向。正是在他的影响下，使歌德在诗歌创作方面摆脱了18世纪盛行于欧洲的"洛可可"文艺风格的束缚，开阔了视野，明确了创作方向。从1769到1770年，赫尔德外出旅行。旅行大大开阔了赫尔德的眼界，丰富了他的思想。在他的影响下，德国完成了从启蒙运动到狂飙突进的过渡，掀起了一场新的文学运动。

1771 年 4 月 28 日，赫尔德应威廉姆伯爵的邀请勉强同意到比克堡公国任宫廷布道牧师及主教法庭院长。他发现公国内除了音乐，一切都很无聊，于是他辞职不干了。生活依旧无奈，收入微薄，孤寂难耐。在爱情的驱使下，赫尔德向凯瑞琳求婚，她及她的家人同意了。1773 年 5 月 2 日，他们在达木土塔结为夫妻。1771 年至 1776 年，赫尔德先后著有《论语言的起源》、《莎士比亚》、《也是一种对人类进行教育的历史哲学》等著作，并开始搜集诗歌。后来歌德向魏玛公爵建议让赫尔德担任公国学校及教会的总院长，公爵同意了。这个职务收入很高，为了妻子能过上一个稳定的生活，赫尔德欣然接受了聘请，并于 1776 年偕凯瑞琳到达魏玛。

魏玛工作期间，赫尔德先后结识了维兰德和席勒，并与让·保尔结为挚友。他和歌德的关系几经波折，时好时坏。赫尔德在谈话中经常流露出对歌德的某些看法，有三年时间（1780—1783）他们彼此之间互不往来。1783 年 8 月 28 日，是歌德和赫尔德儿子的生日，歌德借此机会邀请赫尔德一家进餐，他们之间"长久以来的阴霾消散了"。赫尔德在魏玛的工作很繁忙，但在工作的闲暇，他研究许多学科，写出了大量著作。赫尔德继续整理诗歌，搜集了十多个国家的作品，将他们编撰成集，于 1778 年出版。这部《民歌》成为德国浪漫主义运动的滥觞。同年，他写作的《诗歌对各国风俗与道德的影响》一文，获得了巴伐利亚学院的特优奖。可以说赫尔德的成就是多方面的，他的著述包括文学与美学、音乐与绘画、语言与语言学、神学与哲学、历史与地理、教育学与心理学、医学与人种学、地质学与植物学。他在所有著述中都提出了自己的见解，但贯穿他全部著作的基本思想是一致的，即总体主义、民主主义和历史主义。

1803 年 12 月 18 日，赫尔德逝世。魏玛公爵将他葬在圣保罗大教堂的坟地。

崇尚天才与自然的年轻人

chóng shàng tiān cái yǔ zì rán de nián qīng rén

当历史的车轮推进到 18 世纪 70 年代，德国仍处在封建政治腐败、宗教无助和文化因循守旧的境地，于是一批青年作家发动了一场文学上的革命，展开了反抗道德和社会的"狂飙突进运动"。这一运动从 1770 年开始，结束于 1785 年，被认为是德国浪漫主义的前奏。

"狂飙突进运动"的作家们，虽然受卢梭自然与自由观点的影响，但又不赞成卢梭的"全体意志"论；他们与莱辛一样喜欢莎士比亚戏剧的生动和创新，不喜欢古典主义的拘谨与守旧；他们欢呼美国独立战争的胜利，为殖民地人民反抗英格兰的勇气感到震惊，就像歌德所追忆的那样："我们祝福美国人的大成功"；"富兰克林和华盛顿的大名开始辉耀政治与战争的天空"。在狂飙运动中，年轻人的心灵和思想在美国人的胜利中更加觉醒，他们要发挥自己的才能，让清新、自由的空气吹到德国的上空。

起初，哈曼对启蒙主义的理论——片面强调理性提出了质疑，他本人则强调感情的力量。哈曼的思想影响了赫尔德对哲学、宗教和文学的深入探讨，后者除了吸取哈曼的理论精髓外，还对哈曼思想进行了净化，并在更高的层次上加以发展，进而形成自己的思想体系。歌德结识赫尔德之后，接受了赫尔德的哲学观点和他关于作家与诗歌的见解，经过提炼和加工之后体现在他的文学作品中，这种文学创作观影响了狂飙突进的所有作家。1773 年，歌德以历史剧《铁手骑士葛兹·冯·伯利欣根》成为狂飙突进运动的先驱和旗手，第二年，他的书信体小说《少年维特之烦恼》问世，该作成为德国文学史上第一部在世界范围内产生重大影响的作品。在歌德的影响下，一批年轻的作家如克林格、瓦格纳和伦茨等在戏剧方面崭露头角，莱辛称他们为"歌德派"。席勒以《强盗》的发表和演出向封建制度宣战，加入到狂飙运动中来，而且来势之凶猛是歌德都有所不及的。

另外还有一支狂飙突进的重要力量非常引人注意，他们围绕在博伊创

办的杂志《格廷根文艺年鉴》周围，人们称他们为"格廷根林苑派"，在这些青年作家中较为重要的有福斯、赫尔蒂、比尔格、格京和米勒等。

与启蒙主义作家的创作思想和创作理论有明显不同，狂飙突进的作家们不是单纯地提倡美德，而是要求人能够充分发挥其才能并使之得到自由发展。他们也不是抽象地反对不道德，而是反对妨碍人发展的社会环境和陈旧的道德观。这些思想在歌德的作品中得到充分的体现。席勒等作家对社会的控诉，对阶级对抗的描写则更为尖锐和直接。在美学方面，狂飙突进的作家提倡艺术真实地反映生活真实，体现作家的真实感情。他们认为作家创作的作品应该像民间文学那样自然、朴实，反映民众的要求和感情。他们推崇莎士比亚，采用各种方式将莎士比亚戏剧介绍到德国，由于上述种种努力，这一时期产生了德国文学史上一批优秀的诗歌作品。

随着运动的深入，赫尔德、歌德和席勒的思想意识在不断深化，他们很快将狂飙运动的主战场留给一些更狂热的年轻人。霍尔德·伦茨的抒情诗在思想和风格上都模仿歌德，与歌德诗风十分相像，竟然被收在歌德作品集中。他本可以成为一个诗人和戏剧家，由于爱情遇到挫折，他竟然置生死于不顾，几度自杀，最终死于精神分裂。克林格是狂飙运动中最聪明的一位作家，他于二十四岁时写出剧本《狂飙》，狂飙运动因此而得名。他虽然言辞激烈地斥责他生活的世界，但他却活得异常舒适。还有许许多多的人运用文学武器从事他们的事业，但这一伟大事业的短暂和影响范围的狭窄是他们始料不及的。

18世纪的德国并不具备政治革命的客观条件，因而狂飙运动由始至终都局限在文学领域，没有波及到其他领域；他的范围也只是在年轻的知识分子中间，没有扩展到更大范围内；运动的领袖绝大多数来自中产阶级，他们对社会的认识、对下层人民的同情是需要勇气和热情的，一旦夸张的热情遭到来自多方面的漠视之后，他们便会冷静地去思考他们所做的一切是否适于这个时期的德国。到18世纪80年代，这场热热闹闹的运动就渐渐衰退，德国文学进入了新的发展阶段，赫尔德、歌德和席勒也从运动中撤出来，他们不是退缩，而是在寻求另一种方式来改变德国的社会现实

——通过统治者的开明和改革来解救他们所同情的人们。

54. 德国文学的宙斯：歌德

dé guó wén xué de zhòu sī：gē dé

歌德

1749 年 8 月 28 日，歌德在美茵河畔的法兰克福城呱呱落地，当他降临人世之时，教堂大钟的指针正好指向正午十二点，当当的十二下响声好像是在欢迎歌德的到来，为他来到这个世界而祝福，也好像是为这个世界能迎来杰出的诗人而庆幸。

歌德从小接受了宗教教育。他认真学习，勤于思考，从不人云亦云。他对教堂里的讲经颂诗感到乏味，而是常常探索上帝的真实形象。在歌德六岁时，来自自然的灾难——里斯本大地震（1755 年 11 月 1 日），给人类带来的毁灭性灾祸震撼了他幼小的心灵，使他对上帝的仁慈和存在产生了怀疑。

天灾本来就让歌德感到困惑和不解，人祸对他的影响就更大了。七岁那年，普、英等国与奥、法、俄之间为争夺中欧霸权开始了长达七年的战争。这场战争使歌德的生活发生了很大的变化，因政治立场的不同，导致他的家庭分成两派，父亲拥护弗里德里希国王，外祖父站在奥地利一边，世界分成两大阵营，歌德的家庭也划分成两派，父亲断绝与外祖父的来往，家庭的纠纷使歌德震惊，他开始对世间的许多东西怀疑起来。正如歌德自己所说："像我六岁那年里斯本发生地震以后，我对上帝的仁慈产生怀疑一样，现在，由于弗里德里希二世，我对公众的正义之心也开始怀疑起来。"家庭的变故促使歌德以独立的、批判的目光探索周围的世界。战争期间，法军曾攻占法兰克福，歌德的家成为法军指挥部，他的正常生活遭到破坏，但经常与法国小朋友一起看剧团演出，使歌德对戏剧产生了浓厚的兴趣，他还模仿法国著名的戏剧而写起剧本来。

七年的战争结束了，一切又恢复了安宁，歌德也开始了新的生活。1765年10月3日，歌德遵照父亲的命令，到莱比锡大学学习法律。歌德喜欢文学和自然科学，对法律一点兴趣都没有。1768年，歌德因病回家修养。病愈后，歌德于1770年到斯特拉斯堡继续完成学业。在这里，他开阔了眼界，陶冶了情操，并结识了许多年轻朋友，其中对他影响最大的是狂飙突进运动的理论家赫尔德。

狂飙突进运动倡导者是赫尔德，他十分赏识歌德的才华，并鼓励歌德深入民间生活，钻研荷马、莎士比亚等人的作品，这大大地开阔了歌德的眼界。1771年5月，随着歌德爱情之花的开放，他创作了一系列优美动人的诗歌，结集为《塞生海姆诗歌》。这些诗歌在德国文学史上具有划时代的意义。在此之前，德国的诗作者很少，诗坛上大多数是平庸之作。而歌德的《塞生海姆诗歌》感情真挚，内容健康，创作技巧独特，开创了德国诗歌的黄金时代，歌德成了德国抒情诗的奠基人。

1771年8月，歌德取得了博士学位，离开了斯特拉斯堡回到家乡。在一次莎士比亚命名日的纪念会上他激烈地批判了僵死的古典戏剧格律，"我跳到自由的空气里，我才感到，我有了手脚"。这充分表现出歌德在创作上的革新精神。时隔不久，他就创作出了历史剧《铁手骑士葛兹·冯·伯里欣根》，该剧被誉为德国第一部现实主义历史剧。

1772年5月，歌德到威茨尔的德意志帝国法院实习。他因爱情遭受挫折和朋友的自杀而创作《少年维特之烦恼》。1774年小说一经发表，立即引起巨大的轰动，形成了"维特热"，它被翻译成欧洲各国文字，成为德

年轻时代的歌德

国文学史上第一部具有国际意义的作品，歌德的名字从此传遍世界各地。同年他还创作了著名诗篇《普罗米修斯》，诗中将歌德反封建的狂飙突进精神表现得淋漓尽致。由于歌德写出了一系列的优秀作品，对狂飙突进运动作出了最杰出的贡献，因此成为这一运动的光辉旗帜。

后来歌德又创作了许多诗歌作品，比较著名的有为莉莉写的《在湖上》，有为施泰因夫人创作的《对月》，还有《迷娘曲》等等，不计其数。这段时期有一首诗被誉为歌德诗歌中的绝唱即《游子夜吟》："一片沉寂，树梢微风敛迹。林中栖鸟缄默。稍待你也安息。"诗人仅用了二十六个字，就将自然环境和诗人内心的高度宁静与和谐清晰地表达出来了，其语言的简练和意境的深远真是无与伦比，一些知名作曲家相继为这首诗谱曲，多达二百种以上。

从歌德与妻子相识到同居，再到结婚，他的创作热情又一次被激发出来，他为妻子乌尔比斯创作了《罗马哀歌》。1794 年，德国文学史上发生了一件大事，即歌德与席勒开始了长达十年之久的文学上的密切合作，歌德的创作高峰再次到来，十年间歌德的作品主要有长诗《列那狐》、《赫尔曼与窦绿苔》和长篇小说《威廉·迈斯特的学习时代》。歌德晚年对文学创作的贡献主要是：小说《亲和力》；自传体作品《诗与真》、《意大利游记》；还有颇受东方文学影响的诗集《西东诗集》。歌德一生创作的顶峰是诗剧《浮士德》，这部作品前后共花费了六十年的时间。《浮士德》是歌德一生艺术和思想的总结，这座伟大的思想宝库概括了三百年来德国一切进步思想的精华，达到空前的高峰。

　　歌德完成《浮士德》以后，心血已经耗尽。孤独的晚年生活给他的精神以沉重的打击，他的身体越来越差，他企盼春天的到来。1832年3月22日的上午歌德高兴地吟诵："春季已经开始，我们亦将复元"。他让人打开窗户，使屋子变得明亮点儿。他似乎还要做什么，可是吃力地写了一个字母就昏迷了，当时钟的指针再一次指向正午十二点时，一颗伟大的心脏在跳动了八十三年之后在这一个时刻停止了。教堂的钟声敲了十二下，好像是向全世界宣告歌德的去世，也好像是为这位伟大的文学家送行……

　　歌德为德国也为全世界人民留下了丰富的文化遗产：上千首诗歌，数以百计的小说、戏剧和论文，几十年的日记，以及一万五千封书信。在歌德死去半个世纪后，魏玛出版了《歌德全集》，共四大部分，一百三十三卷。歌德一生的文学成就告诉我们：他就是德国文学的宙斯。

55. 感伤的《少年维特之烦恼》
gǎn shāng de shǎo nián wéi tè zhī fán nǎo

　　二十三岁的年华正是青春勃发的花季，在这样的年华里，哪个少女不怀春？哪个少年不钟情？爱神又一次将歌德引进了一场莫名其妙的恋爱中。歌德有一位好朋友，名叫约翰·克里斯蒂安·凯斯特纳，当时担任不来梅德国使馆的外交官。两人情投意合，友谊笃深。由于与凯斯特纳的友情，歌德认识了他的未婚妻夏绿蒂·布芙。夏绿蒂·布芙美丽温柔，善解人意，深深地打动了年轻而敏感的歌德。他与夏绿蒂纯洁的友谊很快变成

歌德作品《浮士德》女主人公剧照

了疯狂的恋情，这种热情毫无疑问将会损伤歌德与凯斯特纳纯真的友谊。趁情感还没发展到不可救药的地步，歌德听从了朋友的忠告，悄悄离开了夏绿蒂。

歌德回到了法兰克福，却没有淡忘与夏绿蒂之间的炽烈的情感，理智的分手使那些美好回忆变得令人心碎，这令歌德显得感伤而忧郁。此时亲人好友一个个离他而去，分手的痛苦再一次冲击他敏感的心灵。他亲爱的妹妹结婚了，随丈夫去了遥远的巴登的埃门丁根。他的好朋友马克西米利娜迁居法兰克福，做了商人彼得·勃伦塔诺的妻子，彼得嫉妒妻子和歌德的友谊，没由来地限制妻子的社交活动，歌德不得不中断了与马克西米利娜的多年友谊。最令歌德烦恼的是昔日的好友夏绿蒂与凯斯特纳举行了婚礼，却没有通知昔日过往甚密的歌德。朋友的违约让歌德感到朋友之间的疏离，使他更加感伤。最令歌德感到震惊的是他听到卡尔·威廉·耶路撒冷开枪自杀的消息。卡尔·威廉·耶路撒冷是公使馆的外交官，他与歌德不太熟悉，只有一般的来往。关于他的弃世传得很广，使歌德也有所耳闻。卡尔对朋友的妻子单相思而无力自拔，终于走上了自绝之路。他的死再一次触动了歌德深埋在心中的情愫，在不可遏制的激情里，歌德构思了《少年维特之烦恼》。

卡尔的死唤醒了歌德，他走出了爱的激情，不再沉溺于与夏绿蒂相恋的往事。卡尔与他有共同的情感经历，这使他能冷静地审视这段青春期所特有的躁动和体验。他要思索青年人所共有的特征，总结和归纳他独特的情感与性格。歌德把自己封闭在房间里，集中精力思考写作，四周的时间过去后，他的中篇书信体小说《少年维特之烦恼》问世了。

1774年秋，全德书展。《少年维特之烦恼》成了书展上引人注目的小说。这本薄薄的小册子以真实的情感向公众坦述了一个年轻人平凡的爱情故事。维特是现代城市里觉醒的市民青年，他接受了启蒙主义思想，热爱生活，讨厌等级制度，同情敢于反抗、敢于追求婚姻自由的农民青年。他不满恶势力的统治，认为"一国的国民喘息在暴君不可忍耐的专制之下，一旦奋起怒而破坏其桎梏"是刚强的表现，他追求自由独立的人格，反对"障碍我的路"的阶级差别和歧视，希望能有一天"伸出我的宝剑"，用鲜血使我"安静下来"。维特是一个与旧秩序格格不入的青年，他具有青春期青年人特有的深刻、纯真的情感和对爱情的真正感受力，他深深爱上了朋友的女友绿蒂难以自拔。这种绝望的爱情而给维特带来了种种不幸，逐渐形成了无法排遣无比强烈的冲动，使维特在巨大的感伤情怀中用手枪自尽。绿蒂美丽、聪颖而善良，她心中有对维特强烈的爱，却难以诉诸行动。她无意做"一个反叛的受难者"，只能发出"终究不能够长久如是"的悲叹。这个悲伤的爱情故事充满了浓烈的感伤气息，它以细腻的笔触描摹了人物复杂的内心变化，告诉读者真实人生的质朴面貌，反映了当时的时代主流。

18 世纪 50—70 年代，感伤厌世的思潮占重要地位。以斯特恩多愁善感的游记《感伤的旅行》为旗帜，形成了颇具影响力的英国文学主流。爱德华·杨格阴郁哀怨的《夜思》，卢梭狂放的天性在文坛上产生了一系列轰动效应。用"感伤主义"命名的文学流派表明了整整一代人感情的迷惘和彷徨，他们得不到宣泄的满足，又不可能获得外界的鼓励和支持，去从事有意义的活动，从而使他们彷徨复彷徨。他们彷徨在小市民灰色琐屑的生活中，精神空虚，停滞不前，从而导致了青春期病态的疯狂。

歌德用维特的典型形象写出了一代青年在时代的压抑下所患的忧郁病。维特成了青年人崇拜和效仿的偶像。在德国，在欧洲，甚至在全世界的街头都可以看到穿着黄裤子和黑色燕尾服的维特装的青年，怀揣着一把手枪，随时准备自杀。自杀变成了一种可以理解的行为。《少年维特之烦恼》全新地诠释了这种被视为罪过的举动。歌德要求人们谅解自杀，但他不希望年轻人狭隘地理解和盲目地模仿维特自杀的行为，在小说再版时，他在前言中写下了《绿蒂与维特》一诗，劝导青年人做个堂堂男子，不要步维特的后尘。开明的德国公众接受了歌德的解释，维特的自杀获得了人们的谅解、同情，他们认识到维特的行为也是对社会环境的批判，正是由于他对社会采取了批判态度，才激发了其厌世情绪，这使《少年维特之烦恼》具有反抗当时统治者的重大意义，它不仅仅记载了一起耸人听闻的爱情悲剧，更从这个悲剧中表现了抗争的个性同历史必然进程冲突的悲剧性结局。歌德向社会提出了思考的崭新角度，感情丰富、心理纯真的人同世界的不协调导致了悲剧人物的诞生。维特失败了，是由于他丰富的情感和敏感的天性，他并无过失。

开明的知识界热烈欢迎《少年维特之烦恼》，这成了德国文学史上空

前轰动的事件。这部作品使歌德成了当时德国最负盛名的文学家,那一年,歌德二十四岁。

56. 少年歌德的罗曼爱情史
shǎo nián gē dé de luó màn ài qíng shǐ

德国大作家歌德的一生除了文学创作之外,还有一项主要的生活内容就是他的爱情生活。在八十多年的人生旅途中,他经历了十几次爱情的波折,既感受到了爱情的愉悦,又品尝了失恋的苦果,爱情带给他的是说不尽的烦恼和道不完的欢乐。但最重要的一点是每一次成功或失败的爱情,都能刺激歌德的灵感,成为他创作的源泉,他多数的作品都留下了他爱情的痕迹。可以说,没有歌德的爱情经历,就不会有他笔下鲜活的女主人公形象。

歌德少年时,就体会到了爱情的滋味,虽然这时的爱情比较朦胧,但对于感情丰富的歌德来说还是铭记在心的。十四岁时,歌德有一天去参加朋友的晚宴,认识了一位美丽的少女格蕾琴,这个少女的音容笑貌吸引了歌德,无论走到哪里他总是愿意和格蕾琴在一起,格蕾琴也喜欢和歌德呆在一块儿,他们在一起度过了许多愉快的日子。后来,歌德因受朋友的牵连而被人误会,影响了格蕾琴的感情。她在法庭上作证时说她只把歌德当做小孩子看待,这极大地刺伤了歌德的自尊心,他想象中的浪漫爱情彻底毁灭了。

1765年10月,刚刚开始大学生活没多久的歌德就爱上了一个饭店老板的女儿,这位姑娘的名字叫卡塔琳娜,一个美丽可爱的十九岁姑娘。年仅十七岁的歌德第一次沉浸在爱情的幸福中,开始了他的初恋。卡塔琳娜没有受过很多的教育,但是她聪明、坦诚、率真、文雅,歌德狂热地爱着她,并为她写了一些情诗。但他们之间的恋爱充满痛苦。他们争吵、和好,和好、争吵,终于有一天卡塔琳娜的耐心消失了,泪水也流尽了,他们持续了两年多的爱情也就结束了。分手之后的歌德情绪波动很大,他支撑不住，身体垮了。疾病险些夺去他的生命，无奈只好中断学业回家休养。

　　歌德再次返回大学读书是一年半以后。他没有回到莱比锡，而是到了斯特拉斯堡。此时他除了学习外，社交活动也活跃起来，社交范围也不断扩大。当时的社会风气崇尚跳舞，歌德的一个朋友看到他不会跳华尔兹舞，就介绍他到一个有名的舞蹈师那里去学。学习跳舞期间，歌德与舞蹈教师的两个女儿吕德森和爱米莉卷入了比较尴尬的感情漩涡。姐姐吕德森对歌德一见钟情，待他特别好，教舞的时候总是留在歌德身边，有时还要求歌德多呆一会儿。歌德也十分爽快地答应她的要求，因为他已经爱上了妹妹爱米莉。这种爱情格局导致了姐妹俩的矛盾。歌德在吕德森的诅咒中逃离了，从此再也没有回来。但是歌德对这段感情经历却不能忘记，他在创作《少年维特之烦恼》时还提到她们的名字。

　　同是在斯特拉斯堡期间，喜欢漫游的歌德到一个乡村去游玩，结识了一位叫弗里德莉克的姑娘，她是个牧师的女儿。乡村女孩的淳朴和自然美深深地吸引了歌德，在这里歌德又上演了一场至真至纯的爱情剧，并为可爱的姑娘写了一首脍炙人口的爱情诗——《五月之歌》。由于两人的地位相差太悬殊，歌德的感情经受了严峻的考验。取得博士学位后，歌德告别了她心爱的姑娘，离开了斯特拉斯堡，回到了法兰克福。后来歌德给弗里德莉克写了一封诀别信。这出没有结尾的爱情剧使歌德感到很内疚，他责备自己刺伤了一颗美好的心灵。弗里德莉克也因这段爱情经历而终身未嫁，在寂寞孤独中死去。

　　1772 年 5 月，歌德到韦茨拉尔的高等法院进修实习。在此期间他的法律业务知识没有丝毫长进，却对夏绿蒂·布芙一见钟情，只因夏绿蒂在结识歌德之前已经订婚，歌德只好无为而退，没有希望的爱情结束了。但相思的苦恼使歌德一度产生自杀的念头。而恰在此时，歌德了解到一位朋友因暗恋有夫之妇而自杀身亡，加上他离开韦茨拉尔后也曾爱上了一位有丈夫的女人，最终他被驱逐出门。一系列事件接连发生，刺激了他的创作欲望，他怀着真挚的感情，奋笔疾书，仅用四周的时间就创作出了不朽的名

著《少年维特之烦恼》。

《维特》出版后第二年（1775）新年的晚上，歌德应朋友之约去参加一个富商的家庭音乐会，他见到了主人的掌上明珠、年方十六岁的安娜·伊丽莎白·舍内曼小姐（歌德在诗歌中经常提起的莉莉），这位少女以其娴雅、大方、温柔攫取了歌德的心，二人情投意合，相互盟誓，并私订终身。后来在一位朋友的斡旋下，两个家庭勉强为他们举行了简单的订婚仪式。但是这段姻缘一开始就潜藏着很大的危机，双方家长都不看好对方的家庭，他们两人也有许多不和谐之处，歌德为了摆脱感情上的困惑，又一次采取逃避的对策，到瑞士旅游。从瑞士返回后，歌德经受了严峻的考验，他从创作《埃格蒙特》一剧中寻找安慰，由于情绪不稳定，剧本没有写完。经过再三犹豫，歌德于当年 9 月与莉莉解除了婚约。这一次他逃到魏玛，卷进了政治漩涡。在以后的人生旅途中，歌德只到斯特拉斯堡探望过一次莉莉，从此永别。魏玛生活期间，歌德与冯·施泰因夫人保持了十二年之久的亲密关系，他们互相吸引、互相依恋，造就了一段不同寻常的情缘。与以前的爱情生活有显著不同的是，这一回吸引和俘虏歌德的不是天真烂漫的少女，而是一位有教养、有阅历、成熟的女性，且时间之长也是前所未有的。此次歌德不仅感情上大有收获，而且在施泰因夫人的影响下，他在学识、个性和品格等方面也都有了很大的改变，这是他一生中的任何一次爱情都无法比拟的。他钦佩她，爱慕她，为她创作了大约四十首诗歌，写下了一千七百多封信和短简。不过随着他们关系的密切，施泰因夫人的妒忌心也越来越强，她不允许歌德的心里容纳别的女人，也不让别的女人占据歌德的感情。歌德感到窒息，他为了挣脱莉莉的束缚才来到魏玛，而今又陷入施泰因夫人的感情牢笼，他唯一的办法就是远离、逃避。

离开了施泰因夫人，歌德感到孤独、苦闷，此时一个姑娘闯进了他的生活，她就是克里斯蒂安·乌尔比斯。她为歌德带来的是一种全新的感受，没有矫揉造作，没有珠光宝气。歌德不顾他们两人社会地位的悬殊和来自宫廷贵族的阻挠，毅然决然与她生活在一起。在他们一起生活的二十八年内，歌德十分珍惜与这位民间女子的感情，为她写了很多诗歌。乌尔比斯也十分敬重歌德，为他生儿教子，照顾父母，操持家务，任劳任怨。由于乌尔比斯的存在，歌德从家庭的义务中彻底解放出来，一心一意进行他的创作和处理政务。他们同居了十八年以后的 1806 年 10 月 14 日，法军闯进歌德的家。乌尔比斯用身体挡住法军的枪口，冒死掩护歌德，逼迫法军士兵停止行凶。歌德非常感激，五天以后就与乌尔比斯举行了婚礼。从此乌尔比斯以歌德夫人的身份被上流社会所接纳，也随同歌德的名字一起载入文学史册。

歌德在与乌尔比斯共同生活期间，还有几次感情经历。一次是与明娜·赫尔茨谱的感情，歌德发现自己爱上她之后，经过痛苦的挣扎，像从前一样一走了之，但歌德为此却写出了一部小说《亲和力》。另一次是与贝蒂娜·勃伦塔诺的交往，虽然歌德后来对她忍无可忍，但开始时歌德还是为她写出了几首十四行诗。由于贝蒂娜的关系，歌德与贝多芬还进行了会面。与歌德产生感情的另一个女子是玛丽安妮。歌德像当年爱夏绿蒂·布芙一

歌德

样全身心地爱上了她，最后还是悬崖勒马了。在他们交往的一段时间内，文学史上诞生了一个集东西文化为一体的诗集——《西东诗集》。1816 年，乌尔比斯去世，歌德陷入困境，无人理解他，无人照顾他，但他的身体依然很好，始终保持着青春的活力。在歌德七十四岁高龄时，爱情的火焰再次在他心中点燃，他爱上了一位十九岁的少女——乌尔里克·冯·莱维卓（从前歌德曾与她的母亲有过一段恋情），并向她求婚，为她创作长诗《玛

丽巴德哀歌》。他的黄昏恋遭到来自家庭的反对和社会的嘲笑，歌德彻底
地绝望了，从此结束了他一生重要的生活内容——爱情，过上了孤独的暮
年生活。

57. 歌德与文坛名人的交往

gē dé yǔ wén tán míng rén de jiāo wǎng

1788 年 9 月，歌德在一个朋友家做客，首次结识席勒。由于观点不
同，两人话不投机半句多，席勒惊叹歌德的智慧，却认为他自我封闭、孤
芳自赏，他不喜欢歌德高傲的做人方式。歌德的绯闻让他心生厌恶之感。
歌德是一个智慧学者，也是一个多情才子，在年轻时代，歌德在爱情上有
五次回避，五次逃离。爱情给了他幸福，也给了他痛苦。从罗马返回魏玛
不到一个月，歌德又一次被少女克里斯蒂安·乌尔皮尤斯迷住了，她年方
二十三，天生丽质，温柔可人。歌德与她同居，从而受到了社会的中伤诽
谤。与克里斯蒂安在一起，他感到了极大的幸福，为了证明他的爱情，他
在《罗马哀歌》中塑造抒情主人公福绿汀娜时融进了克里斯蒂安的形象。
歌德虽然是"枢密院"的成员，他却把精力集中在公国的科学和艺术事业
上，他参加耶拿大学的工作，以极大的热情领导 1791 年建立的魏玛宫廷剧
院，几年之后，魏玛宫廷剧院成了德国舞台最负盛名的剧院，剧院也成为
他与席勒戏剧的首演剧场。

歌德和席勒的交往日益深入，起初高傲的歌德对比他小十岁的早熟天
才不抱有好感。当席勒的剧本《强盗》在德国上空卷起风雷时，歌德对他
的剧本也不持肯定态度。他不同意席勒的戏剧观、伦理观。可歌德却给了
席勒无私的帮助。18 世纪 90 年代初，席勒沉浸在对康德的研究里无法自
拔，严重地影响了他的健康，歌德帮助他进行反思和转化，终于使他走出
了理念的误区。这次思想的交融开始了他们不同寻常的友谊。

席勒有巨大的人格魅力，他紧紧地吸引住周围所有的人。自然科学研
究协会年会不久，席勒给歌德写了一封热情洋溢、措辞恳切的信，充分肯

定了歌德对自然界植物变形学所付出的艰辛努力和卓越贡献。席勒认为歌德的贡献在于仿照自然再度创造了人，凭此追寻其隐而不见的技能，这是一个伟大的英雄思想，它把人丰富多彩的思想集中于一个完美的统一体。这封信表现了歌德的伟大人格，他善待于人，充满了生活的智慧。

友谊开始了，两人很快发展到持续交流、彼此受益的挚友阶段。歌德限制了席勒爱走极端的倾向和对哲学的思想爱好，席勒则把歌德从自然科学的研究上拉了回来，使他有更多的精力投入文学创作。两位诗人携手共进，共创作了近千首警句、讽刺短诗。在"叙事谣曲集"里，歌德和席勒写下了他们不朽的篇章，其中包括《科林斯的新娘》、《魔术师的徒弟》、《神与舞女》、《潜水者》和《伊俾库斯之鹤》。1796年，席勒开始写《华伦斯坦》三部曲。1796年起，歌德着手写《华伦斯坦》三部曲，他完成了《威廉·迈斯特的学习时代》，并重新着手创作《浮士德》。生活给了歌德厚重的积累，于是，叙事诗《赫尔曼和窦绿苔》问世。这部作品又一次提高了作者的知名度。

在创作中两位诗人互相鼓舞，相互交融，他们在通信中共同探讨并逐步建立了他们的艺术观。歌德将自然研究的成果转化到诗歌与艺术中，他致力于"真善美"，追求和谐完美，尊崇古代文学，凝集成庄重典雅的文化。此时的歌德和席勒诲人劝世，以端庄优雅的形式表现了内在和谐之美，他们的创作标志着文化的进化与变革。

1805年，疾病中断了席勒和歌德的交往。席勒在痛苦中挣扎，他几乎对生命失去了信心，时隔不久，席勒辞世。歌德沉浸在一片空虚之中。席勒曾帮他摆脱了孤独，使他焕发了生命的活力。现在席勒离他远去，又一次把他抛入寂寞的荒野。他失去了生命中的另一半，也失去了他自己，他没有勇气重新寻找知音，席勒的死加重了他的胃绞痛，歌德突然感到他对命运的无奈。巨大的悲痛使他无力自拔，他甚至无法为席勒筹办一次大型纪念会。直到1826年，席勒遗骸迁移时，他以三步韵体诗《瞻仰席勒的头骨》再次表达对密友的悼念之情。

1806年10月14日，拿破仑在耶拿大败普鲁士军队，随后胜利的法军开进魏玛。法军侵占民房，大肆劫掠。一位年轻的骑兵军官来到歌德家，告诉歌德：他的家已经成为法国元帅奥热罗的驻地。当天晚上，两个喝醉了的士兵闯进歌德的卧室，想住在那里，被歌德的妻子赶了出去。直到第二天，拿破仑抵达魏玛，魏玛城才恢复了正常秩序。拿破仑做出指示，不能侵扰"杰出的学者歌德，并采取一切措施保护伟大的歌德及其家园"。拿破仑手下的几员大将，奥热罗、拉纳、奈伊等在歌德宅邸住过的将军，都向歌德致歉、致敬，然后离去。

拿破仑于1805年和1806年先后战胜奥地利和普鲁士。德国一部分政治家、思想家、诗人等从爱国主义立场出发，反抗拿破仑，进行斗争。歌德对这场战争所持的态度很超然，他像一个中立者那样看待这场战争，他的这种态度曾受到一些反对拿破仑的朋友们的指责。法军占领魏玛四个星期以后，歌德来到克内贝尔的家里。当大家谈起这场战争时，克内贝尔惊叫："可怕！真可怕！"有人问歌德这段时间是怎么过的？尽管战争让他损失了二千塔勒和十二桶美酒，但相比之下，他的损失还是小的，所以歌德回答说："我没什么可抱怨的。"

歌德非常敬佩拿破仑，他在与爱克曼的谈话中曾经说过："拿破仑摆布世界，就像洪默尔摆布他的钢琴一样。这两人的成就都使我们惊奇，我们不懂其中的奥妙，可是事实摆在眼前，确实如此。拿破仑尤其伟大，因为他在任何时候都是一样。无论在战役前还是在战役中，也无论是战胜还是战败，他都一样坚定地站着，对于他要做的事既能看得很清楚，又能当机立断。在任何时候他都胸有成竹，应付自如，就像洪默尔那样，无论演奏的是慢板还是快板，是低调还是高调。凡是真正的才能都显出这种灵巧，无论在和平时期的艺术中还是在军事艺术中，无论是面对钢琴还是站在大炮后面。"

拿破仑对歌德也非常敬重。他也是歌德作品的热心读者。"拿破仑在行军时携带的书籍中有什么书？有我的《少年维特》。"耶拿战役后，拿破仑没有时间会见自己喜爱的诗人。两年以后拿破仑才与歌德会面。歌德与拿破仑的交往已经超过了民族和国家的狭隘界限，文学家和政治家在思想意识上的契合使他们之间的交往具有了非同寻常的意味。

　　歌德是文学大师，他的名字和作品享誉世界文坛；贝多芬是音乐泰斗，他的作品和演奏技巧备受后人推崇；两位生活在同一时代、同一国土上的艺术巨人之间有着一种什么样的关系呢？

　　在歌德与贝多芬未曾会面之前，彼此都倾慕、钦佩对方，他们相互之间从未以某种方式直接向对方表达过这种感情，只是间接地通过艺术方式进行传送。歌德的诗作《五月之歌》是一首清新明快的抒情诗杰作，在德国广为传诵，贝多芬非常喜欢，爱不释手，于是他给这首诗谱曲，用五线谱将歌德的诗作在更广、更大的范围内传播。另外他们之间还有一个女人存在。毫无疑问，这个女人在两位艺术家之间起到了一种桥梁的作用，她的名字叫裴蒂娜·勃朗泰诺，一个对文学和音乐都有深刻理解力的女人。

　　比歌德小二十一岁的贝多芬，青年时就爱读《葛兹》、《少年维特之烦恼》以及歌德的一些抒情诗，他还曾把歌德的一些诗谱成曲，1810 年，他为《埃格蒙特》谱写了乐曲。他敬仰歌德，渴望能和他相识。1809 年，贝多芬在给朋友的信中写到："歌德和席勒，是我在奥西安和荷马之外，最心爱的诗人。"信中道出了他对歌德文学成就的高度评价和钦佩之情。他在 1811 年给裴蒂娜·勃朗泰诺的信中又再次提及他对歌德的倾慕，他说歌德的诗使他感到幸福。裴蒂娜·勃朗泰诺将贝多芬的心愿告诉了歌德，歌德表示乐意结识他，听他的弹奏。1811 年，歌德收到一封贝多芬的极具赞美之词的信，随信还寄来贝多芬的《埃格蒙特序曲》。1812 年，歌德与贝多芬的愿望终于实现了，他们两人在波希米亚的坦帕列茨进行了一生中第一次也是唯一的一次会面。

　　坦帕列茨是著名的避暑胜地，在这样的环境里，歌德和贝多芬感到十分惬意，他们在一起度过了三四个下午和晚上，一起驾车出游，一起散步。见面的第一个晚上，在友好的气氛中，在闪烁的烛光下，贝多芬专注地坐在钢琴前，手在琴键上滑动，为歌德弹奏他最喜爱的曲子。歌德静静地听着，他被贝多芬杰出的才能和认真的表演所感动，贝多芬给他留下了深深的印象。

十一年后，贝多芬发行他的《弥撒曲》，向德国宫廷和有钱人征求赞助，也给歌德发了一封信，但歌德始终没有回信。这引起贝多芬的不满，以为歌德已经把他忘了。其实，在那个时候，已经七十四岁的歌德正在生病，医生认为无法医治了。贝多芬这次其实是误解了歌德。

58. 席勒和饱受争议的《强盗》
xí lè hé bǎo shòu zhēng yì de qiáng dào

1759 年 11 月 10 日，在四分五裂的德国符腾堡小城马尔巴赫，已经三十六岁的路德维希亲王步兵团军医约翰·卡斯帕尔·席勒得知自己又有了一个儿子。像曾祖父、祖父和父亲一样，这个孩子取名约翰，后来又按风俗习惯加了两个名字：克里斯托夫·弗里德里希。这个孱弱多病、身材颀长的男孩就是后来德国伟大的诗人和戏剧家席勒。

当时，并没有人感觉到小席勒在诗歌和戏剧方面的天赋。由于经济的拮据，约翰·卡斯帕尔希望他当一名神职人员，因为新教牧师的教育并不需要太大的开销。而且，这看起来并不和孩子的爱好相悖。小席勒喜欢听克洛卜施托克那部热情奔放的描写基督生平的史诗《救世主》，他还喜欢扮演牧师。

小席勒的启蒙老师便是当地牧师默泽尔。他教小席勒和他的姐姐菲内勒两人语文和拉丁文。后来，席勒剧作《强盗》中便把默泽尔的名字直接赋予到了勇敢的老牧师身上。可见，席勒对自己的启蒙老师是敬重和难以忘怀的。

后来，小席勒进入了拉丁语学校，但成绩一般。正是在这一期间，他对于诗歌和戏剧的兴趣日益显露了出来。他喜欢把散文改写成拉丁文诗。去戏院看戏成了小席勒用功学习的最佳奖励。当时，席勒一家寄居在路德维希堡的友人家中，离卡尔·欧根公爵的剧院不远。戏剧和芭蕾舞演出场面的豪华给幼小的席勒留下了不可磨灭的印象：数千支蜡烛在光彩夺目的路德维希剧院中闪耀，舞台上是真的马匹在跳跃，诸神在空中飞翔，刀剑在闪闪发光。小席勒迷上了戏剧，他和姐姐、妹妹一起在自己家里用线牵着纸片演折子戏。在学校里，他们自己则成了演员。

但不久以后，小席勒便告别了这种自由自在的生活。小学毕业后，他被卡尔·欧根公爵挑选进了卡尔学院——一座监狱式的军事学校。在这里，学员们往往会为了一点小过错比如帽子没戴好等而受到侮辱性的体罚，甚至被打耳光。在这里，学员们遵守着同样的生活守则，学员们过着同样严格的、机械式的生活。性格活泼的小席勒开始变得沉默，但他在精神上却进行着另一种秘密的生活。在学习繁琐的法学课外，他依然在习作抒情诗和戏剧。在哲学课上，他第一次知道了卢梭这个名字，并且受到了他的社会观点的影响。在席勒后来的剧作《强盗》中的卡尔·莫尔身上，在《阴谋与爱情》中的费迪南身上，都有卢梭社会观点的影子。

18 世纪进入了最后的三十年，人民仇恨封建专制制度的暴风骤雨渐渐逼近。在德国文学界，也出现了山雨欲来风满楼的气氛。狂飙突进者们的作品对"神圣罗马帝国"赖以苟延残喘的腐朽基础进行了猛烈的抨击。卡尔公爵的严格制度阻挡不住社会上的风雨。席勒的思想受到了强烈震动。他伴着深夜的烛光阅读狂飙突进作

席勒

家们的诗歌和戏剧。在歌德《少年维特之烦恼》和盖尔斯腾贝格《乌戈利诺》的影响下，少年席勒写出了一部悲剧《来自拿骚的大学生》。这部剧作受到了同窗好友的好评，但作者却亲自把它毁了。

几年内，席勒把自己喜爱的狂飙突进反抗文学的作品读了一遍又一

遍。这些作品中，就有舒巴特的短篇小说《关于人心的故事》。故事主人公是兄弟二人卡尔和威廉。卡尔为人诚实，心灵高尚，但也有青年人不可避免的冒失。威廉则是一个阴险、虚伪、狡诈的人，他为了独自吞占财产，竟然要杀掉亲生父亲，最后是卡尔救了老人一命。通过这部作品，舒巴特呼吁作家们研究"人类心灵深处的一切隐晦曲折"，以便能够"撕下伪君子的假面具"，同他们进行斗争，以维护"真诚的心的权利"。他说："这是发生在我们中间的一个小小的故事。我把它提供给任何一位天才，把它写成一部剧本或一部小说，但愿他不要由于害怕而把故事发生的地点由亲爱的德国改为西班牙或希腊。"

尽管席勒并未把自己同狂飙突进的天才作家放在一起，他的创作激情还是被引发了。根据舒巴特的这一故事情节，他开始创作《强盗》。他对好友沙尔芬施泰谈了自己的设想："我们要写一本必定会被行刑吏烧掉的书！"

也正是在这个时候，席勒也将从这座"奴隶培养所"毕业了，所以，在创作《强盗》的同时，他还要撰写毕业论文《生理学的哲学》。论文完成后，他以为终于可以摆脱这座牢笼去从事自己喜爱的事业了，但残酷的打击很快就到来了。由于席勒在毕业论文中提出了大胆的想法，他的论文被拒绝付印，并且，他还要在军校再呆上一年。席勒无法忍受这个现实。他几乎要发疯了，甚至产生过轻生的念头。

最后，他终于又投入到了使自己快乐的源泉——写作中。他开始全力以赴地从事《强盗》的创作。他的生活重又充满了新的活力。1781年春，在斯图加特郊区小罗夫街租来的寒酸斗室中，席勒终于完成了《强盗》的创作。

《强盗》的故事情节和舒巴特的小说相似，描写互相仇视的两兄弟——封·莫尔伯爵的两个儿子卡尔和弗朗茨。弗朗茨·莫尔信奉的是厚颜无耻的贵族哲学。他生活的目的就是满足自己的贪欲。他对荣誉和良心大加嘲笑，认为只有平民百姓才需要荣誉和良心，而他本人没有这些东西也可以活得下去："我们现在就要按新的式样给自己配一副良心，我们爱怎么用，就怎么用！"弗朗茨竭力想获得世袭权。为了达到这个目的，他使用了各种各样卑鄙无耻的手段。他听说自己的胞兄卡尔·莫尔由于不善于安排生活而债台高筑时，就在父亲面前大肆造谣中伤兄长，把他丑化成一个罪犯。他还用父亲的名义给兄长去了一封信，信中满是诅咒的语言，并声称要取消他的继承权。解除了兄长这个追求权力道路上的障碍后，年迈的父亲成了弗朗茨的眼中钉。为了更快地获得权力，他做出了最无耻的手段——把自己的亲生父亲扔进一座古塔，准备将他活活饿死。他终于成了父亲领地的主宰，终于成了具有世袭统治权的封·莫尔伯爵。但他仍不满足，又开始了他蓄谋已久的压迫臣民的计划。按弗朗茨的逻辑，面有菜色，诚惶诚恐，这才是他所要的臣民的样子，而如果谁的脸又胖又红润，谁就要吃苦头。

《强盗》完成后，直接面对的问题是如何出版。年轻的席勒迫切地要出版自己的剧本。他在信中写道："我想发表它的头等重要原因是因为万能的财神，也就是钱，不习惯和我在一起……第二个原因不难理解，我想听听外界的评论。"尽管席勒和朋友们多方努力，事情却一直没有进展，没有一个书商肯接受一个名不见经传的作者的剧本。最后，席勒决定自筹资金出版这个剧本。为此，他负债累累。1781年夏，剧本《强盗》终于以各类出版物中最廉价的一种方式正式出版了。

但正是这样一本不起眼的书却使同时代人大吃一惊。《强盗》得到了读者的正确理解。他们把它看做是呼吁书，呼吁采取革命行动，进行革命教育，它也是德意志民族的进步分子发出的崇高的宣言。席勒为此名闻遐迩。

著名评论家克里斯蒂安·弗里德里希·蒂梅在《爱尔福特学报》上发表评论。他热情洋溢地写道："生动、丰富多彩的语言，热烈的文体，迅速展开的主题，极其奔放的想象力（个别词句虽推敲不够），优美动听的朗诵，对好的主意不加压制的倾向和畅所欲言的风格——所有这一切都充分表明了作者的特点：他不单纯有沸腾的热血、出色的表达才赋，而且还有一颗火热的心，一颗充满了感情、追求美好事业的心。假如我们有理由盼望有一位德国的莎士比亚的话，那么，他已经出现在我们面前了。"

当然，《强盗》也引起了非议。剧本主张共和政体的精神使封建主义

上层人物怒不可遏。当时，一个著名人物曾这样说过："假如我是上帝，准备创造一个世界，而对席勒创造《强盗》一事能未卜先知的话，那么说实在的，我就不会创造这个世界。"

1782年1月13日下午五时，《强盗》在曼海姆剧院公演。

从早上开始，一群群观众已经开始向剧院涌来，其中有许多是从其他城市骑马或坐车来的。包厢里几乎从中午一点钟就已经有人了。当戏剧演到第四幕，已经麻木的弗朗茨伸长臂膀，十指张开，哆哆嗦嗦回忆他在梦中受到的体罚时，观众的情绪一下爆发了。整个剧院像一座疯人院，观众们两眼冒火，紧握拳头，跺脚声、沙哑的喊声响成一片。素不相识的人们哭泣着拥抱在一起，妇女们靠着门，生怕晕倒。

观众们理解了作者。他们清楚地知道强盗卡尔所清算的大臣、神职人员和廷臣们指的是谁，也清楚地理解作品中对殖民政策的大胆无情的揭露。全剧贯穿的对普通人尊严的热情维护使观众们反应强烈，他们和作者一起对那些卑鄙无耻的权贵、豪富表示切齿痛恨。

这部富有诗意的剧作发自一个青年的火热的内心，它充满了对18世纪末德国社会的愤恨。正如恩格斯在一篇文章中所说的，席勒"歌颂了公开向整个德国社会挑战的一个青年的高尚品质"。

他成功了，他胜利了！法兰克福、莱比锡、柏林等地的剧院纷纷准备上演《强盗》。作者的名声轰动了整个德国。

59. 席勒笔下的圣女贞德
xí lè bǐ xià de shèng nǚ zhēn dé

由于拿破仑大军的打击，腐朽的德意志帝国的大厦倒塌了。普鲁士于1795年与法国签订了巴塞尔和约，把莱茵河左岸地区割让给法国。1797年奥地利退出战争。1801年占内维尔和约彻底巩固了法国对莱茵河左岸的占有。一些德意志国家也因此获得了各种各样的"补偿"：一百一十二个早先独立的德意志小邦归并给他们。符腾堡也是被扩大的一个。拿破仑这样做的目的是为了使那些被扩大了的国家的国王、公爵等为他与当时最为强大的德意志国家奥地利和普鲁士相抗衡，但在那些年里，人们很难预料到：这场反对反革命君主同盟的革命自卫战会转变成掠夺性的侵略战争。席勒也没有预料到这一点，但是当德意志不少知识分子也迷上了波拿巴的时候，把他看做更新德意志国家政治生活的希望的时候，他却有不同的看法。当有人赞扬这位节节胜利的法国统帅时，席勒曾说："要是我对他感兴趣就好了！可是，不行，我办不到。我对这个人很反感，关于他的消息没有一条是令人愉快的。"后来的战争使席勒更看出拿破仑是他痛恨的侵略者、民族独立的摧残者，并认定他已成为了战争的根源。战争给平民百姓带来了无尽的灾难和痛苦，这里面也包括席勒的亲人。

1796 年，被拿破仑占领的斯图加特瘟疫流行。在这场灾难中，席勒的父亲约翰·卡斯帕尔和年仅十九岁的妹妹娜涅塔，也不幸离开了人世。战争同时也毁掉了老席勒家微薄的家产。12 月，席勒收到母亲的一封信，信中转述了战争给人民带来的种种苦难。

"好孩子，你上次来信的时候，正赶上我们遭受不幸。当时，法国人离这里三小时的路程；大家吓坏了，纷纷出逃，我和女仆也是如此。我们躲进上寨，那里除了看守人和他的妻子，没有别的人……但是，我们的苦难远远没有过去。……离这里不远的地方，帝国士兵把所有的果树都砍倒，用来当生篝火的木柴；花园篱笆全被拆除，农民们的小麦、干草、燕麦被抢得一干二净，结果，他们只能和牲畜一起饿死；周围已经洗劫一空……而且，帝国士兵还要钱，如果交不起钱，他们就会把人带走当人质……"

诗人看到，19 世纪的祖国到处是一片惨遭浩劫、毁坏，经受着沉重的民族屈辱的景象。强盗们的火把、人们的呻吟声随处都有。他知道，就是那些德国诸侯，是他们——卡尔·欧根，卡尔·奥吉斯特之流，这些妄自尊大，却又软弱无能的家伙——把国土搞得支离破碎，把人民拖进了水深火热当中。他们是真正的罪犯，应当被押送到法庭受最严厉的审判。

但是，过着苦难日子的不仅是德意志。席勒看到，即使是在其他比德国先进的欧洲国家，资产阶级的法制也是靠血和暴力才得以巩固的。

诗人凭着其特有的敏感，已经感觉到资产阶级革命引起了拿破仑战争，由于法、英的经济竞争，这场战争已经使全世界淹没在血泊之中了。尽管如此，革命的实际结果距离启蒙主义者的希望——建立公正、合理、自由的社会生活，又是多么遥远啊！

流血的战争，许多国家丧失独立、人民进一步贫困化——这就是新世纪的特征，而历史正期待着它实现自由、平等和博爱的口号。在这战火纷飞的动荡岁月，诗人观察愈细，对时局的看法愈成熟，他对崇高的道德理想的体现者——人民的信心也就愈加坚定。他相信只有人民才能使人类摆脱悲惨的现实矛盾，这是唯一的力量。

当诗人面向历史，面向过去的民族英雄和传奇的爱国志士时，他首先被 15 世纪法国的爱国女英雄贞德深深地吸引住了，他创作了浪漫主义悲剧《奥尔良的姑娘》来纪念这位伟大的姑娘。

早在席勒之前，这个独一无二的悲剧形象就曾吸引过许多文学家，他们各有各的看法。例如，17 世纪法国诗人夏普兰的长篇史诗《童女》，又称《被解放的法兰西》，曾相当有名。这部长诗是按照黎塞留红衣主教的旨意写的。诗中这位来自民间的爱国者是以受上帝启示，作为王位的救星和标准的忠臣形象出现的，为了自己的君主，时刻准备牺牲生命。伟大的启蒙主义学者伏尔泰在讽刺长诗《奥尔良童女》中，以十分幽默的笔调揭露了为适应法国朝廷的需要而编撰的反动传奇故事，但伏尔泰在讽刺僧侣们篡改贞德的功绩的同时，却又大大贬低了女主人公本身的形象，以至在法国连"童女"二字在许多年里一直被当做是某种有伤大雅的淫词秽语。这部长诗在德国曾广为流传，其中也包括在魏玛的宫中。像卡尔·奥古斯特及其亲信们这样的"艺术鉴赏家"，对伏尔泰这部诗的批判性内容不大感兴趣，但对描写《奥尔良童女》的一些轻佻的细节却读得津津有味。

席勒对这德国式的贵族"伏尔泰主义"特别反感。诗人的爱国主义与卡尔·奥古斯特之流愚蠢的普鲁士作风和反动浪漫主义作家的民族主义有着天壤之别！他只凭自己的道德动机行事。因此他照样拿起钢笔，公开投入了斗争。他不习惯看权贵人士的脸色行事，也不为受不良风气影响的社会舆论所左右。他丝毫不害怕别人的冷嘲热讽，也不担心为受讽刺的女豪杰仗义执言完全可能被魏玛朝廷看做一个守旧的怪人，甚至可能落一个不大爱国的坏名声。他一定要为这位爱国女英雄恢复名誉，以此把人民的爱国主义与当权者罪恶的冒险相对比。

7 月，席勒请朋友给他寄来女巫案（天主教会指控贞德为异端，耍妖术，对其进行了公开的审判）的各种材料和有关巫术的古籍。在创作这部剧作时，席勒内心十分激动，他被这位杰出的女英雄深深吸引住了。按照他对悲剧的认识，席勒对原材料进行了一些改动。

15 世纪，战争和封建主的相互掠夺使法国经历着历史上最艰难的岁月。1415 年的阿赞库尔战役使法国北部整个陷入英国人之手。1428 年 10 月，英军包围了通往法国南方的咽喉要地——奥尔良，法兰西到了生死存亡的关头。农村姑娘贞德毅然离开家乡，进入王宫，力谏太子采取坚决的军事行动。她奔驰在疆场上，为民族的生存和敌人殊死作战。但她寄希望的国王却不思抵抗，依旧只顾着花天酒地，甚至拱手让出卢瓦尔河。而这时年轻的女英雄正在战场上一寸一寸地收回祖国的土地。最后与英国青年军官莱昂内尔决斗的过程中，贞德对自己的敌人产生了爱情。

贞德终于等到了英国人退回北方，查理能够在兰斯加冕了。这位奥尔良的姑娘在欢乐的人群中感觉自己对莱昂内尔的爱情是犯了双重罪孽而感到难过。这时，贞德的父亲走出来，指责她施展妖术，贞德没有申辩。她被赶出了兰斯。当贞德被俘后又遇莱昂内尔时，她已战胜了对他的爱情。由于一种孤独的力量，她挣脱铁链又回到了战场。但是，贞德受了重伤。在姑娘生命的最后时刻，她又享受了一生中最大的幸福——她终于又和人民在一起了。

席勒把积极地善意地参与人民的生活看做是一个人的最大幸福。他积极地塑造了一个和人民血肉相连的主人公。除了人民，还有谁能够为祖国夺回丧失的民族独立呢？诗人以这部"浪漫主义悲剧"引导同时代人得出这样的结论。通过高尚而伟大的女英雄，席勒企图映照出卑鄙的、沉溺于私欲之中的朝廷的丑恶面目。他力求通过这个形象体现人民的优秀品质，借以表达对人类精神美的乐观信念。席勒相信人类高尚的人道主义品质一定会取得胜利，自私自利的思想一定会得到克服。

但贞德这个形象还是有着"席勒式"写作的雕琢痕迹，缺乏鲜明的个性，这一点马克思和恩格斯曾经谈到过，但这并不是对这部戏剧的贬低。恩格斯在谈到未来的戏剧——关于现实主义的最高形式的时候，曾设想《奥尔良的姑娘》应该是德国戏剧特有的"较大的思想深度和意识到的历史内容，同莎士比亚剧作的情节的生动性和丰富性的完美融合"。

为了使这部戏剧能登上舞台，席勒决定先在魏玛剧院上演。但剧院的主人卡尔·奥古斯特公爵不予批准。他装出一副维护诗人利益的姿态，表示担心席勒"为贞德恢复名誉"会遭到魏玛的贵族观众的讽刺，这些人能够背诵伏尔泰的《奥尔良童女》。其实，公爵对替民族英雄张目，宣称革命是人民给予有罪的统治者以应有的报应极为反感。而且，最使他不快的是该剧的主题思想：只有人民才有力量拯救自己的祖国，消除民族灾难。

这样，对《奥尔良的姑娘》的禁令达两年之久。直到 1803 年 4 月 23 日这部浪漫主义悲剧才在魏玛剧院举行了首次会演。但在这之前，在德国的其他地方，如莱比锡、柏林，汉堡等地，该剧引起了极大轰动。1801 年 9 月 17 日，席勒到莱比锡观看《奥尔良的姑娘》第三次演出，他受到了观众的热烈欢迎。席勒的母亲写信对女儿说："只有诸侯得受到过这样的荣誉！"自此，柏林、汉堡和德累斯顿等地的剧院都纷纷向诗人索要剧本，这部使爱国之士倍感亲切的戏剧每次演出都取得了极大的成功。

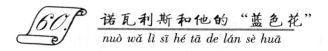

60. 诺瓦利斯和他的"蓝色花"
nuò wǎ lì sī hé tā de lán sè huā

美丽的"蓝色花"最早出现在诺瓦利斯未完成的长篇小说《亨利希·

封·奥弗特丁根》里，以后成为德国浪漫主义艺术理想的象征。蓝色代表无限遥远的蓝天，也代表着充满神灵的大自然。花是美和诗的象征，是艺术家和诗人极目穷思、梦寐以求的美的理想。因此，"蓝色花"表达了浪漫主义诗人渴望和追求的最高艺术境界。

在18世纪末期和19世纪初期，德国也经历了欧洲资产阶级革命和拿破仑战争，社会处于动荡不定的变革时期。当时各种思想流派纵横交错，都试图用自己的理论学说来解释社会，探求新的人生出路。这一时期是德国文化史上有名的理想主义时期；启蒙运动崇尚理性与科学，排挤了人性个体自由的发展；狂飙突进运动宣扬自我与天才，又把个人感情推向了极端；古典主义也以理性为基础，主张道德教育，强调理性与感情之间的和谐，从中营造了一个高尚伟大但远离现实生活的人文主义理想；浪漫主义者则反对变革带来的动乱，渴望宁静，所以把宗教改革前的中世纪欧洲作为他们的理想世界。浪漫主义者们认为，现实生活混乱庸俗，丑陋不堪，高尚的艺术在这里根本找不到美的理想，因此文艺的目的并不在于反映外在的现实，而在于描写内在的世界，只有在心灵的世界里才能达到他们追求的目标。诺瓦利斯的"蓝色花"便是在这样的历史文化背景下产生出来的。

诺瓦利斯的代表作是长篇小说《亨利希·封·奥弗特丁根》，在这部小说中，他积极美化中世纪的德国和天主教精神，把13世纪的德国描绘成一个诗一般的世界，并用"蓝色花"表达了他的艺术理想。这部小说的情节是这样的：主人公亨利希·封·奥弗特丁根是一位二十岁的青年，生活在德国13世纪的史陶芬时代。有一天，他梦见了一朵美丽的蓝色花，花朵中显现出一张少女的脸庞，这使他感到从未有过的幸福和渴望。于是，他把蓝色花当做诗的化身，渴望自己成为一个真正的诗人。他放弃了富足的生活和稳定的职业，漫游世界，去寻找他梦中的蓝色花。路上，他遇到了各种各样的人，受到启示，眼界大开。在一座骑士城堡里，一位东方少女让他了解到东西方世界的不同和十字军骑士的理想。接着，一位矿工对他描述了大自然的诗韵和地下世界的奥秘。后来，他又结识了一位神秘的隐士，被一本关于世界奥秘和人的命运的书深深吸引住了。最后，他在奥格斯堡遇见了一位名叫克林斯奥尔的诗人，并认出他的女儿玛蒂尔德就是他梦见的蓝色花中的那位少女。于是，他做了克林斯奥尔的学生，并和玛蒂尔德结了婚。不幸的是，他的妻子不久溺水淹死，这说明婚姻并没有使他到达真正的诗的境界。他悲痛万分，离开了奥格斯堡，继续他的漫游历程。他去了意大利、希腊和东方的阿拉伯世界，心灵世界逐渐丰富起来，达到了成熟和超脱的境界。最后，他终于找到了梦中的蓝色花。他摘下花朵，把他的妻子玛蒂尔德从死亡中救活了。此时亨利希才认识到，他的人生之路只不过是一场梦，直到他达到了超脱的境界才能再回到现实中来。这就是说，他命中必经一场梦幻，然后从梦幻中才能回到活生生的现实。他在尘世上所渴望得到的原来在一个理想王国里。在这个理想王国里，世界就是梦幻，梦幻就是世界。故事的结尾是：亨利希和玛蒂尔德一道生活在一个诗的国度，从此他成为一名真正的浪漫主义诗人。

这部小说没有写完，年仅二十九岁的诺瓦利斯就患病离开了人世。小说由他生前挚友蒂克整理出版，备受浪漫主义作家的推崇。著名的早期浪漫主义文艺理论家弗·施莱格尔看到自己的文艺思想在这部小说中得到了生动和具体的表现。早在这部作品问世以前，他就读过手稿的第一部分。他在1800年5月给哲学家弗·施莱尔马赫的信中写道："哈登贝格也创作了一部小说，在温格出版社出版，叫《亨利希·封·奥弗特丁根》。这是一部了不起的全新的作品，在童话方面是独一无二的，而且不久也会在词曲和诗歌方面同样完美和精湛。整部作品将是一部诗的颂歌。"当时文坛上地位显赫的蒂克同样对这部作品作出了高度评价。在他和诺瓦利斯的书信来往中，两人都提到了这部作品受到蒂克的小说《弗兰茨·施泰恩巴德的漫游》的影响。蒂克在他的回忆录中描绘了诺瓦利斯生前在病榻上的精神状态。他写道："他临死前曾说：现在我才领悟到什么是诗。我过去写的无数首诗歌现在才在我心中得到了升华。"当然，诺瓦利斯的作品也受到了同时代另一些著名作家的批评。当时具有进步思想的诗人海涅批评诺瓦利斯的诗艺"实际上是一种疾病"，并指出，评价此类作品"不是批评家的事，而是医生的事"。

非常值得一提的是，小说《亨利希·封·奥弗特丁根》一开始是以歌德的长篇小说《威廉·迈斯特的学习时代》为典范而创作的。歌德的这部小说是一部教育小说，主要描写了一个商人的儿子威廉·迈斯特加入一个巡回演出剧团走南闯北，一生动荡，经历了各种挫折和迷茫，最后明确了生活方向，找到了人生归宿的故事。诺瓦利斯曾经非常喜爱歌德的这部小说，他赞赏书中对现实生活丰富的描写，更喜爱歌德对人物成长过程中内心世界和外部环境描写的细腻手法。于是，他仔细研读这部巨著，并写下了大量的读书笔记。然而他逐步发现这部伟大的作品所反映的生活与他的艺术境界相差甚远。他在 1800 年 2 月的日记中提到了这部作品，其中写道："威廉·迈斯特的学习时代在某种程度上说完全是散文式的写法，具有现代性。但其中浪漫的成分被抹杀掉了，还有自然诗、神奇的境界也是如此。他只描写了普通的人情世故，而大自然和神秘的世界全然被遗忘了。它只不过是一个诗意化了的市民家庭的故事罢了。"他在当月写给蒂克的信中对这部小说批驳得更为尖刻："就我对迈斯特的了解而论，这本书简直令人生厌。……我真不明白，我怎么能这么长时间对此视而不见。理性在书中就像一个乖巧的魔鬼。这本书简直是莫名其妙。"于是，诺瓦利斯背弃了歌德，想用他的小说超过歌德的小说，让真正的诗来战胜世俗。他知道这种世俗的力量是难以战胜的，于是便创造了一个梦幻世界来实现他的理想。在一切艺术种类中，他把童话推举为至高无上的艺术，因为他相信，在童话世界里，一切梦想的东西都会变成现实。所以，他把自己的小说看成是一部童话小说。就像他自己说的，他写这部小说的目的是反对歌德的《威廉·迈斯特的学习时代》。迈斯特在世俗生活中最后达到了所追求的理想，而诺瓦利斯认为迈斯特的理想根本不是真正的理想。歌德描写的世俗生活毫无意义，而梦幻中的世界才是真正的诗的境界。所以，小说主人公亨利希一直寻求的"蓝色花"被诺瓦利斯描写成一个无限的理想。这一朵美丽的"蓝色花"不仅是诺瓦利斯自己的精神归宿，而且成为德国浪漫主义艺术境界的最高象征。

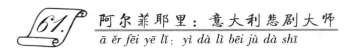

61. 阿尔菲耶里：意大利悲剧大师
ā ěr fēi yē lǐ: yì dà lì bēi jù dà shī

　　18 世纪意大利文人始终不渝的共同心愿是创建具有自己民族特色的悲剧，他们为意大利文坛缺少这一文学形式深感内疚和不安。早在阿卡狄亚诗派田园诗盛行期间，就有一些人以法国悲剧为学习的楷模，着手为创建意大利的悲剧作准备。经过半个多世纪的探索，到了 18 世纪下半叶，在激烈的争辩和热切的期望中，维多里奥·阿尔菲耶里（1749—1803）终于以独特的天赋和顽强的毅力完成了第二部历史剧，成为 18 世纪意大利古典主义悲剧的创始人。

　　阿尔菲耶里于 1749 年 1 月 17 日生于皮德蒙特地区阿斯蒂城一个殷实的贵族家庭。因幼年丧父，母亲改嫁，他被一个叔父收养。孤寂的男孩在八岁时曾因过度悲伤产生过自杀念头。九岁时他被送到都灵军事学院接受教育，但在那里，他被当做仆人一样受到欺侮，这反而激发了他高傲的性情和自由的渴望。由于学习科目不遂心愿，八年的学习竟使他感到无所收获。因退役后整天闷闷不乐，他于 1766 年开始了历时五年的欧洲漫游。他的足迹遍布欧洲各地。他对俄国女皇的专制统治和对外扩张有了更清醒的认识；对西方进步的启蒙思想有了更透彻的理解，他已有的宗教神学思想遭到动摇。五年间，他经历了几次爱情波折，身心所受到的伤害使敏感的诗人时常陷于绝望之中。孤独和忧伤常常控制着他。

　　从 1774 年开始，阿尔菲耶里开始全力以赴从事悲剧创作。1775 年 6 月他完成了处女作《克娄巴特拉》，这部描写埃及艳后的悲剧在都灵上演时，连续两日两夜赢得观众的喝彩。初次获得的成功使他"带着一种高贵而得意洋洋的炽热心情以渴望获致声名。"他重新阅读普鲁塔克的作品和意大利的古典作品，并再度研究拉丁文以便钻研塞内加所编的悲剧剧本。在阅读上述作品时，他为自己的戏剧找到了主题和形式，即用悲剧来表现围绕自由和爱情而孤军奋战的神或英雄。同时，他于 1777 年写出一篇

《论专制》的论文。由于文中包含了作者对国家和教会的激烈指控，使得它在十年后才出版刊行。

阿尔菲耶里由于受到启蒙思想和马基雅弗里的影响，所以他政治思想的中心是反对专制和暴政，他认为除了荷兰共和国以及英国和瑞典的立宪君主国外，欧洲的其他各国的政府皆为专制政府。他还认为一位专制君主之下的大臣能够做的最好的事情，将是激励君主采取过分专制的措施，以令人民反叛他。而在人民反叛的最初几年内，使用暴力以防止专制的复活，从而使此次革命变得合理而正当。正因为如此，所以当震撼欧洲的法国大革命爆发时，阿尔菲耶里以遒劲的笔力写下了颂诗《摧毁了巴士底的巴黎》，诗文情感激荡，恣意挥洒，高度赞扬了法国革命战士于 1789 年 7 月 14 日攻克巴士底狱的伟大壮举。但是随着革命的深入，诗人逐渐对雅各宾党人的专政深感痛心和不满，并于 1792 年离开巴黎返回意大利。

在写《论专制》的那一年，二十九岁的阿尔菲耶里在佛罗伦萨同查理·爱德华亲王的妻子，即后来的阿尔巴尼公爵夫人邂逅。当时她因与丈夫性情不合，正过着独居生活。年轻诗人经常给她帮助，并由于同情而爱上了她。1780 年，当她的丈夫由于常常酗酒而使用暴力危及她的生命时，她隐居于一修道院中，后来迁居到她在罗马的一位亲戚家中。多情的阿尔菲耶里感到自己像一个遭到遗弃的孤儿："……没有了她，我将不感到自己的存在；因为我发现我自己几乎完全无法写出优良的作品。"随后他也迁居罗马，经常去看望她。1784 年他们同居，直到她丈夫去世他们才终于结为夫妻。阿尔菲耶里以一种狂喜描述他的第四次也是最后一次的狂热爱情，并在这种感情的激励下，写出更多的悲剧和喜剧，还有一些抒情诗。其中写于 1782 年的《索尔》和写于 1787 年的《米拉》是阿尔菲耶里的两部悲剧代表作。

《索尔》是阿尔菲耶里最成功的一部悲剧，其主要情节是：在巴勒斯坦的捷尔波平原上，以色列王索尔率领大军，积极准备同来自地中海东海岸的腓力斯人决一死战；索尔的女婿大卫曾被国王妒忌逐出宫廷，但他不记旧仇，此时也赶来参战。大卫虽然年轻，但治军有方，无往而不胜，他所到之处，男女老少一起出迎。赞颂大卫的歌声传到索尔的耳中后，他大为不悦，怀疑是最高祭司在背后捣鬼，遂下令将他处死；大卫为此感到愤愤不平，毅然离索尔而去；索尔预感大势已去，败局已定，在腓力斯人胜利的进军声中自尽身亡。

《米拉》主要写塞浦路斯皇后因一件小事得罪了希腊爱与美的女神阿芙洛狄特，女神为报私仇，在公主米拉的心中点燃了对父王不可克制的情欲之火，但米拉的父母和奶妈却无法知道她心中的隐私；米拉的未婚夫断定公主另有新欢，因而悲痛欲绝以致轻生丧命；国王惊慌不已，再次询问公主缘由，米拉终于吐露真情，同时拔出父王的宝剑，刎颈身亡。

这两部从圣经故事和古代神话中取材的悲剧，说明作者基本上遵循了当时在意大利和法国流行的五幕剧的取材原则，但在改编的过程中，他注意删掉一些游离于主题之外的内容，注重围绕主要线索使故事情节向纵深处展开，善于通过对人物矛盾性格的刻画来揭示主人公复杂的心理活动及其孤独处境，如欲独揽大权，但又力不从心的国王索尔，还有因无法向亲人透露内心邪念而身处绝境的美丽少女米拉，在剧终往往以自杀来表示对命运的屈从。因而有人把阿尔菲耶里的悲剧称作"悲壮的英雄史诗"。

阿尔菲耶里的早期作品受法国启蒙主义思想影响，表现了对国家统一和民族自由的渴望，其晚期作品具有一定的民族复兴思想。特别是在斥责法国入侵意大利野蛮行径的同时，他热情讴歌意大利民族的伟大和光荣。在 1786—1788 年间写成的取材于古罗马历史的《小布鲁图》，是他最有力量的反暴政悲剧之一。作者将恺撒大帝的儿子布鲁图描写成一个共和政体的热情拥护者和自由的勇敢捍卫者，意欲借此激发意大利人民反暴政的革命精神。所以，意大利烧炭党领袖、民族复兴运动领导者马里尼和意大利 19 世纪杰出的文学批评家德·桑克蒂斯等都一致把他称颂为意大利民族复兴运动的先驱。

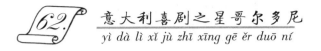

意大利喜剧之星哥尔多尼
yì dà lì xǐ jù zhī xīng gē ěr duō ní

　　1711 年，在风景如画的意大利水城威尼斯的一个家庭自制的小舞台上，正在上演一出热闹的喜剧。台上一个色彩斑斓的木偶以它滑稽可笑的动作和悦耳动听的声音，逗引得客人不时发出阵阵欢笑。当表演结束时，在大家的掌声中出现了一个调皮地微笑着的四岁小男孩，他马马虎虎地鞠了个躬，就飞快地溜掉了。他就是刚才那个栩栩如生的木偶戏的操纵者——后来成为 18 世纪意大利启蒙时期杰出的喜剧作家的卡尔洛·哥尔多尼（1707—1793）。

　　哥尔多尼于 1707 年 2 月 25 日生于威尼斯一个资产者家庭。家里曾一度非常富有，但因祖父挥霍过度，到父亲时家道已经中落。为维持生计父亲只好以行医为生，四处漂泊，几乎走遍了整个意大利。他从小跟随父亲浪迹四方，见闻颇广。哥尔多尼的家业虽已中落，但家庭气氛却自由轻松。祖父和父亲都是戏剧爱好者，他们有时吃着饭就对起某剧中的台词来，那些模仿得惟妙惟肖的语言和动作，让小哥尔多尼特别着迷，他常常拿起勺子，却忘了伸进嘴里，在一阵忘情的大笑后，才发现勺子里的汤已洒满了衣襟。在与父亲一起走街串巷的过程中，他们从来没有放过任何一个看戏的机会。舞台上演出的一幕幕有趣而动人的戏剧，时时牵惹着小哥尔多尼的心，他渴望着有朝一日能将自己也融入那多姿多彩的世界中去。

　　哥尔多尼九岁时，父亲把他送到意大利的文化名城佩鲁贾接受初等教育，希望他能够学会以后可以安身立命的一技之长。在这段近五年的时间里，他阅读了大量的戏剧作品，在文艺沙龙的演出中成功地扮演过角色，还写了一个令老师也感到惊奇的喜剧，他的才华受到人们的称赞。然而，父亲对儿子沉迷戏剧极不放心，1720 年他将哥尔多尼转入里米尼的教会学校读哲学，希望那里严谨而刻板的学习生活能使他走上正途。可是生性活泼易动的哥尔多尼很快就厌倦了四壁森严的学校和枯燥无味的学习，第二年，由于思念留居在故乡的母亲和热爱戏剧艺术并向往艺人们的浪漫生活，他从学校出逃，加入一个流浪剧团，随团前往威尼斯。学校发现此事后大为恼火，马上通知了他的父亲。日夜兼程的父亲追赶上剧团后，却无法劝儿子返回学校，被迫答应了他改学法律的要求，将他送往威尼斯，在当律师的叔叔身边实习。后来叔父安排他进帕维亚的学校攻读法律。在这里安定下来后，他更加广泛地阅读了英国、法国和西班牙的各种新剧本，意大利马基雅弗利的喜剧《曼陀罗花》尤其使他受到启发，他感到自己以前认识戏剧的狭隘和媚俗，开始创作新的剧本。1725 年他写了一出讽刺当地贵族妇女的滑稽戏，上演后激怒了权贵，勒令学校将他开除。儿子屡屡闯祸使父亲不再对他抱有什么幻想，只好带他到各处行医。哥尔多尼的学习时断时续，而戏剧活动却从未间断，随着阅历的丰富，他对戏剧的理解也越来越深刻。1729 年他写了两个幕间剧《善良的父亲》和《女歌唱家》，还导演了一出木偶剧。

1734 年，哥尔多尼结识了一个赏识他才华的剧团团长朱塞佩·伊默尔，后者请他编写了一出新的幕间滑稽剧《眼睛》，并聘请他为剧团的专职剧本创作员。从威尼斯到热那亚，随团演出的哥尔多尼开始了他真正的戏剧生涯。

1736 年，在风光旖旎的热那亚港口，哥尔多尼与年轻美丽的姑娘尼古莱达·柯尼奥相识相恋并结为终身伴侣，以此他结束了那绯闻不断的浪子生活，在尼古莱达的忠实陪伴下，度过了磨难重重且动荡不安的一生。

返回威尼斯后，哥尔多尼在替伊默尔编剧期间，开始着手对意大利喜剧进行改革。他采取谨慎的循序渐进的方法，首先于 1738 年在喜剧《侍臣莫莫洛》的情节设计中进行了部分改革，接着又以此种方式编写了《浪子》和《破产》，最后在 1743 年写出第一部完整的文学喜剧剧本《狡猾的寡妇》。此时作为剧作家的哥尔多尼还兼任律师，在 1741—1743 年间又担任过热那亚共和国驻威尼斯的领事。这一外交事务培养了他敏锐的政治洞察力，但并没有使他经济上受益。相反，因负债累累无力偿还，为躲避债主的催逼，他携妻子仓皇逃亡。途中他加入一个战地剧团，在交战的西班牙军队和奥地利军队之间轮回演出，历尽危难，饱尝艰辛。他决定投奔在热那亚的妻子的娘家，途经佛罗伦萨时，与这里文化界的改革派代表们一见如故，结下了深厚的友谊；后来又在比萨受到热烈欢迎，并得到一个待遇很好的律师职位，他留居此地三年，与学识渊博的上层知识界交游，接触到意大利语言、文学和戏剧的深厚传统，这对他在艺术上的成熟起了重要的作用。

在 1745 年写成的著名喜剧《一仆二主》中，他将过去在剧中插科打诨、制造笑料的小丑写成主角，让他占据舞台中心，左右剧情的发展，而把才子佳人的故事挤到次要地位。故事发生在威尼斯。都灵少女贝娅特丽齐女扮男装，假冒哥哥基捷里柯之名来水城寻找情人弗罗林多，并与哥哥的债户巴达龙纳清账。原来哥哥因不同意妹妹的恋爱而与弗罗林多决斗，结果被刺死，弗罗林多仓皇出逃，下落不明。而她哥哥的未婚妻是巴达龙纳的女儿克拉莉琪，他的丧命成全了克拉利琪和情人西尔维奥，他们举行了订婚仪式，但假基捷里柯的出现又打破了两人的梦想。仆人特鲁法金诺随贝娅特丽齐来到威尼斯，在街上等候主人时因饥渴难耐而主动当了逃难至此的弗罗林多的仆人，不料两个主人住进了同家旅馆，身兼二职的特鲁法金诺被两个主人支使得晕头转向。由于目不识丁，他把女主人的信送给了男主人，使弗罗林多意外地得知了心上人的消息，心急如焚地想找到她。在他的追问下，特鲁法金诺谎称自己的朋友替人当差，信是他朋友代取的。此后每当他把两个主人的事情搞错时，都把责任推在那个"朋友"身上。随着他的巧妙周旋而引出的一连串误会和风波，最后两个情人终于相逢，克拉莉琪和西尔维奥也重结良缘。这时特鲁法金诺不得不说出真相，并恳求主人向克拉莉琪的女仆提亲，恍然大悟的男女主人公欣然允诺，三对有情人终成眷属。

著名喜剧《一仆二主》的创作，不仅在形式上而且在内容上进行了重大变革，改变了喜剧纯粹逗乐的功能，寄寓了时代的新思想。1748 年随剧团重返威尼斯的哥尔多尼，在根据合同进行创作时常常超出规定的数目，仅在 1750 年一年里就完成了十六部喜剧。这除了他才华出众，精力过人之外，立志改革的决心是创作的动力。他在 1749 年发表的《喜剧剧院》中，将自己的喜剧理论阐明为"颂扬美德，嘲讽恶习"。1751 年，他又写出十七部喜剧，许多作品对封建贵族阶级进行了尖锐批判和辛辣讽刺。三幕喜剧《封建主》中的侯爵被刻画成一个腐化堕落、道德败坏的小丑，贵族的形象从高贵变为卑劣。同样的情况也出现在 1753 年推出的"性格喜剧"的杰作《女店主》中，但其批判力更强。

哥尔多尼于 1753 年转入威尼斯著名的圣路加剧院。但在最初几年里，他的事业进展很不顺利，一方面他囿于已取得的成绩而难以突破，另一方面他遭到来自多方面的攻击，而且观众的趣味开始向浪漫、幻想和异国情调转变。哥尔多尼将阵地转移到其他城市，继续进行喜剧改革，终于在 1759—1762 年间写出一系列成功的作品，达到了其伟大艺术完全成熟的境地。在《老顽固们》（1760）中，哥尔多尼将批判的矛头直接指向了处于上升时期的资产阶级；在典型的"风俗喜剧"《乔嘉人的争吵》中则诙谐地展现了劳动人民的生活画面，但他也因此遭到保守势力更加猛烈的围攻。哥尔不仅以"童话剧"的豪华场景同他争夺观众，还公开诋毁哥尔多尼的喜剧扰乱社会，是谋反行为。正值此时，巴黎的"意大利喜剧院"以优厚待遇邀请哥尔多尼，为了摆脱被围攻的困境，实现用新喜剧征服欧洲大陆最大都市的雄心壮志，他于 1762 年 4 月告别故乡，前往巴黎。他很快就热爱起巴黎先进的城市生活方式，并获得了像伏尔泰、卢梭、狄德罗等启蒙主义文学家和艺术家们的友谊和钦佩。尽管在组织意大利喜剧演出时遇到了许多困难，但已不年轻的哥尔多尼仍以不倦的毅力和坚定的信心，在新的环境里重新开始他的改革工程。为了迎合观众的需求，他着力在引人入胜的复杂化情节上下功夫，以构思巧妙、布局紧凑、堪称结构完美之作的《扇子》，充分体现了哥尔多尼驾驭材料的高超能力和灵活性。

1765 年哥尔多尼被任命为路易十五的女儿的意大利语教师。他晚年主要致力于意法文化交流和翻译出版工作。1793 年 12 月 6 日，这位在贫病交加中度过风烛残年的意大利喜剧之星悄然陨落在异乡巴黎。

哥尔多尼留下的一百多部喜剧作品，真实而广泛地反映了意大利的社会风貌，塑造了各阶层栩栩如生的艺术群像，是世界戏剧宝库中的珍贵财富。他被伏尔泰誉为"意大利的莫里哀"。

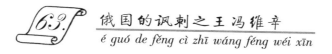

63. 俄国的讽刺之王冯维辛
é guó de fěng cì zhī wáng féng wéi xīn

1742 年，俄国沙皇王位由叶卡捷琳娜二世继承，农奴制俄国开始进入极盛时期。叶卡捷琳娜为了显示自己作为欧洲最著名的开明君主的形象，不仅抽出时间来撰写重大著作、回忆录、戏剧和神话故事等，而且积极鼓励翻译介绍西欧各国的文学艺术。她还于 1769 年带头创办了讽刺刊物《万象》，并经常为刊物撰稿。此后，讽刺杂志不断涌现。讽刺刊物的流行，使得 18 世纪下半期的俄罗斯文学脱离了 40、50 年代那种一味歌颂的倾向，而渗透着一种否定精神，喜剧甚至把颂诗都变为讽刺的工具。在这样一种社会背景下，闪亮登场的是 18 世纪俄罗斯杰出的讽刺作家、著名剧作家和政治家，被普希金称为"勇敢的讽刺之王"的丹尼斯·伊凡诺维奇·冯维辛（1745—1792）。

1745 年 4 月 14 日，冯维辛出生于莫斯科一个普通贵族之家。父亲是一名以正直廉洁闻名的普通官吏，母亲才思卓越，良好的家庭环境培养了冯维辛刚正的性格和艺术的心灵。他十岁时入莫斯科大学附属中学学习，成绩名冠全班，多次荣获奖章。1758 年，莫斯科大学校长从附中挑选包括冯维辛在内的十名优秀学生去彼得堡晋见大学监督苏瓦洛夫，以示办学成绩。在这里冯维辛见到了著名学者和诗人罗蒙诺索夫和著名演员伏尔科夫。这些经历给冯维辛以深刻印象，并使他对戏剧产生了浓厚兴趣。

在莫斯科大学学习期间，冯维辛不满足于课堂上得到的知识，课外涉猎多种书籍，自学了几种外语，热衷戏剧活动，并表现出对讽刺文学的爱好。1760 年，十五岁的他就参加了大学刊物《乐盖》的编辑工作，开始了文学翻译活动，次年出版了他翻译的丹麦作家霍尔堡的寓言集。两年后他大学毕业到外交部担任翻译，不久又被任命为戏剧活动家，内阁部长叶拉

庚的私人秘书。这时的他已相继发表了一些翻译作品，创作了不少讽刺诗和寓言，其创作中闪耀的讽刺锋芒，表现了他那个时代的先进的启蒙思想。

冯维辛的早期作品主要有诗体寓言《说教的狐狸》和《给仆人们的信》。前者通过狐狸在百兽之王狮子的追悼会上所作的阿谀奉承的悼词，辛辣地嘲讽了暴君、谄媚者和卖身投靠的小人。后者则是对教会的无情针砭和对欺骗人民自称为上帝仆人的神父的公开憎恶。

1766 年，冯维辛发表了成名作《旅长》，这是俄国第一部社会讽刺喜剧。剧本通过主人公伊凡努什卡受当时贵族阶级崇拜法国的恶劣风气的影响，浪迹巴黎三个月，回国后对祖国的一切持藐视态度，认为凡事皆是外国的好，作者以辛辣的笔锋揭露了贵族阶级崇洋媚外、不学无术的丑态。别林斯基指出，剧本"抨击了旧一代的粗野无知，也抨击了新的一代因受外表的、浮光掠影的半吊子欧洲教育而表现出来的粗鄙浮夸"。

冯维辛在喜剧《旅长》中所表现出来的思想倾向和艺术才华，受到了外交大臣潘宁的注意，并于 1769 年调任为潘宁的秘书。潘宁是贵族自由主义派的领袖，虽然他曾亲自统领军队镇压了普加乔夫农民起义，为沙皇政府立下了赫赫战功，但他反对叶卡捷琳娜治下的宠臣弄权，极力主张限制专制的特权。这种比较开明的政治主张，促使冯维辛最终形成了先进的启蒙思想的政治信念。1770 年，他根据潘宁授意写成的论文《论俄国境内已陈腐的各种国家管理形式》，揭露了俄国的"暴政、宠臣弄权和残酷的奴隶制度"，指出"俄国人民还处于完全无知无识的深渊，默默忍受着沉重的奴役"。这篇论文后来受到十二月党人的高度评价，普希金因此称他为"自由之友"。

18 世纪 70 年代中期，冯维辛游历法国、德国及意大利等欧洲各国，推崇法国启蒙思想家卢梭等人的活动，肯定了国外的先进事物。同时，他也敏锐地洞察了资本主义对人民群众的残酷剥削和贵族僧侣的骄奢淫逸。他痛恨国内的"贪赃枉法和混乱制度"，也为祖国的辽阔富饶和人民的勤劳淳朴而自豪，表现了深刻的爱国主义思想。但当他回国时，女皇叶卡捷琳娜正以更加凶残的方式镇压农民起义。起义领袖普加乔夫被俘后，不但被判枭首，其尸体也被剖成四份，悬挂于竹竿上，在莫斯科城的四个地区示众多日；其手下部将多被枪决，其他起义者有的被鞭打至死，有的被放逐西伯利亚。面对这种残酷血腥的手段，冯维辛陆续发表了许多政论性的文章和讽刺作品，如《俄罗斯同阶级人的经验》、《宫廷通用文法》、《向〈真理与谎言〉的作者提几个问题》等，勇敢地宣布自己反对沙皇专制和农奴制度的政治主张。冯维辛作品中所表现出来的犀利的思想和尖锐的嘲讽，使叶卡捷琳娜大为恼火，她下令没收冯维辛的作品。但冯维辛并没有因此而退缩，而是于1782年完成了代表作《纨绔少年》。

　　《纨绔少年》是18世纪俄国第一部富有强烈政治性和进步内容的优秀的现实主义讽刺喜剧。它取材于现实，并以现实主义手法和夸张的喜剧艺术，成功地刻画了专横暴虐、愚昧无知的女农奴主普罗斯塔科娃和粗劣愚顽、娇生惯养、不学无术、只知吃喝玩乐的纨绔少年米特罗方这两个艺术形象，生动地概括了俄国庄园主的特征和罪恶，鞭挞了农奴主的"劣根性"，作者还通过剧中人物叶列美耶芙娜一年的工钱只有"五个卢布，外加五个耳光"的描写，指出农奴制是社会上一切不幸的根源，从而使人们清楚地认识到农奴制的不合理及其必然灭亡的命运。同时，冯维辛从启蒙主义的立场出发，刻画了几个人物的无知、粗暴和冷酷，指出了"恶劣教育的全部不幸后果"，强调必须重新研究和改革现行的教育制度。总之，作品深刻地反映了18世纪的俄国现实。

　　《纨绔少年》尽管采用了古典主义"三一律"的创作方法，但是由于作者对当时俄国现实具有敏锐而深刻的洞察力，所以他把对社会真实的描绘与绝妙的心理刻画交织在一起，以生动自然的语言塑造了鲜明的形象。面对着18世纪的俄国农奴制社会，别林斯基认为，冯维辛发出了"快乐与辛辣在一起的嘲笑"，而这种毁灭性的、愤怒的笑正如赫尔岑所说"发生了长远的影响，它唤醒了整整一批伟大的讽刺作家"。在冯维辛的影响下，克雷洛夫、格里鲍耶陀夫、果戈理和奥斯特洛夫斯基等人陆续向俄罗斯文坛献上了《克雷洛夫寓言》、《聪明误》、《钦差大臣》、《大雷雨》等

一系列辉煌的巨著。

《纨绔少年》的发表以及它所取得的成功，令当时首都彼得堡的许多人士为之感到惊讶，甚至叶卡捷琳娜的一个宠臣曾劝作者"现在即刻就死，或者以后永不要再写"，意思是以后的作品不仅不会超过在作者创作生涯中如日中天的《纨绔少年》，而且会减低他的名声。漠视这一忠告的冯维辛，结果只好眼睁睁地看到这一预言不幸而言中。的确，从此他再没有写出更好的作品来。冯维辛晚年到西欧旅游，写过几篇精彩的信简，在其中的一篇中他曾发出这样的预言："我们（俄罗斯人）正要起步，他们（法国人）却要告终了。"

如果仅仅从俄罗斯文学的发展历史来看，克雷洛夫、普希金等一大批优秀作家的出现证明冯维辛的预言是正确的。

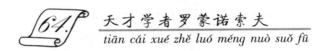

64. 天才学者罗蒙诺索夫
tiān cái xué zhě luó méng nuò suǒ fū

1711 年漫长寒冷的一个冬夜，当皑皑白雪覆盖着大地，凛冽的寒风不时发出呼啸时，在俄罗斯的阿尔亨格尔斯克省的杰尼索夫卡村的一个贫寒之家，一个呱呱坠地的男婴以响亮的啼声划破了冰冷的夜空，也给疲倦的母亲的脸上带来了一丝笑意。这位生于贫寒之家的男孩就是后来成为 18 世纪俄国天才的学者，卓越的诗人和伟大的唯物主义哲学及自然科学奠基人的米哈依尔·瓦西里耶维奇·罗蒙诺索夫（1711—1765）。

不幸的是，罗蒙诺索夫八岁时，他的亲生母亲去世，而凶狠专横的继母使他备受虐待之苦。为生活所迫，他十岁起便随父亲出海捕鱼。艰难的生活让他稚嫩的双肩过早地挑起了重担，似乎无暇去品味童年生活的乐趣。然而，少年罗蒙诺索夫却具有一种强烈的求知欲和进取精神，他既醉心于大自然的神奇奥秘，又如饥似渴地阅读一切可能得到的书籍。十二岁时，他涉猎了斯拉夫语的教会书籍，十四岁便读完了斯莫特利茨基的《斯拉夫语法》和马格尼茨基的《算术》。后来他把这两本书称为是打开自己知识的"大门"。

1730年，十九岁的罗蒙诺索夫只身去莫斯科，考入斯拉夫——希腊——拉丁学院，攻读物理、拉丁语和神学。艰苦的学习生活激发了他更大的求知欲望，他发愤苦读，五年后以优异的成绩毕业，并被选派到彼得堡科学院深造一年。

1736年，罗蒙诺索夫作为最优秀的学生被派往德国马尔堡，在著名学者克·沃尔夫的指导下，攻读数理化和语言学、逻辑学以及德、法、意等国语言，掌握了渊博的知识以后，又专攻矿业。他虽然身在异邦，但却心系祖国。他渴望早日回国，将其所学献身祖国和造福人民。

1741年，罗蒙诺索夫携带着他的德国妻子和一大堆科学知识回到了圣彼得堡，担任了科学院附设大学的助教。当时的俄国科学院完全被德国学者控制，他们受聘到俄国工作，却从不想培养俄国的人才，他们对罗蒙诺索夫日益显露的才能十分嫉恨，多方限制这位俄国青年学者的科研活动。但罗蒙诺索夫勇敢地与把持科学院的外国势力和封建官僚作斗争，同时致力于自然科学和社会科学的探索，并以自己一系列杰出的成就显示了俄罗斯人民的智慧和天才，终于在1745年被任命为彼得堡科学院的化学教授，成为科学院院士。

罗蒙诺索夫不满足于精通某一门事务，他不仅在物理、化学、天文学、地质矿物学等方面都有杰出的成就和卓越的发现，而且在认识论上，反对把分析与综合、感性认识与理性认识对立起来，强调感性认识所取得的经验的重要性。他还对俄国历史进行了广泛而深入的研究，恢复了俄罗斯人民在创造本民族历史上的应有地位。在《俄罗斯古代史》和《俄国简明编年史》两部著作中，他以旗帜鲜明的观点和翔实确凿的事实，肯定了俄罗斯民族在俄国发展史上的巨大功绩和重要作用，批驳了德国史学家米列尔等人捏造的俄罗斯是诺尔曼人建立的"诺尔曼理论"。他的史学观开辟了俄罗斯历史学的正确道路。1755年，他提议创办的莫斯科大学，成为培养俄国科技文化人才的摇篮。罗蒙诺索夫以自己多方面的才能获得了俄国知识分子的喝彩和赞誉，普希金称他为"俄国第一所大学。"

　　罗蒙诺索夫对俄国语言和文学的贡献是辉煌的。在此之前，俄罗斯的文学艺术主要受到法国强烈的影响，但文学的发展远不如艺术的发展速度快。究其原因，一是由于读者出奇的少，产生不了激励作用，二是由于受到教会与政府严苛的检查制度的钳制，文学才华无法表现，三是俄国语言本身不管是文法上或语词上，尚未纯化到可以作为良好的文学工具。罗蒙诺索夫首先为纯洁俄罗斯语言进行了不懈的努力。他在《论俄文诗律》中，称赞俄语磅礴的气势和雄壮的声调，根据俄语的特点和民间口头诗歌，提出了对俄语格律诗的新见解，构成了俄文诗歌格律的基础。他在《俄语语法》和《修辞学入门》两部书中，总结了俄语词尾变化和句法的规律，制订出修辞学和俄文语法的规则，奠定了俄语语法的基础。他提出的关于文学语言的"三级体裁"论，把语言分为高级体、中级体和低级体。高级体用教会书面斯拉夫文写英雄史诗、颂诗等；中级体用斯拉夫文和俄语口语写悲剧、讽刺诗等；低级体则完全摒弃僵化古板的斯拉夫文，用新鲜活泼的俄语日常口语写喜剧、讽刺小品、歌谣、书信等。这种理论在当时的重要意义是大大改变了陈旧僵死的斯拉夫书面文字，把具有生命力的民间语言引进文学作品，开拓了俄罗斯文学的人民性的广阔道路。拉吉舍夫称他是"我们语言的正确规则的第一个创造者"，并且还带有缅怀的感情写道："只要人们还能听见俄语的声音，你就会永垂不朽。"

　　1742年俄国女皇叶卡捷琳娜二世继位，在她统治期间，俄国文学渐渐开始强调自我性，而不再仅仅是法国文学的翻版。从青年时代就开始写诗的罗蒙诺索夫，在他以后的全部科学活动中，也始终没有放弃诗歌创作，并且孜孜不倦地进行诗体改革。他写过各种体裁的诗，如颂诗、英雄史诗、寓言诗和讽刺诗等，其中著名的有《攻克霍亭》、《伊丽莎白·彼得罗夫娜女皇登基日颂》、《颂1747年》等。他的诗歌尽管没有摆脱"忠君"思想，但是对祖国和人民的热爱，对美好理想的追求，对科学教育和劳动的向往是其创作的基本主题。他是一位伟大的爱国诗人，他赞美祖国，赞美富饶辽阔的俄罗斯大自然。在《攻克霍亭》中，他颂扬俄罗斯军队粉碎土耳其人侵略的胜利，洋溢着爱国主义的炽热感情。即使是在他的"颂诗"中也充满了对祖国的深情和对人民的坚定信念：

> 如今应该振起精神，
>
> 用你的勤奋证明：
>
> 俄罗斯大地能够
>
> 诞生自己的柏拉图
>
> 和智慧超群的牛顿。

罗蒙诺索夫还在诗歌中表明他对科学、教育和劳动的种种见解。这些诗篇是他高超的艺术技巧和科学的精确阐述的统一体。此外，他还写了一些抒情诗、谐趣诗和短小精辟的警语诗。

罗蒙诺索夫是俄罗斯自然科学史和社会科学史上的第一座高峰，是俄罗斯文学史上的一位杰出诗人，是一位为发展俄罗斯科学而斗争的战士。别林斯基说："罗蒙诺索夫仿佛北极光一样在北冰洋发出光辉。这个现象光耀夺目，异常美丽。"

在俄罗斯人民的心目中，罗蒙诺索夫就像一道耀眼而美丽的光辉，永远指引和鼓舞着他们在知识的海洋中遨游，向科学的高峰攀登。

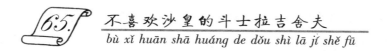

65. 不喜欢沙皇的斗士拉吉舍夫
bù xǐ huān shā huáng de dǒu shì lā jí shě fū

1760 年 9 月，在彼得堡街头出现了一本没有署名的旅行笔记《从彼得堡到莫斯科旅行记》。作品很快在读者中间流传开来，人们以极大的好奇心争相阅读、谈论。此书很快传到女皇叶卡捷琳娜二世的手中，她刚读了几十页就大发雷霆，并在此书的批语中写道："整个倾向是鼓动农民反对地主和鼓动军队反对他们的上级"，"作者不喜欢沙皇"，"是一个比普加乔夫更坏的暴徒"。于是，在女皇的命令下，四天后作者就遭到逮捕，先是被关进彼得堡要塞，两星期后被判死刑，三个月后改判为流放西伯利亚十年。

　　那么，使得沙皇如此震怒的《从彼得堡到莫斯科旅行记》究竟是部什么样的书？因此书而遭受厄运的作者又是谁呢？他，就是俄罗斯解放运动史上的第一位革命家，18世纪俄国最优秀的文学家、唯物思想家，反抗专制政体和农奴制，歌颂自由的斗士亚历山大·尼古拉耶维奇·拉吉舍夫（1749—1802）。

　　拉吉舍夫于1749年8月20日出生于萨拉托夫区一个贵族地主家庭。他的父亲虽是庄园主，但博学有教养且公正温厚，能和善地对待奴隶，这对拉吉舍夫日后同情人民苦难，站在人民立场上讲话有一定影响。

　　拉吉舍夫的童年时代，既受到俄罗斯自然风光的熏陶，也目睹了农奴生活的悲惨情景，同时也受到良好的贵族教育。1757年，八岁的他被送到莫斯科，接受一位因信仰共和政体而被迫离开祖国的法国家庭教师的教育，并开始接触到罗蒙诺索夫的著作。1762年，叶卡捷琳娜通过发动宫廷政变登上沙皇宝座，十三岁的拉吉舍夫被恩准为女皇侍童进入彼得堡贵族军事学校学习。这所只注重宫廷仪式、不注重教学的贵族特权学校，使学生常有机会进入宫廷，他对宫廷的繁文缛节、腐化堕落的风尚和奴颜婢膝的习性感到不满与讨厌。1766年，十七岁的拉吉舍夫和其他十一个有才能的少年一起，被派往德国莱比锡大学学习法律。他除了刻苦学习必修课目外，还学习研究18世纪进步思想家们的唯物主义思想，不倦地钻研医学、化学和文学，尤其热衷法国启蒙思想家孟德斯鸠、伏尔泰、狄德罗、爱尔维修、卢梭等人的作品，在他们学说的影响下，拉吉舍夫建立了自己的法学观、政治观和哲学观。他认为人生来是自由的、平等的，社会应以法律为准则，反对专制暴政和专政制度。留学期间，他积极参加反抗由朝廷指派到学校看管、监督学生行为的上校包库姆的斗争，同学们在这场以胜利而告终的斗争中大胆而勇敢的行动使拉吉舍夫明白了自由的可贵和反抗专制的必要。他开始思考如何把自己的全部知识用来为祖国服务。

　　1771年10月，拉吉舍夫回到祖国。当他踏入俄罗斯的疆界时，心中涌起一种为祖国而献身的神圣的狂喜的感情。但是叶卡捷琳娜这个"穿裙戴冕的答尔丢夫"已撕下"开明君主"的伪装而露出专制独裁的凶恶面孔，她解散了 1767 年由她郑重召集制订新法律的代表委员会，封禁了诺维科夫和克雷洛夫的讽刺杂志，进入"凶残的时代"的俄罗斯不再需要自由及信仰自由的人，拉吉舍夫希望在制订新法律方面做重要工作的理想破灭了，他回国时的欢快之情骤然黯淡、冷却。

报国无门的拉吉舍夫只在参政院当了一名卑微的记录员。在这里，他目睹了贵族官僚扼杀自由、迫害农奴的罪行，他满怀激愤，以笔杆为刀枪，投入了对专制政体和农奴制度的斗争，由此开始了积极的文学活动。

1773 年，拉吉舍夫以翻译家的身份参加了诺维科夫组织的"努力印书社"的工作，其突出成就是在将法国最进步的启蒙学者之———历史学家玛布里的《论希腊史》译成俄文时所进行的注释，如他将玛布里的"专制主义"译为"专制政治"，并加注道："专制制度是最违反人性的一种制度……法律赋予他的裁判者——人民以同样的和更大的权力来处理他。"可以说，《论希腊史》的译注是作者以后一系列作品的序幕和前奏曲。

1773—1775 年，俄国爆发了著名的普加乔夫农民起义。它犹如一声春雷，响彻了整个俄罗斯的上空，对拉吉舍夫的革命思想体系的形成起了决定性的作用。他利用职务之便看到的有关起义的材料，使他一方面看到了人民的巨大力量，一方面也清楚地认识到沙皇政府对农民起义镇压的凶残本质，因此，他针对起义失败后农奴的苦难和政府的残酷，于 1781 年—1783 年创作了第一篇革命诗歌《自由颂》。在这首诗中，他把自由称作"上天最美好的馈赠"，是"无价之瑰宝"，认为自由高过一切，是人的不可剥夺的权利，是生来具有的，它必须由法律来保护。拉吉舍夫在首先唱出自由、法律最强音的同时，将批判的矛头直指昏庸无耻的沙皇，痛斥她饶恕恶棍，赐权给坏人，是"最残暴的凶手"，在专制暴政统治下，俄罗斯大地"结不出金色的麦粒"，"做不出伟大的事业"，这种万马齐喑的局面预示了专制暴政灭亡是历史的必然趋势。因而诗人用火一般的热情呼唤革命，讴歌人民起义，预示新的革命必将到来。总之，自由必胜，专制政体必败，这是贯穿《自由颂》的鲜明主题。

1789—1790 年，拉吉舍夫在文学活动深入展开的同时，在短短的两年里，先后发表了《费多尔·瓦西里耶维奇·乌沙科夫传》、《给一个住在托波尔斯克的朋友的信》、《闲话祖国之子》以及他最杰出的著作《从彼得堡到莫斯科旅行记》。这些作品像《自由颂》一样，充满了作者深刻的革命精神和强烈的政治义愤。但《旅行记》扩大了《自由颂》的题材，广泛地反映了 18 世纪后半期俄罗斯的生活画面，描绘了在农奴制桎梏下呻吟的俄罗斯人民的悲惨境遇。

《旅行记》以自彼得堡到莫斯科途中的各个驿站作为书中各章节的题名，看似一部旅行的记录，实则闪耀犀利的揭露锋芒。赫尔岑说，拉吉舍夫沿着驿道，"他体会群众的苦难，他跟赶车的，跟仆人，跟应征的兵丁交谈，在他每一句话中，我们都可以找到对暴虐的憎恨——对农奴制现状的大声抗议。"这正如作者在序言中所说："我环顾四周，我的心就被苦痛撕裂着。"他揭开"眼前帷幕"，让人们跟随他的足迹，看到了一幅幅真实的生活图画：一个农奴在烈日下为自己耕地，交替使用两匹马，马歇人不歇。原来他必须每天为地主服劳役，只有星期天和晚上才是自己的时间；一个总督嗜吃牡蛎，经常派信使千里迢迢去彼得堡为他购买，费用均由国库支付，信使因此获得升迁；一个衣锦还乡的八等文官，购置了一个田庄，压榨农民，无所不用其极，他的儿子图谋强奸即将结婚的新娘，并打死一个农民……在这种黑白颠倒、是非不分的社会里，诚实正直的人被投入监狱，贪赃枉法的官吏却逍遥法外，农奴主敲骨吸髓，商人唯利是图，贵族腐化堕落……拉吉舍夫怀着深沉的愤怒，无情地暴露了这一连串触目惊心的社会现象，鞭笞了万恶的专制政体和农奴制度，表现了真诚希望祖国和人民获得自由解放的炽热的思想感情。全书充满着革命风暴的强烈气息，不仅使整个统治阶级受到很大震动，而且也为后来的批判现实主义奠定了基础。在它的影响下，产生了雷列耶夫、普希金和莱蒙托夫等人的许多优秀作品，激发起十二月党人在 1825 年采取暴力行动来推翻沙皇专制制度。普希金表示，要"追随拉吉舍夫歌颂自由"。

但拉吉舍夫却因此书遭逮捕，他被削去官职和贵族身份，又被法庭以"谋害君主和蓄谋叛乱"的罪名判处死刑；后来，沙皇慑于社会舆论，改判将他流放西伯利亚十年。

艰苦的流放岁月并没有摧毁拉吉舍夫的意志。在荒凉偏僻的流放地，他利用自己的医药知识为当地居民看病，研究西伯利亚的历史、经济和文化，并写出了主要哲学著作《论人、人的死和不死》，从唯物主义立场研究了存在与认识论的基础问题，成为继罗蒙诺索夫之后的俄罗斯唯物主义思想的奠基人。

1796 年，女皇去世，保罗一世继位。流放五年的拉吉舍夫得到部分赦免，作为一个平民回到了故乡，在警察的监视下生活。他继续创作，除在经济论文《我的领土的概述》中重新论证农奴制的不合理外，还写了许多首诗歌。1801 年 3 月 1 日，宫廷发生政变，保罗一世被杀，亚历山大一世继位，拉吉舍夫得到完全赦免，被任命为立法委员会委员。他满腔热忱地投入工作，希望能通过法制的道路实现自己的政治理想，缓和农民的困境。但是亚历山大一世是比其祖母叶卡捷琳娜二世更为阴险地玩弄自由主义的伪君子。拉吉舍夫的努力成为一页废纸，农奴主们扬言要再次流放他。最终看透新沙皇虚伪本质的拉吉舍夫，不愿为了"一小块浸透同胞们和弟兄们的鲜血的面包"而效忠沙皇，于 1802 年 9 月 11 日以自杀向统治阶级作了最后的抗争，享年五十三岁。

拉吉舍夫作为俄国最早的民主主义者，首先在俄罗斯人民心中播下了自由的种子。他一生为农奴的解放而斗争，作为一个歌颂自由的斗士，他的歌声超越了时空的界限，传遍了世界各地，他的"人人为自己播种，人人为自己收割"的理想，如今已在后代人那里变成了现实。

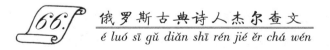

66. 俄罗斯古典诗人杰尔查文
é luó sī gǔ diǎn shī rén jié ěr chá wén

以抒情诗在 18 世纪的俄罗斯诗苑中称霸历半个世纪之久，一直到普希金出现，才能与之并驾齐驱，被认为俄国女皇叶卡捷琳娜执政期间最成功的诗人是加弗里尔·罗曼诺维奇·杰尔查文（1743—1816），他是 18 世纪

俄国古典主义诗人，俄国诗体的改革者。

杰尔查文于 1743 年 6 月出生于俄国东部喀山省奥伦堡的一个没落贵族之家。父亲早亡，寡母带领他们兄弟三人挣扎在极度贫困之中，直到二十岁才断断续续读完中学课程。此后，这位出身寒微，身上流有鞑靼人血液的青年到军团服务，开始了漫长的十年军旅生涯。他饱尝了一个普通士兵生活的所有艰辛，直到 1770 年才获得准尉军衔。从军期间，他常常"背着伙伴们悄悄地读书，涂些不成样的诗句"。1773 年，俄国爆发了著名的普加乔夫领导的农民起义，杰尔查文作为一名沙俄军官，积极参加了对这场叛乱的血腥镇压。他从贵族阶级的立场出发，把普加乔夫称作凶手，同时他也把暴君称为凶手，因为他认识到正是由于政府的专制和官吏的腐败，才迫使农民拿起武器。1777 年，杰尔查文与上司意见不合而发生争吵，在被迫离开军队后，他开始真正转向创作，陆续在报刊上发表诗作，写出了《米切尔公爵之死》、《致君主与法官》、《钥匙》等诗篇，成为当时诗坛上举足轻重的人物。

1782 年，杰尔查文发表了一首抒情诗《费丽察》，这本是女皇叶卡捷琳娜在某部作品中为一个善良公主而取的名字，于是他仿效女皇也为自己作品的女主人公"吉尔吉斯哥萨克游牧部落天仙似的皇后"取了同样的名字。他称赞费丽察女皇"在黑暗中创造光明"，未害过任何人，宽恕小过，让百姓自由言谈，"写寓言故事教导其属民"；他恳求这位皇后"告诉我如何去找寻没有带刺的玫瑰……如何追求享乐但要确切而实在地过着日子"；他还进一步赞美道："我祈求我伟大的先知，愿我能触摸你的足尘，愿我能享有你的言语，你的容貌的甘美泉源。我恳求天上的神祇伸展他们蔚蓝的双翼，暗地里保护你……你的事迹你的声名，在子孙后代里闪耀着光辉，如同天上的星光永远灿烂。"很显然，杰尔查文的这首诗是在为女皇歌功颂德。尽管诗人本人曾抗议说，他的这番赞颂与美言并不是为了得到任何报酬，但他还是得到了女皇的赏识。叶卡捷琳娜先是任命他为奥隆涅省省长，后又调任唐波夫省省长。1791 年，杰尔查文担任了女皇叶卡捷琳娜的私人秘书，成为最高统治者的忠实仆人。

然而，当诗人接近女皇时，他才渐渐地发现理想与现实竟然背道而驰，特别是在目睹了宫廷的罪恶与女皇的虚伪后，他便失却了原有的创作激情，他说："看到周围那些有严重缺点的人的原形时，他便不能鼓起自己的精神，以保持原有的崇高思想。"

从此，他不再写任何颂诗，而是转向攻读形而上学，并附会笛卡尔对上帝存在的证明方式，撰写"上帝颂"，赞美上帝将上天治理得如此美好。这样，还不到两年的时间，杰尔查文便失宠而被解职，改任参议员。女皇去世后，他在保罗一世和亚历山大一世两位沙皇在位时期，也是宦海浮沉。他曾任司法部长，又因与政府意见不合，于 1803 年辞去官职。

车尔尼雪夫斯基曾这样评价杰尔查文："他的思想是一个五光十色的大杂烩，是由本性善良的心灵和完全不同的然而在当时却占着统治地位的思想拼凑起来的东西。"杰尔查文的这个特点是由他所处的时代和他的世界观决定的。他一生经历了两次俄土战争、普加乔夫起义、王朝更替和拿破仑入侵等重大历史事件。作为一个贵族政体的拥护者，他有着根深蒂固的忠君思想，他效忠沙皇，维护农奴制度，认为"从地主手中夺去了农民，便是剥夺了他的生存的权力。"这是赤裸裸地为农奴制的合理性进行辩护。他的诗中虽不乏对社会的针砭，但他从未触及农奴制这个最残酷、最本质的社会现象，甚至对叶卡捷琳娜时代的宫廷官府也作了歌舞升平般的颂扬。因此，杰尔查文的阶级出身使他在根本立场上成为与贵族阶级同呼吸共命运的人。作为一个君主政体和农奴制的维护者，他只是把大小不等的官僚看做是"有缺点的人"，而没有剖析到他们作为统治阶级的工具压迫人民的实质。

但是另一方面，杰尔查文为人坦诚高傲，"大胆而固执"，他的正义感和他在青年时代积累的生活经验，常使他与官宦同僚意见相左，最终为贵族集团所不容。他在《加·罗·杰尔查文生活轶事和真实业绩的札记》里总结自己的一生时写道："他不玩弄任何阴谋伎俩，没有任何后台靠山，也没有什么亲戚和保护人，有时甚至反对那些有势力的人"。作为一位有正义感的爱国主义者，他在诗中斥责了官吏的骄奢淫逸，揭露他们只知道

"一觉睡到中午,抽抽香烟,喝喝咖啡",或者沉溺于"金银餐具,亮光闪闪的豪华宴会里",像"一堆镀金的泥土",忘却了自己对国家和人民应负的责任。而与这些形同行尸走肉似的人物形成鲜明对照的,是那些衣衫褴褛的俄罗斯人民在反侵略战争中表现出的英雄气概和爱国主义精神,表现出诗人强烈的民族自豪感。当然诗人也描写了战争给人民带来的痛苦和灾难。在《大臣》这首诗中,他写道:一位受伤退伍的英雄,一位怀抱婴儿的寡妇,一位弯腰驼背的老者,他们忍气吞声地乞求大臣的帮助,而大臣却"做着酣梦,根本就没有听进这些不幸者的声音"。一方面是养尊处优的官僚特权阶级,一方面是哀苦无告的穷苦人民。杰尔查文以简练的笔触画出沙皇时代俄国现实的本质图景,别林斯基认为:"他的作品是俄罗斯人民生活的忠实的回音,是叶卡捷琳娜时代的忠实的反映"。

在杰尔查文创作的古典主义时代,用斯拉夫书面语写的颂诗被称为高级体,而用口语写的讽刺诗、民歌等称之为低级体。杰尔查文作为古典主义诗人,突破了这种局限,他运用口语来写颂诗,又在颂诗中加进了讽刺的成分,这就逐渐消除了文学上不同等级体裁之间的障碍,使高级体裁的诗歌接近了现实。他用流畅的口语,丰富的韵律和多变的节奏,动摇了古典主义的基础,燃起了俄罗斯新诗的"灿烂的朝霞",为诗歌向浪漫主义和现实主义道路的发展做出了贡献。别林斯基称他是"伟大的天才的诗人"。